60年代アメリカ小説論

安河内英光
馬場　弘利
編著

開文社出版

60年代アメリカ小説論・目　次

序

本書は、六〇年代のアメリカ小説を論じたものである。アメリカの六〇年代は国論が分裂し、南北戦争以来、アメリカが最も激しく揺れ動いた喧騒と動乱の時代であった。

米ソの冷戦構造の中での軍拡競争、核実験、ベトナム戦争、人種問題、大学紛争（組織やカリキュラムの問題）、政治的、社会的指導者の暗殺などの、軍事的、政治的、社会的問題や事件に対して、学生や一般民衆が激しく行動を起こし、デモや抗議集会に参加し、アメリカの国家や社会のシステムのあり方を根底から疑い批判し、その変革を求めた時代であった。学生や一般民衆は、米ソの核兵器は地球を何度も破壊するだけの威力を持ち、国家権力が一歩間違ってその気になれば、世界を破滅に陥れる狂気のシステムに変貌する可能性があることに気づき始める。「理性的核政策のための全国委員会」（SANE）や「学生平和同盟」（SPU）や「全米学生協会」（NSA）などが全国的組織として拡大され、反核実験、反軍拡競争の運動を展開したのは、核による世界と人類の破滅への危機感がその出発点となっている。そして、共産主義の侵攻から自由主義体制を守るという大義名分のもとに、六四年のトンキン湾事件を口実にアメリカはベトナム戦争に全面的介入をしていき、膨大な戦費と人員が投入される。そこに送り込まれた若者の数は、合計二六〇万人で、そのうち約六万人が生命を落としている。一方、ベトナム兵の死者の数はその数十倍に及び、さらにおびただしい数の無辜なるベトナム民衆が戦争の犠牲者になり、しかも、その戦場がアメリカの一般家庭のテレビに放映されるという残酷極まりなさに、アメリカの民主主義と自由主義の虚偽と欺瞞が暴露される。ベトナム反戦運動は、アメリカ国内のみならず世界各地での国際的連携による反戦ストや抗議デモや集会へと広がっていった。また、五〇年代半ばのアメリカ南部の黒人のバス・ボイコット事件に端を発する反人種差別運動が公民権運動へと盛り上がり、それはマーティン・ルーサー・キング牧師の指導による六三年のワシントン大行進でそのクライマックスに達するのだが、一方では、レイシストによる放火やリンチ殺人事件が頻発し、他方、六四年から六八年まで「長く暑い夏」と呼ばれる黒人暴動がアメリカ各都市で吹き荒れた。この反人種差別運動はアメリカの自由、平等、幸福を追求する権利というジェファーソン的デモクラシー、言い換えれば、アメリカの建国の理念そのものが徹底的に疑念の対象となったことを表わしている。さらに、政治的、社会的指導者が次々に暗殺され——ケネディ大統領（六三年）、マルコムX（六五年）、キング牧師（六八年）、ロバート・ケネディ（六八年）——、アメリカ社会の暗い狂気が明らかになる。六〇年代のアメリカは、国家や社会の体制や現実そのものが、不可視で不可解で不条理で、得体の知れない闇と恐怖に満ちた巨大な力を持ったものとなる。

　このようにアメリカの六〇年代の社会は、反核、反軍拡競争、反ベトナム戦争、反人種差別運動という反国家、反体制運動により騒乱の中で激震した。この反体制運動の特徴は、表面的ないしは現象面では、アメリカの軍事的、政治的、社会的体制の変革を求める運動だったが、それだけに留まらずに、そういう国家や社会の体制の基盤を作ってきた西洋近代の啓蒙思想の理性とロゴス中心主義と、それらの具体的な表われである科学的、合理的思考方法と、アメリカの建国の理念に具現されている民主主義と自由主義の実態が徹底的な疑念と批判の対象となったことである。二〇世紀は二度の世界大戦とベトナム戦争などにより、人類史上最も多くの人間が殺されたまさに悪夢の世紀となったが、中世の封建的絶対制の中に閉じ込められていた人間を解放し、人間の豊かさと幸福を求める理念であったはずの近代精神が結果的には人類史上最大の悲劇を生み出すことになったのであり、この近代精神そのものが、その根底から痛烈に批判されることになった。

　もちろん、近代の理念への疑問や批判が六〇年代に始まったという訳ではなく、フランクリン・L・バウマーが指摘するように、第一次世界大戦の破局的結果が近代の「理性的人間についての最後の幻想をすっかり剝ぎ取ってしまい、人間がそれまでに持っていた信念――自己の価値と世界の合理的な秩序への信念——をうちくだき、人間を自分だけに頼らざるを得ないようにしてしまった」(1)のである。これは文学史上においては、ロスト・ジェネレーションの作家達の虚無感や根なし草感に現われているのだが、六〇年代の特徴は、近代精神への批判や抗議の激しさとその徹底性だと言えよう。

五〇年代のアメリカは、第二次世界大戦後の経済の好景気状態にあり、アメリカ国民は政府主導によって建設された大都市周辺の郊外住宅に住み、中産階級の安定した物質的豊かさを享受し、したがって、体制順応主義や追従主義が人々の中にはびこった。米ソ冷戦構造の中で、第二次世界大戦中ヨーロッパ連合司令官だったアイゼンハワーが五三年に大統領になり、保守的体制の中で国家主義が強力になりつつあるところに、マッカーシズムの反共イデオロギーの「赤狩り」がアメリカの教育界や学界を、さらには映画や演劇の世界までをも席巻していく。これにより国家権力が社会の隅々まで及び、政府の方針の強制力や浸透力の強い、いわゆる、統制的全体主義体制が強力になる。この体制は、基本的には、自由、平等、幸福を追求する権利をうたったアメリカの建国の理念とは相容れないものだが、大多数の人間は、中産階級の快適な豊かさの中で受動的で無関心な態度で沈黙した。その中でも、民主社会的季刊誌『ディセント』の発刊（一九五四年）の辞で、反共・反マッカーシーを掲げたアーヴィング・ハウを始めとしてライト・ミルズやハーバート・マルクーゼなどの知的良心派が、核実験や米ソ冷戦構造やアメリカ社会の中央集権化を批判する論陣を張っているが(2)、学生や一般民衆は行動を起こさない。

この五〇年代の保守的で、管理主義的で、機構化され、機械化された組織の中に大多数のアメリカ人が組み込まれていく閉塞的状況の中で、幾人かの五〇年代の作家はこのアメリカの政治的、社会的体制を批判し、この体制からドロップ・アウトしていく傾向を示す。J・D・サリンジャーは、『ライ麦畑で捕まえて』(一九五一年)において、主人公ホールデンに、自らの両親や兄をも含めて友人の親や学校の教師などの、中産階級の快適な暮らしの中に安住する偽善と欺瞞に満ちた人々を"phony"だとして批判させたことで、この時代の状況に深くコミットしているし、そして、ホールデンが社会批判をした後、精神病院に入らざるを得なくなるのは、六〇年代の作品の主人公達の状況を先取りしている。また、ジャック・ケルアックは、ビート・ジェネレーションのバイブルと言われた『路上』(一九五七年)において、主人公サル・パラダイスがアメリカ大陸を東から西まで何度もあてどない自動車の旅をくり返し、スピードとジャズに酔い、酒とセックスとマリファナの快楽に身をまかせながら、第二次世界大戦後の人間性を抑圧し歪めていく物質文明社会を批判し、そこからドロップ・アウトしていく様を描いているが、このサルが、行く場所場所での人との交わりの中で、何度も吐露するのは、彼自身の中で何かがバラバラになっていく「崩壊感覚」(3)であった。さらに、ビートの詩人アレン・ギンズバーグは、『吠える』(一九五六年)の冒頭で、「僕は見た、狂気によって破壊された僕の世代の最良の精神たちを」(4)とアメリカ社会体制が孕む狂気をうたった。五〇年代の作家達にも、六〇年代の作家達に顕著な体制批判と狂気と崩壊感覚がすでに現われているが、彼らは、偽善と欺瞞に満ち、人間性を抑圧し人間から個性を奪い画一化していくアメリカの機械文明社会から離脱し、人間性の原点や根源、言い換えれば、人間の本然の姿を、原始の自然や東洋思想の仏教や禅の中に求めてアメリカ文明社会の外へ出て行こうとしたのであり、そして、その行為を詩や小説に作品化することに意義と価値を見いだしたのだ。つまり、サリンジャーやビート・ジェネレーションの作家達は、アメリカ文明社会に抗議しながら、その抗議の拠り所を人間の本然の姿や芸術作品に置いたのだ。この意味では、ビート・ジェネレーションの作家達は、この「外部」の価値が崩壊した状況で自己の「内部」に最後の拠り所を求めた点において、モダニズムの流れの中にあり、ある意味で、最後のモダニストと言ってよいかもしれない。そしてそれは、神をも含めてあらゆる外部的価値を疑い、自己の主体の自由を肯定し、実存的選択を行い、自己を未来に投企し、その選択に伴う責任を引き受けていくことを基本概念とし、五〇年代まで思想的力を持っていた実存主義のモダニズム性に似ている。

時は流れており、五〇年代と六〇年代を明確に画することは不可能であるが、この論文集で論じた八人の作家の作品には、体制批判や狂気や崩壊感覚においては五〇年代の作品との共通点がありながら、五〇年代の作品にはあった自己と芸術への信頼感はない。六〇年代の反核、反戦、反人種差別運動に立ち上がった一般民衆や学生達は、最終的には圧倒的国家権力によって押し潰されていき、個人の無力を痛感する。六〇年代の作家の作品の主人公達の自己は解体し浮遊し彷徨し、そして狂気へ走る。この論文集の八編の作品の主人公達は、いずれも狂気を孕んでいる。六〇年代のポストモダニズムの特徴の核心は、「外部」に対抗すべき「内部」の自己が拡散ないしは解体していることと言ってもよい。したがって、壊れた自己に基づく芸術も価値の拠り所とはなり得ない。

この論文集で取り扱った八人の作家の八編の作品の中には、五〇年代に出版されたバースの『旅路の果て』（一九五八年）や七〇年代に出版されたコジンスキーの『ビーイング・ゼア』（一九七一年）もあるが、先行する五〇年代には六〇年代の諸問題の萌芽的状態がすでにあり、七〇年代は六〇年代の徹底した近代批判の結果の方向性を見るためにもこの論文集に入れた。そして実際にこれら二つの作品は、他の作品と同様に六〇年代の精神と人間のあり方の特徴を色濃く描き出している。

本書で論じた八編の作品に共通するのは、西欧近・現代の啓蒙思想の理性と合理主義、言葉とロゴス中心主義、二項対立的二元論的思考、主体に基づく人間主義、自由や進歩といった「大きな物語」などが徹底的な疑念と批判の対象になっていることである。そして、これらに対抗する、ないしは、代わるものとして、直感、感情、幻想、夢、狂気、多様性、多次元、多極性、二項共存、二項融合などのイメージやヴィジョンや観念が提示されるが、これらは、西欧近・現代の理性中心主義や二元論的思考によって抑圧され排斥されてきたものである。各々の作家は、理性と合理主義に基づく国家や社会システムからの何らかの脱出の方法やイメージを提示しようとしている。例えば、実際の行為として社会やシステムの外に出ること（ヘラー、キージー）、幻想やメタファーとして提示される脱出のイメージのうち、狂気（バース、ピンチョン、ヴォネガット・ジュニア、キージー、ギャス）、原始の自然（キージー、ギャス）、エデン回帰の願望（ヴォネガット・ジュニア、コジンスキー、ギャス）などがある。外部へ出る行為も脱出のイメージないしメタファーも、社会的現実の場では無力であり、有効な手段とはなり得ないことは明白であるが、それでも、何らかの脱出の方向性を示しているように思われる。

ポストモダニズムの近・現代の理念批判は、もちろん、その意義と功績は認められなければならないが、その批判の過激さと徹底性がもたらした思想的混乱と無秩序が最近では批判的検証の対象となり、ポスト・ポストモダニズムの動向が話題になっている。

本書は、八人の作家の八編の小説を個別的に論じた作品論である。我々の共通理解として、作品として書かれたテキストを十分に理解し、作家の感性とヴィジョンと思想を認識すれば、それを通して六〇年代の時代と人間のあり方は十分に理解できると考えている。したがって、個別の作品論では各々の作家独自の六〇年代との関わりを考察し、そして、八編の作品論のトータルとしては、六〇年代の状況と問題をほぼ捉えていると思う。

二〇〇一年初春

安河内英光

注

（1）フランクリン・L・バウマー『近現代ヨーロッパの思想―その全体像』鳥越輝昭訳（大修館書店、一九九二年）五七〇頁。

（2）Todd Gitlin, *The Sixties: Years of Hope, Days of Rage* (A Bantam Book, 1993) 76-77.

（3）Jack Kerouac, *On the Road* (The Viking Press, 1957) 56.

（4）Allen Ginsberg, *Howl and Other Poems* (City Lights Books, 1959) 9.

ジョン・バース『旅路の果て』

――主体の崩壊、あるいは、生きることのアポリア

安河内英光

I

ジョン・バースの第二作『旅路の果て』(一九五八年)は、デイヴィッド・モレルが言うように、登場人物たちの哲学的立場の違いを描いた「思想小説」(a novel of ideas)[1]とも言える作品である。その思想の核心において、近代の啓蒙思想に批判的な実存主義者のジョー・モーガンとポストモダン的思想の持ち主のジェイコブ・ホーナーの、主に主体の観念の相違が姦通事件を通して劇的に描かれたものであるので、作品論に入る前に近代の理性と主体の観念の揺らぎについて見ておきたい。

近代の社会や歴史は、その成立の基本理念である啓蒙思想の理性と科学的精神への信仰と、そこで確立された個人の主体を基にして作られているという考えは、我々にとって既定の条件だったし、またその価値観は我々の中に根強く生きて我々を支配しており、そして現在においてもこ

の条件の基に社会が成り立ち人々も生を営んでおり、我々が近代精神の中にいることに変わりはない。

だが、この西欧近代の啓蒙精神そのものが二〇世紀の二つの世界大戦、ベトナム戦争、核による東西の冷戦構造等により、特に六〇年代以降のポストモダニストによって徹底的な疑念と否定の対象となる。彼らは、前近代の封建的共同体の伝統や権威やそこで信じられていた迷信や魔術から個人を解放したはずの理性は、もともと個人の感情や衝動を抑圧し追放する道具であり、また、社会秩序を創造するという目標のための理性によるあるものの選択は、他のものの暴力的拒絶と排除に基づくものであるという、近代理性の直線的、選択的特質と、理性そのものが持つ暴力性を指摘する。またこの理性は、すべてのものを対象化し、操作と管理の下に置き、したがって、その対象としての自然や人間を物化し、そして、それらを材料として理性の典型的な現われである近代技術や科学知識によって合理的で効率よい計算と計画に基づき、近代社会を作る。近代世界は、人間が中心となり自然と人間を材料にして理性によって作られる世界である。リュック・フェリー／アラン・ルノーが言うように、「近代の人間主義は……対象を利用価値によって決定し、人間がすべての関係の中心なのである[2]」。そして、この理性を中心に成立した近代社会のシステムは、表面的には反封建制の自由と平等を掲げながら、実際には男女の性差別や人種、民族の差別、支配、弾圧という権力的暴力を内包し行使するシステムであり、いわゆるフーコーの言う理性と権力の「共犯関係」が明らかにされる。

もう一つの大きな問題は、ポストモダニストによる近代の主体観念の徹底的な批判である。近代市民社会は、封建的共同体から解放された自立的個人の主体が確固たる土台ないしは根拠を持つことがその成立の前提となる。そして一九五〇年代の実存主義までの西洋形而上学は、人間の自立的主体を歴史の発展と変革の中心であり根源であるとみなした。今村仁司は次のように述べる。

> 実体としての主体は、固定点であり、出発点であり、回帰点であり、あらゆる事物を評価する座標系ないし原点である。根拠としての主体から出発して、他のいっさいの物が生産され、構成される。かつて神が実体であって、主体は従属物であるという中世的世界像からみれば、近代主体主義は、コペルニクス的転回をとげたと言いうる。(3)

また、リュック・フェリーは、啓蒙思想と神との関係を次のように指摘する。

エルンスト・カッシーラーが示したように、啓蒙の世紀とは、人間の優位が文化のすべての領域で確立してゆく世紀である。その結果、神はこの人間の「考えたもの」とみなされ始める。人間が神を創造し、ヴォルテールのことばによれば、「神を神にきちんと返した」とされたのだ(4)。

我々は、神から人間へと中心が移行した近代の人間主義の世界観の中に生きており、「原点」であり「根拠」でもある人間の主体はすべての関係の中心となり、同一のルールや基準を設定し、統一性を持ち、社会全体を視野に入れたシステムを組織する、という考えに慣れ親しんでいる。そして、中心性、根拠、アイデンティティ、同一性、一貫性、統一性、全体性、自律性等の観念は、人間や社会や芸術にとっても肯定的価値であり、判断や批評の基準となった。この近代の理念はまた、能率・効率と生産性を強調し、合理的科学的知識により人々に規律と訓練を求め、またそれは社会と人間の画一化と標準化を産み、そして、官僚制の下に同一性に合わない者や統一を乱す者を拒絶し排除する権力の体系を作り上げる。それは当然、人間のアトム化、つまり、孤立化と断片化をもたらす。後のポストモダニストは、近代システムにおける人間主体と官僚的権力との相互補完的な共謀関係を暴き出す。

次に、レヴィ＝ストロースやラカン等の構造主義者たちは、主体を決して自立的実体とはみなさず、したがってそれは根拠にはなりえず、むしろかえって「主体は構造の結果であり、諸構造の結節点ないし担い手以上のものではない」(5)と考える。つまり、前近代の神から中心と土台を獲得した人間の主体が、人間や社会の構造や関係を作り出すのではなく、むしろその主体は社会の諸構造や関係の網の目に捉えられ支配を受けて他律的に生まれる存在であると言うのである。前近代の神から近代の人間主体へと中心がコペルニクス的大転回したのと同様に、人間主体から構造への中心の移行もまた大転回である。この構造主義の主体観は、例えばポストモダニストのドゥルーズ／ガタリに引き継がれる。

主体は一連のそれぞれの状態から生まれ、そしてたえずその次の状態において再び生まれ変わるのだ。この次の状態は次の瞬間における主体の姿を決定するものなのである。主体はこうして、自分をたえず誕生させ生まれ変わらせていくこれらの状態をすべて消費してゆくのである。この意味では、生きられる状態の方が、この状態を生きる主体よりも、いっそう根源的なるものである。(6)

ドゥルーズ／ガタリは、構造や関係という言葉の代わりに「状態」を使うが、この「状態」が「根源」なのであり、「主体」が「根源」なのではない。「固定点」であり、「原点」であり「根拠」でもあった近代の人間主体は、ドゥルーズ／ガタリによれば、不安定で、たえず変化し浮遊し流動するものであり、それはまた、無数に、多様に分裂し変容する、いわゆる「リゾーム」、差異の運動体である。浅田彰によれば、ドゥルーズの哲学では「私も世界も多数多様な粒子と流束の群れになって…自我と世界と神の統一性が解体し、すべてが多数多様な変容へととき放たれる」(7)ことになる。ここでは、近代の中心概念である、同一性、統一性、全体性、固定、原点、根拠に代わって、分裂、分断、異質、不調和、多様性、多次元、個別、流動、変容、差異が主要概念となる。自由と開放と脱出はあるが、それは他方、攪乱と混沌と無秩序をもたらす。

近代が成立させている理念やシステムへのポストモダニズムの根源的で徹底的な批判は、同時に、その理念やシステムに基づいて成立する人間関係や物語や意味や価値の体系も崩壊させる。人間は虚構の物語や価値や意味の体系がなければ生きていけない存在であり、また社会や国家のシステムは形而上学的基盤なしでは存立し得ないものだから、これらを根底から解体したポストモダニズムの功罪の見直しが特に、九〇年代において盛んになる。

ポストモダニズムが、近代の理念の具体的な現われである、国家、メディア、家父長制、人種差別、植民地主義等の権力的で抑圧的諸制度を批判し、その結果、セクシュアリティ、ジェンダー、エスニシティ等の今まで差別と抑圧の対象となってきた諸問題を政治、社会的議論の対象としてきた功績は認めなければならない。しかしそれは、一つの理念や体系に基づく統一された全体を否定するから、フェリー／ルノーが言うように、特定の人間的状況は「それぞれの部分を一つの全体にまとめあげることのない寄せ集めの総和となり…個人主義の隆盛の地平に姿を現す、粉砕された一個の全体たることをやめた自我の姿を喚起する(8)」のであり、デイヴィッド・ライアンは、ポストモダニズムが西洋近代の理念と制度を否定した後、「代替的ヴィジョンを提示しなければポストモダンの立場は単なる自己満足や身勝手な冷笑に容易に退化してしまう(9)」と手厳しく批判する。また、テリー・イーグルトンは、「西洋思想の伝統には有益な思想があったはずだが、ポストモダニズムは、植民地主義や文化的自己嫌悪から西洋思想の伝統のすべてを破棄した(10)」と言い、さらに、デイヴィッド・ハーヴェイは、理念的基盤を喪失した現代文化が生産した多くものが、「外見、表象、瞬間的影響にしがみついており、時代を超えて持続する力を持たない深層喪失状態にあり、……底知れぬ分裂状態と刹那的性質に一切身をゆだねている(11)」と指摘する。

歴史的時間軸を喪失した瞬間性と、浮遊する表層の空間に没頭するポストモダン現象は、放送や活字メディア、出版、パソコン、広告、映画、演劇などの大衆文化と、資本主義社会が生み出す消費文明に如実に表れているが、フレドリック・ジェイムソンが述べるように、ポストモダニズムを生み出した後期資本主義の脱中心化された「分裂症的[12]」な世界においては「ポストモダニズムは…（社会とは）対立的ではなく…実際、それは消費社会自体の支配的な、あるいは覇権的な美学を構成しており、新しい形式や流行を生み出す実質上の実験室として、消費社会の商品生産に重要な貢献をしている[13]」ことになる。とすれば、後期資本主義社会の大衆消費文化の内部にいる我々とすれば、好むと好まざるとにかかわらず、ポストモダニズムは我々の生きる状況なのであり、それを軽率に称賛することも、また否定することも不可能なのであり、それをいかに認識し、それに対していかなる態度をとり、また対応するかが問われることになる。

II

『旅路の果て』は、啓蒙思想の理念によって成り立つ近代世界に対して批判的な二人の主要人物ジョー・モーガンとジェイコブ・ホーナーにそれぞれ実存主義とポストモダニズムの思想を図式化して体現させ、D・モレルが言う、二人の間の「触媒的人物[14]」としてモーガンの妻レニーを配し、それに、ホーナーの医師である徹底的なプラグマティストを加えた四人の主要人物によって成り立つ非常に観念的な思想小説である。

ホーナーの悩ましい問題は選択ができないことである。ジョンズ・ホプキンズ大学の英文学科の学生である二八才のホーナーは、大学院の学位取得のための口頭試験にパスしたものの学位論文にはいまだ手をつけていない状態で、誕生日の憂鬱にかられてどこかに旅に出ようと思って部屋を出る。彼は、ペンシルベニア駅の中央ホールまで来た時に旅をする動機がなくなり、そうかと言ってアパートに戻る理由も見出せずにベンチで動けなくなる（I sat immobile on the bench.）[15]。彼は行動の選択ができずに肉体的固着という麻痺状態に陥る。彼の目は「ぼうとして永遠を凝視して究極を見すえており」（三二三）、彼はこれを「ぼくが取り付かれた病気は宇宙病だ」（三二三）と言う。このホーナーが、たまたまそこを通りかかった黒人の医者の治療を受けることになったことからこの話は始まる。

ホーナーが行動の選択ができないこと、つまり、彼の非決定性は、さらに、次のようなエピソードにも現われる。彼は医者からカウンセリングを受ける時に、椅子に座った時の足の組み方や腕の置き方に迷い、ある姿勢を取っても「他の多くの可能な（姿勢の）選択肢に直面すると不満を感じるし」（二五六）、二年にわたるカウンセリングの後、医者から定職に就くことを勧められても、求職と求職反対理由が伯仲し、「綱引きの綱の中心点みたいに、静止したまま動かない。」

（二五八）

ホーナーが選択できないという問題は、その後の医者の治療、英文法の教師として大学に就職したこと、職場の同僚ジョーとの関係、その妻レニーとの不倫事件とその後のレニーの妊娠と死という混乱、等のこの小説の全体のプロットの出発点であり、構成の核であり、また、テーマの重要な一部分となるものである。

ホーナーが人間的状況の多様性と複数の選択の可能性のうちから一つを選択できないのは、その一つのものを選択する行為に意義と倫理的価値を見出せないからだ。ホーナーは「役割を除けば……人間性には興味がなく」（二七九）、「一貫性のある人生の目的なんてバカげている」（三〇五）と思い、「人格がなく（without a personality）存在するのをやめ……心が、星と星のあいだの空間のように、まるで空っぽ（empty）だ」（二八七）と言う。そして、彼には、同僚モーガンの妻レニーとの姦通事件の「全ての事柄自体に意味はない（without significance）のだ。」（三四八）ホーナーはバースの前作『フローティング・オペラ』（一九五六年）で、「何ものにも本質的価値はない」「生きることにも自殺することにも究極的理由はない」と言う主人公トッド・アンドリュースの人間性と生の価値の徹底的否定、言い換えれば、極北のニヒリズムの一つのヴァリエイションを引き継いでいるので、行動に結びついたいかなる倫理的基準も破棄されている、と言うより、彼にはそれは存在しない。

その原因として、バースは、ホーナーを徹底して人格の統合点が全くない人物として描く。レニーは彼を「あまりにも多くの彼がいるので、ぜんぜん存在していないようであり、……夢の中の存在以上の、無である」（三二六―三二七）と述べるが、ホーナー自身、「天気がない」（weatherless）（二八七）ような存在の空白感を幾度となく感じる。

デイヴィッド・カーナーはホーナーの人間性を「変幻自在のカメレオンのような存在[16]」と言い、ジャック・サープはそれを「壊れた原形質[17]」と指摘するが、このようなホーナーの「天気がない」ような「空っぽ」の自我に、近代的なアイデンティティは在り様がない。医者は、ホーナーは「自我の代わりに真空（vacuum）を持つ」（三三四）と言うが、このホーナーが特定の状況の中で生きていこうとする場合に取る存在の形は、それぞれの状況に応じて、その状況の影響を受けながら取る一つの姿勢や態度（それを後には「仮面」というが）しか在りえないのだが、その場合のホーナーのアイデンティティは、その態度や仮面の中に真の自我などはないのだから、それは恣意的な作りごとのアイデンティティにすぎない。だが、バースはこのような空白の自我のホーナーを他の登場人物にぶつけることによって近代の人間の統一された一貫性のある自我や主体の観念を浮かび上がらせ、それがむしろ虚構であり虚妄であることを描き出す。

ホーナーは、作品の冒頭で、「ある意味で、私はジェイコブ・ホーナーだ」(In a sense I am Jacob Horner.)(二五五)と自己紹介を行う。この言葉は、メルヴィルの『白鯨』の有名な冒頭の言葉「私をイシュメルとでも呼んでくれ」(Call me Ishmael.)を想起させるもので、バースがメルヴィルを意識して書いたとも思える書き出しだが、この言葉は自己の存在規定の不可能さや不確かさを表わす。さらに、カート・ヴォネガット・ジュニアの『スローターハウス5』の冒頭の文章「多かれ少なかれ、こういうことが起ったのだ」(All this happened, more or less.)や作中、呪文のように繰り返される「まあ、そういうことだ」(So it goes.)等に共通する表現の不確かさ、曖昧さは、六〇年代に通底する世界の巨大な虚偽と悪、そしてその不可解さや非論理性や不条理性を言葉で捉え難いことや、事実や真実を捉え語ろうとする主体の不確かさ、自己規定の困難さに起因している。だが、バースのホーナーの描き方は、単にホーナーを否定的に見るのではなく、逆にむしろ人間の自我はもともと不確かで捉え難いもので、そもそも自我や主体は単一で統一された一貫性のあるものではないのではないか、というバースの近代的人間観への疑念がその背後にある。主体は、他者や状況との関係によって恣意的に選びとられるもので、アプリオリに存在するものではない。個人の自我は複数で分裂しており、人格は複雑で多様であると考えるバースの人間観は、主体は主体が置かれた状態によって流動し変容すると考えるドゥルーズ/ガタリの人間観に近い。

そしてまた、D・H・ロレンスが『古典アメリカ文学研究』の第二章「ベンジャミン・フランクリン」で述べた次の言葉の反響をも聞く。

理想的自我だって。おお、でも私は、理想の窓下で狼か山犬のように閉め出されて吠えている奇妙な逃亡した自我を持っている。闇のなかのその赤い眼を見たまえ。これは自分のところに帰ってくる自我だ。

人間の完璧性だって。おお、神さま。あらゆる人間は生きている限り、彼自身の内部において無数の相矛盾する人間であるのに、他を犠牲にしてこれらのうちのどれを君は完成しようと選ぶのか。(18)

本来無数の相矛盾するものを心に持つ人間性が、その人間性の他の部分が抑圧され、理性を中心とした合理的科学的精神へと集合され統合され秩序づけられるフランクリン的人間精神と、さらに、一八世紀のアメリカの理性中心の国民性の鋳型造りへの強烈な皮肉と揶揄を込めたロレンスのフランクリン観と同様に、バースは、人間はもともと多様で複雑で矛盾した存在であるという人間観を持つ。バースの主人公の選択困難という特性は、次作『酔いどれ草の仲買人』の主人公エベニーザーにも引き継がれ、彼は、

可能性の美に酔心地になり、選択をせまられながらも眼がくらんでなすすべを知らぬままに、ぶざまな漂流物のごとく満足したようなせぬような心地で機会の潮に身をまかせながら漂っていたのである。(19)

エベニーザーは詩人を気取りながらも職業の選択に迷い、目標をたててそれに向かって努力するといった対象がないので、時々、座して何もせずに「無気力、無感動の状態にはまり込む」(20)ところはホーナーに酷似するし、家庭教師バーリンゲームにより教師になることを勧められるところなどはホーナーの医師の治療法と同じである。

ホーナーとエベニーザーの選択不能性は、前作『フローティング・オペラ』の主人公トッド・アンドリュースの極限のニヒリズムほどではないにしても、世界における意味と価値を喪失し、その結果、二人の人間観や世界観に広く浸透しているニヒリズムがその根底にあることは論を俟たない。したがって、ホーナーの存在状況は、神をも含めて外部的、形式的価値や伝統や信念の

前提そのものを疑い、あらゆるものが一時的で不確かで相対的であると考え、世界は虚偽と無意味と空虚さで満ちているとするサルトル的実存主義と近似する。しかし、ホーナーが実存主義と決定的にすれ違うのは、実存主義が個人の主体と自由と価値を肯定し、人間の置かれている状況の多様な可能性と選択肢の中から実存的選択を行い、自己を未来へ投企し、そしてその選択行為に伴う個人の責任を引き受けることを基本概念とするのに対して、ホーナーにはこの実存主義の基本概念である主体と選択と責任の三つの概念が決定的に欠落している点である。この実存主義の概念を体現しホーナーと対立するのがジョー・モーガンであるが、二人の関係については後述する。

Ⅲ

選択ができないホーナーは、生きていくためには何らかの選択をしなければならないのだが、ペンシルベニア駅のホールで肉体的固着状態に陥った時、そこを通りかかった黒人の医者から話しかけられ、治療の為に彼が開いている「再生農場」（Remobilization Farm）という診療所に連れていかれて、動くための行動の選択の方法を教わる。病んだ白人を黒人が治療するという人種関係の構図には、白人中心の西洋社会の人種関係を転倒するバースの意図が読みとれるが、この医者は名前が最後まで明かされない正体不明の人物だから、特定の個人というよりある種の態度や思想的立場や概念を寓意的に総称して現わす人物と言える。この医者は、動かない患者を動かすことのみに関心を持ち、患者の経歴には全く興味を示さない。したがって、ホーナーの個人的事柄には一切質問せず、また、病気の原因も問題にせず、「世の中にはたまたま事実があるだけだ」(The world is everything that is the case,…)(三二〇)という考えが徹底しており、次のように言う。

究極的には、クリーヴランド・スタジアムの座席が正確に七万七千七百人でなければならない理由なんてなく、たまたま事実がそうなっているだけだ。長い目で見ればイタリアが長靴型じゃなくてソーセージ型だっていいわけだが、たまたま事実はそうじゃない。世の中はたまたまの事実ばかりで、その事実が何であるかは論理の問題じゃない。(三二〇)

この医者は、事実の背後にある因果関係や理念や精神性には全く関心を示さない超プラグマティストで、トニー・タナーは、バースの登場人物の多くは「現実の世界には確たる意味や永続する価値が存在するという概念そのものを否定している」(21)と指摘するが、この医者もその一人であり、この意味でこの医者も合理主義や科学主義や進歩の観念等の近代のプロジェクトに批判的人物であり、この点では、ホーナーやモーガンと共通している。他面この医者は、合理的、科学的精神によって人間の行動の有用性と効率と効果を求める近代精神のエッセンスの一面をグロテスクに歪曲し肥大して体現する、いわば、近代精神の鬼子である。彼がホーナーに与えた行動のための処方箋は、現実世界にホーナーを慣れさせることと、行動の有用性と効果のみを考慮したもので、行動の真偽と行動に結びついた倫理基準は最初から完全に放棄されている。人間性を無視して効果を重視する医者の論理は近代資本主義社会の経済の論理を暗示する。ここでのホーナーと医者との関係の構図は、主体が崩壊し、行動の真偽が分からず行動の倫理基準も持てない者（ホーナー）が、行動の真偽の判断と行動の倫理基準を放棄した者（医者）によって行動の指針を与えられているというもので、二人の関係は危険極まりないものである。二人の関係は、後期資本主義社会における主体が無く浮遊する人間と、倫理なき経済的結果だけを求める人間との浅薄で脆弱で危険な関係を暗示する。Ｅ・Ｐ・ウォルキーウィッツは次のように指摘する。

医者の処方箋は危険で破壊的な可能性を持つものだ。いかなる価値からも切り離され、どんな行動も行動しないことよりも好ましいという前提に基づき、行動に意義あるチェックを与えなければ、その処方箋のプログラムは個人に完全な放縦を認めるもので、それは生を否

定する（life-negating）ことになる。(22)

もともと医者はホーナーの経歴や病気の原因には関心を示さないのだから、ホーナーの人間性は初めから半ば抹殺され、精神性のない物的存在とみなされている。医者にとってホーナーは動くロボットに近い。医者はホーナーに具体的な行動の指針として、複雑な選択肢のある状況に身を置かないこと、『世界年鑑』一九五一年度版を勉強すること、左側原則、先行原則、アルファベット原則を守ること、等を教えていく。これらの行動の指針に共通する考えは、係わりあう人間関係を避け、複雑なものを極端に単純化し、人間らしい感情や感性や好みを出来うるかぎり抹殺していくことである。『世界年鑑』は相互に関係のない体系化されないバラバラの事実や情報の寄せ集めであり、いかなる選択的状況の中でも左側にあるもの、先行するもの、アルファベットでは前に来るものを選択するなどという馬鹿げた笑止千万の行為は、人間性を限りなく抹殺して自己をロボットにする以外にはできる行為ではない。

この医者がホーナーに行う治療の中心となるものは「神話療法」（Mythotherapy）（三三六）で、「実存（existence）は本質（essence）に先立ち……人間は自由に本質を選択できるばかりではなく、それを意のままに変えられる」（三三六）という実存主義の仮説に基づく治療法で、これは具体的に言えば、特定の状況で自らに役割を割り当てるという形で本質を選び、それを理にかなうように遂行することである。この役割の割り当て行為（role-assigning）は、特定の状況に自己表示のための一つの印、ないしは、偶然的で一時的であれ、生の形を表わす仮面をつけるようなもので、この仮面は新しい状況に遭遇してその仮面が合わなければ別の仮面にとり替える訳で、当然その人物は「分裂症的」になる。

しかし、医者がホーナーに対して行った「神話治療」は成功したとは言えない。これは、ホーナーの人間性に対する医者の認識が甘かったことからくるもので、実存主義の「実存が本質に先立つ」という考えは理解できても、ホーナーのように主体や自我のない人間は「本質」を選択するための「実存」そのものがないからだ。つまり、「天気がない」ような自己の存在の空白感にしばしば襲われるホーナーには「本質」に先立つ「実存」の定立そのものが極めて困難なのである。そしてここではむしろ、「本質」がない者に「実存」が可能であるかという命題の提示があり、実存主義に対する作者バースのアイロニーさえ見てとれる。医者はホーナーに、サルトルを読んで実存主義者になるように勧めるが、なれなかったと告白するホーナー（三三六）の存在状況は至極当然の事であり、主体がなく選択できないものが実存主義者になれるはずがない。

Ⅳ

ホーナーはこのような治療を受けながら多くの臨時の仕事をした後、医者の一種の「仕事治療」としてメリーランド州のウィコミコ教員養成大学の英語の教師となり、医者から英文学ではなく英文法を教えること、そしてその英文法の中でも選択的状況を取り扱う記述文法ではなく、厳密な規則の体系がある規範文法を教えることを指示される。

ホーナーは教職に就いてすぐにこの大学の若い歴史学の教師であるジョー・モーガンと彼の妻レニーと親しくなり、彼らの関係はすぐに三角関係に陥る。モーガンは真面目で誠実で自分の立場を確信し、目的に向かって進んでいくタイプの人間で、「人の歩くところに道がつくられるべきであって、たまたま道があるところを歩くのではない」（二七二）と考え、規範文法を教えるホーナーが既存の規則やルールに従って行動させられるのと対照的に、自己の主体や主観に基づいて現実を形成していこうとする人間である。彼は、「世の中は嘘でいっぱいで目的もなく」（三一〇）外部世界や社会の「統一、調和、永遠、普遍には感銘を受けない」（二九六）し、「究極的に弁護できるものは何もない」（二九七）と言う。だが、「あらゆる価値が内在的でなく、客観的でなく、絶対的でなければ、それは現実的でもないというのは誤りだ」（二九五）と言って、世界に内在的、客観的、絶対的価値があることは認めないが、主体との係わりを持つ現実的価値や社会習慣の存在意義は認めていく。そして、「結婚に内在的価値なんていっさいない」（二九六）としながら、妻レニーとの結婚への忠誠心を「主観的、絶対の等価物」(the subjective equivalent of an absolute)（二九七）と考え、二人の関係が「第二」（三一一）で「価値の定位点」(the orientation post)（三六二）だとも言い、妻と二人の「自立」し「自足」した人間同士の「永続的関係」を築くのだ、と言う人物である。

このようにモーガンは、外部の客観的、内在的、絶対的価値を認めず、主体や主観に基づいて自己の立場を確信し、常に首尾一貫した態度をとり、妻との関係を絶対的価値の定点として人生を形成していこうとする。ジャック・サープは、モーガンの理論は、全ての価値は相対的だが、いくつかの価値を絶対的なものであるかのように受け入れるので、「結果的にはキリスト教教義や他の超越的力の観念に依存する教義と同様に絶対主義者になる」[23]と指摘するが、彼のように客観的価値を全て排して自己の主体を中心とする主観的価値しかないと考え、ある事柄を選択してそれを絶対的価値として定立するのも独裁者を生み出す極めて危険な思想である。また、人生には主観的価値しかないとするモーガンの思想は、人生には事実しかないとするホーナーの医者と同様にバランスを失った歪な思想であり、バースは明らかにモーガンの人間性に、実存主義の概念を戯画的に誇張し、アイロニーを込めて具現させている。そしてある意味でリチャード・W・ノーランドが言うように、バースが「実存主義そのものをパロディの対象にしている」[24]とも言えるのである。

モーガンは外部の客観的、内在的、絶対的価値を認めないが、他方、ホーナーは自己の内部にも外部にもいかなる価値も見出せない人間だから、二人は、外部の価値を認めないところは共通しており、この点をレニーは、二人は「いろんな点で完全に違っている訳ではなく、むしろそっくりなところもある……(それは)同じ前提からものを始めるところ」(三一三)だと言う。この「同じ前提」とは、以前引用したトニー・タナーが指摘する、バースの登場人物の多くの者が持つ「世界の意味と永続する価値の概念を否定する」立場なのであり、そしてこの概念とは、合理主義や科学主義や進歩の思想等の近代思想のプロジェクトとみなしてよい。近代思想の意味と価値に対しては、主要登場人物のホーナーとモーガンと医者はことごとくそれを批判し、あるいはそれに背を向けるのだが、この作品の思想的基本構造は、彼ら三人の近代思想への対応の仕方が、実存主義的(モーガン)、ポストモダン的(ホーナー)、プラグマティック(医者)とかなり観念的に図式化されて提示されており、この点がこの小説が思想小説と呼ばれる所以である。

外部の意味や価値を否定する点では共通しながら、モーガンとホーナーの対照・対立は自己の内部に価値形成ができる者とそれができない者との対照・対立だが、これは、突き詰めれば、二人の主体や自我の在り方の違いに帰せられる。つまり、モダニズムの最後の砦として明確で堅固な主体や自立し統一した自我を主張する実存主義者モーガンと、砦の崩壊後の解体した主体と分裂した自我を持って彷徨するポストモダンの人間ホーナーの違いである。デイヴィッド・モレルは、ホーナーとモーガンはバースの前作『フローティング・オペラ』のニヒリストの主人公トッド・アンドリュースが二つに分裂して、価値を持てないホーナーと相対的価値に生きるモーガンとなったのだと指摘するが[25]、この点は一面では考えられるにしろ、トッドには堅固な主体を基にした明確な価値形成を行うモーガンの未来への生の意欲は完全に欠落しているので、モレルの指摘は似而非なるものであろう。

作品中、ホーナーとモーガンを緊密に結びつけその対照・対立を明確にするのは、ホーナーと不倫関係に陥るモーガンの妻レニーである。レニーは、モーガンと会うまでは自分の哲学を何も持てず「自分の内部の奥まで覗き込んで、そこに何もなかったことを知り、」（三二六）「自分のパーソナリティを消して……ゼロにして」（三二一）モーガンに従うことを決めた女性である。強い個性や特殊性を持たないレニーは、それ故、ホーナーとモーガンの「触媒」的役割に相応しいのだが、彼女は、主観主義の絶対主義者モーガンに完全に支配され、モーガン個人の「絶対的価値の等価物」である結婚への忠誠心という考えの有効性を験すためにモーガンが仕組んだ罠に掛って、ホーナーとの不倫の関係に陥る。

V

ホーナーとレニーはモーガンが家をあけたときに、互いに特別の理由もなく姦通を犯す。モーガンはレニーとの結婚生活に絶対的価値を置き、自立した自己の主体を中心とした人間関係に永続性と一貫性と統一性を求め、さらにそこに意味や価値を見い出そうとするが彼自身の理論の正当性と有効性を検証するために、新任教師のホーナーを自宅に招き、その後、意図的にレニーをホーナーと二人だけで乗馬を行わせたり、自分の出張中にホーナーにレニーの相手をさせたりして、レニーとホーナーの不倫を企んだのだ。(ホーナーは「ジョーのこの計画に対する仕組んだ情熱」(二九九)と言う。)したがって、モーガンはレニーとの関係を「最も重要なもので……絶対的なものの一つ」(三六一)と言いながら、不倫の事実が発覚したときは、それほど動揺はしないし、まして激怒することはせず、不倫の動機や理由をホーナーとレニーに問う。

ホーナーは、自己の存在の空白を感じ、「今日のジェイコブ・ホーナーはいないようだ」(二八六)と自分のことを言い、また、「天気がない日は考えられないが、少なくとも私には気分が全くない日がしばしばある……人格がないので存在するのをやめた」（二八七）とか、「天気がない日には、私の心は宇宙空間のように空虚である」（二八七）といった言葉を繰り返し表明する。そして、レニーは、「あなたは全然存在しないのと同じで……あなたは自分を消し去っている……あなたは無です」（三一六―三一七）とホーナーの存在の実態を表現するが、もともとホーナーは「行為の原因などには興味がなく」（二八六）、行為の倫理的意味と価値を見出せないから行為の選択ができなかった人間だから、モーガンから理由を問われても姦通は「全く意味のないもの」（三四八）であり、「無意識の動機は（彼にも）分らず、意識的動機は全然なく、したがって、ありもしない理由は言えない」（三五八）としか答えない。つまり、この姦通は、ホーナーには動機も理由も意味もないのである。

モーガンは、個人の個性を尊重し、個人の意思や欲望に正直であることを自分にも他人にも求め、「行ったことは欲したことだ」（三〇〇）という考えをホーナーにもレニーにも適用し、レニーがやりたいと思っていることを確かめ、理解し、レニーとの新たな関係を築こうとする。モーガンは「人間は一貫性のある行動を取ることができる」（二九七）し、行動や思想を「明確に言語化」（三二〇）できると考えている。こうして、モーガンは自らの明確に言語化された理論に忠実でかつ一貫性ある態度を取ろうとして妻の姦通を容認することになる。ここには明らかに、言語やロゴスだけでは捉えられない社会的、人間的現実を理解しないモーガンの言語とロゴス中心の人間性への、そしてひいては西洋近代の人間観への、バースの痛烈な批判がある。ダニエル・マジアックは、モーガンは「合理的意思の中に価値を確立しようとして……人間が他の人間的要素に支配されようとしていることが分らない」[26]と指摘するが、ホーナーはこの時点で、モーガンに対して「彼の災難は理性と知性と文明の災難であり、知性がすべての問題を解釈するという妄想にとらわれている」（三七二）と、モーガンの、ひいては近代人の理性と知性偏重へ厳しい批判の矢を向ける。こうしてこの後、ホーナーとレニーは容認された姦通を何度か犯す。この時三人の関係は「ジョーは〈理性〉ないしは〈存在〉でジェイコブは〈非理性〉ないしは〈非存在〉で、二人は全力をつくしてレニーを我がものにしようとした。それは、神とサタンが魂を求めて争うようなものだ」（三七七）と描かれる。

これまで述べたモーガンの人間性を纏めれば、1明確な主体と自我に基づく人間関係　2個性と自立した人間性の尊重　3自己の基盤を確信した立場の表明　4一貫性のある言動　5持続する人間関係　6矛盾のない統一された自己　7理性と知性による言動の明確な言語化や理論化、と箇条書きできるであろう。これらの項目がことごとく近代の人間の理念を表わしていることは一目瞭然であるが、ただし、ここに欠落しているのが、トニー・タナーの言う「世界の普遍的意味と永続する価値の概念」、言いかえれば、外部の客観的、内在的、絶対的価値、つまり、合理主義や科学主義や進歩の思想等の近代思想のプロジェクトへのモーガンの信念である。

ホーナーはモーガンの近代的人間性の理念にことごとく対照・対立的な言動を行う。彼は「持続性に欠け」（二八二）、「一貫性がなく」（二八四）「筋を通して生きるという生活の目的ほど馬鹿げているものはなく…誰の立場も愚かであり、」（三〇五）、「何一つ継続すべき納得のいく理由がない」（三三二）。さらに彼は、「立場を取らない問題回避の人間であり」（三七五）、「個人として統一感がなく」（三九〇）「意見というものがない。」（三九八）ホーナーのこれらの言動が、主体が崩壊し分裂した自我の空白の人間性から出ていることは論を俟たないが、モーガンとホーナーの明白な人間性の対照・対立は、バースがモダニズムとポストモダニズムの人間性と理念を誇張し歪曲し図式化して、それぞれモーガンとホーナーに体現させ、かつ二人をレニーを媒体として衝突させ、その結果を見ようとしたものであることは明らかだ。そしてその基本的構図は、モーガンの持つ近代的人間の理念である主体とアイデンティティと一貫性と永続性と意味と価値を、ホーナーの無定形で変幻自在の原形質的な矛盾と分裂と混乱の人間性、つまり、J・サープの言う「ノーという人物の複合体」[27]が脅かすというものである。バースの思想的立場は、もちろん、ホーナーの方に大きく傾いており、ホーナーをモーガンにぶつけることによって近代的人間観を批判的に検証しようとしている。

ところで、姦通事件の混乱の最中に、ホーナーは彼自身の矛盾、対立、分裂状態をあまり心の負担とは思わずに、むしろ、心おだやかに魅力さえ感じている場面がある。彼は言う。

一定の主題について、矛盾した、と言おうか少なくとも両極化した意見を主張することがぼくにとって重荷にはならなかった。ぼくはあまりにもやすやすとそれをやってのけたのだ。たぶん、それはぼく自身の究極的流動性を考えるからだ。(三六八)

この気分は一日中続いて、学校を出るとき、ぼくの頭は宇宙のヤーヌス神的対立感情でいっぱいで、ぼくは世界の魅力的均衡、偏在する両極性を縫って部屋にもどる。(三八四)

さらに彼は、揺り椅子に座り、「ほんのりとした幸せな気分で……一種の汎浸透的宇宙意識のなかで……遊星の息吹きを感じる」(三四九)と言う。ここは作品の中で最も魅力的なホーナーの語りの箇所であり、思想的に作者バースがホーナーに最も近いところである。西洋近代は人間と世界と宇宙の有機的に統合されたコスモスを破壊し、それぞれをバラバラに分断し孤立させ、さらに人間の心にも、理性と感情、善と悪、正と不正、文明と野蛮というような対立的概念を生み出し、一方を選択し他方を切り捨て、抑圧していったが、こういう西洋近代の二項対立的価値観が生み出す分断と孤立と選択を否定し、多様で矛盾し異質なものをそのまま全体として受け入れ、むしろ対立するものの間を自由に流動し、あるいは両極間の魅力ある均衡を楽しみ、また、時には宇宙との合一感を持つ態度がここにある。このホーナーの感情は、矛盾・対立するものを弁証的に止揚する二元論的発想ではなく、多様、矛盾、異質、さらには混沌さえ抱擁する、あるいはその混沌の中に身を委ねる態度である。この点でも基本的に二元論であるサルトル的実存主義とは相容れない考えである。パトリシア・トービンは、「この恐ろしい思想小説は、ヘーゲル的テーゼ／アンチテーゼ／ジンテーゼの弁証法的三段論法が、ジョー・モーガンと彼の妻レニーとジェイク・ホーナーの不倫の三角関係の上に重くのしかかっている」[28]と述べるが、これはかなり粗雑な論考であり、モーガンとホーナーは対立するが、二人を止揚・統合する人物ないしはイメージはこの作品にはない。ホーナーの意識はむしろ、チャールズ・B・ハリスの指摘する、「ホーナーの宇宙病は一種の超絶主義であり、神秘的に全体を見る視点である」[29]に近い。

ところで、イーハブ・ハッサンは、ポストモダニズムの思想の特徴の核心は、「非決定性」(Indeterminacy) と「イマネンス」(Immanences) だと言い[30]、これら二つにまたがる思想的傾向を次のように述べる。

ポストモダニズムの計画は、計画と言うより複雑な二重の傾向であり、二つの傾向は弁証法的ではなく、正確には、アンチテーゼ的でもなく、ジンテーゼにも至らない。さらに、おのおのの傾向は、それ自身の矛盾を生み出し、他の傾向の要素もみずからに内包している。この二つの傾向は、相互に影響し会い、行動は、ふざけたものであったり非常に真面目なものであったりしてアンビレクティック（ambilectic）のパターンを示している。(31)

"ambilectic"は辞書にはなく、ハッサンが、"ambivalence"と"dialectic"の二つの単語を模して創った造語のようであるが、両極性と矛盾・対立を自らの内に持つホーナーの精神性に非常に近いものである。このポストモダンの傾向の一つが「非決定性」であるが、ハッサンは、他の一つの「イマネンス」の概念が、一に対する多の優位性と全体化への挑戦の姿勢、等表わすことを挙げた後、その概念規定を次のように指摘する。

一つの意志を分散させる傾向をイマネンスと呼ぶ。これは、私が宗教的共鳴を持たせずに

使う言葉で、精神が世界に広がり、自我と世界に働きかけ、すぐに自らの環境となることを意味している。(32)

「アンビレクティック」や「イマネンス」の概念内容は、自己と他者、主体と客体、人間と対象世界、等を対立的に捉えてきた西洋近代の二元論的世界を否定し、両極性や多極性と矛盾・対立の受容と相互浸透や融合への感情や思考を示すものであり、ホーナーの人間性が、ハッサンが指摘したポストモダニズムの概念の典型を示していることがわかる。

だが、このように人間や世界や状況を神秘的に全体として包含するホーナーの感情は、近代の理念への批判的な視点や姿勢を提示することはできても、生きる現実の社会的場では無力である。モーガンに容認された形でなされた数度の姦通の後、レニーが妊娠した事実が分かり、ホーナーが父親である可能性もあり、責任の問題が発生する。実存主義では主体と選択と責任が基本概念であるので、実存主義者モーガンは当然の如くホーナーに責任の分担を要求する。モーガンは何事にも真面目に直面することのないホーナーに対して、この問題に対する基本的姿勢として「一つの立場を取り、それを変えないこと」(三九八)を強く求める。しかし、ホーナーは一つの行動倫理を選べない人間だから、一つの立場を取れず、問題に対する意見もない。したがって、彼には、責任を取らなければならないという確信が持てない。だが、レニーが堕胎を求め、それができなければ自殺すると言い、モーガンが問題解決の一つの方法として古いコルト銃を持ち出すと、レニーの死という終局性とその終局性をもたらす手段としてのコルト銃の「終局的な姿」(final-looking)(三九五)に怯えて、彼は責任を取る行動として堕胎医を求めて狂奔する。そしてそれに失敗して、最後の拠所として自分がかかっている医者に堕胎を頼み、医者はしぶしぶ了承する。レニーは、ホーナーによって医者の診療所に連れて行かれ、掻爬手術を受けている最中に麻酔による嘔吐によって窒息死する。

VI

社会生活の中では行為の責任の問題が生じることは当然とは言え、レニーの妊娠の事実が起こるまでは、主体と立場と行動の倫理基準がなく、したがって責任の観念もなかったホーナーが、レニーの死の可能性とコルト銃の終局性を突きつけられて、急に責任を取る行為で右往左往し、ドタバタ悲喜劇の主人公に変身するのは、作品としてもまたホーナーの人間性からも一貫性がなく矛盾し分裂している。このレニーの妊娠事件以後のバースの作品の書き方そのものが変化していることに関して、J・サープは、妊娠事件以後の作品の細部事実の書き方の過度の細かさから判断して「レニーの死の話は別の短編小説だった[33]」可能性があると指摘しているし、また、チャールズ・B・ハリスも「書き方が急変し……過度の自然主義的な細部描写となる[34]」と言う。しかし、この書き方の変化は、作品の手法とホーナーの人間性に係わるテーマと共にバースが意図的に行ったものだと思われる。その理由の一つは、ホーナーはもともと一つの立場を取ることができず、一貫性がなく矛盾し分裂した人間だから、レニーの妊娠に関して責任を取らないことで一貫すると、それはそれで無責任という一つの立場を取ることであり、そういう一つの立場をとれないのがホーナーの人間性である、ということである。彼は両極間を移動する人間で、無責任から責任へ、また逆に責任から無責任へと移動していくのが彼にとっては自然なのだ。レニーの堕胎を頼まれた医者はホーナーに対して、ホーナーが複雑な人間関係に巻き込まれないようにという彼の指示を守らなかったことを咎めて、さらに、「後悔しない徹底した悪漢役（out-and-out villain）を割り当てた方がよかったのだ……君は悔いても始まらない時に懺悔人の役を自分に、割り当てのだ。これほど麻痺にふさわしい役はない」（四二六）と厳しく批判する。だが、一つの立場を一貫して取れないのがホーナーであり、徹底した悪漢役を演じられれば、もともと麻痺など起こるはずはなかったのだから、医者のホーナー批判も妥当性を欠く。

他の理由としては、社会の現実の中で生きていこうとすれば、何らかの形で社会慣習や倫理や法の規則や拘束を受けざるをえないので、ポストモダニストのホーナーも例外ではなく、ホーナーがモーガンが持ち出したコルト銃の銃口が自分に向けられるかもしれない終局性を避けて生きていこうとすれば、社会的規則や拘束を受けざるを得ず、自らの行為の責任をとって醜いドタバタの悲喜劇を演じなければならないことを表わしている。ホーナーは「生きていこうとすれば、ぼくは自分とともに生きていかなければならない。そして、だいたい、ぼくは倫理的動物（a moral animal）であった」（三五九）と言う。

主体がなく立場がなく行動倫理がなくレニーとの姦通も「意義がないもの」と言った人間の言う「倫理的動物だった」という言葉は額面通りには受けとれないが、人は死なずに生きていこうとすれば倫理的にならざるをえない、つまり倫理なく生きる道はない、という生きることのアポリアをホーナーはコルト銃を前にして感じとるのである。だが、ホーナーの悩ましい問題は、一貫性のある一つの立場を取れない者がどうして倫理を持つことができるのかということである。彼は次のように告白する。

ぼくは、終始一貫して同一人間であることができないから、ぼくが他人の生活にまじめに係わり合うと、皆を必ず傷つけてしまうし、とりわけ、ぼく自身の平静さも傷つけてしまう

のだ。簡単に言えば、同じ役を長く演じられないことが他人にも自分にも苦痛を与えるのだ。（四三〇）

ここには、以前のホーナーの主体も立場も論理もない人間の開き直った態度はなく、彼の人間性と生き方が他人も自分も傷つけ苦しめるものだという、ホーナーの苦悩と反省の気持ちが表われている。ホーナーの苦悩は、生きていくためには倫理的であらねばならないことはコルト銃を前にして認識したが、主体が崩壊し自我が分裂し一つの立場をとれない者がいかに倫理の根拠を見出せるか、ということである。これは、極めて解決し難い難問であり、ホーナーは生きることのアポリアに陥る。ここで、初めてホーナーはこういうアポリアをもたらした自己の存在の根源に目を向けて、次のように言う。

ぼくは、ぼく自身やぼくの複雑な自我（my selves）についての考えやぼくの個人的な小さな秘密について少なからずいやになった。新しい町へ行って、新しい友だちを作って、名前だって新しくしてもいい、そうすれば一人の人間として統一性のあるふりをして（pretend enough unity to be a person）世の中で人間らしく生きられるかもしれない。（四三〇―四三一）

ホーナーはここで、分裂した複数の自我では一貫した一つの立場は取れないので、社会の中で倫理的な人間として生きつづけるためには、見せ掛けのものでも何らかの形で自我を統一する必要性を認識する。社会的存在としての人間の自我の構成は、その社会の文化的・政治的理念やシステムと不可分に絡み合っており、したがって、人間主体は、その社会の中で生きる限りその社会の権力的イデオロギーによって何らかの支配や拘束を受ける。スティーヴン・グリーンブラットがルネサンスの人間について述べたように、人間は、「純粋で束縛されることのない主体性の瞬間などは全くなく（また）自由に選択されたアイデンティテイの顕現はなく……（それは）文化的工作物であり……イデオロギー的体制によって範囲を厳密に定められた可能性の内に収められている[35]」存在なのかもしれない。しかし人間がそういう文化的存在であっても、グリーンブラットは、「自己成型を放棄することは自由への要求を放棄することであり……自分が己のアイデンティティの主たる作り手であるという幻影を維持することのやみがたい必要性[36]」を主張する。

ホーナーは、現実社会の中で「見せ掛け」の、ないしは、「幻影」の自我や主体性さえ形成できずに、「自由への要求を放棄」して、診療所に自らを幽閉することになる。それは、たとえホーナーが見せ掛けの自我の必要性を認識しても、今まで主体が崩壊し自我が分裂した状態で生きてきた者が、すぐさまその認識を現実の場で実行に移すことはできないことを表わしている。

この後、ホーナーは、「ゴタゴタを整理し」(四一八)、「人が欲することを何でもする」(四一九)と言ってレニーの死の公的な「法的責任をとる」(四三八)覚悟を固めるが、スキャンダルを恐れた学長やモーガンの事実のもみ消し工作によって、公表されたレニーの死因は病院へ行く途中に窒息死したことになり、さらに、モーガンも学長の要求により大学を辞職する形で決着がつき、ホーナーは「公に責任をとる機会を拒まれる。」(四四一)大学側のスキャンダルもみ消し工作は、ホーナーの行動を規制し拘束する体制側の恣意的で非論理的で組織維持のためのエゴイズムを暗示しているが、こういう社会であっても、人は生きていこうとすれば、たとえ偽装のものでも何らかの統合された自我と最低限の倫理を必要とする。

だが、ホーナーの自我は分裂したままであり、作品の最後においても、「ぼくが、自分のなかに見出したものは、抽象的で焦点のさだまらない苦悶ばかりで……何が正しい行動であるか決める場合でも、十分長い間一つの考えでいられない」(四四一)と告白し、モーガンからの電話にも「何をどこから手をつけたらよいのか分からない」(四四二)精神の混乱ぶりを伝える。作品の最後のパラグラフで、揺り椅子に坐ったホーナーは、再び「天気なし」(四四二)の精神状態に陥り、しばらくして、呼んだタクシーに乗り込んで運転手に行き先を「ターミナル」と告げるがこれが作品の終りの言葉となっている。

ホーナーは、レニーの妊娠事件から、現実社会に生きていくためには、自我を統合し一つの立場をとり倫理的であらねばならないことを学ぶが、それは単に認識上のことで作品の最後では彼は再び振り出しに戻り、「一つの考えでいられない」し、「天気なし」の精神の空白感を感じている。いやむしろ、ホーナーの病気は更に進行しているのであり、この作品は、ホーナーが「ターミナル」（駅）に行った後、別の場所に移った医師の診療所に再び入って二年間の治療を受けた後、社会には出ずに、診療所の中で今度は作文療法（Scriptotherapy）としてこの話を書いている、という小説の体裁となっている。つまり、この「ターミナル」（Terminal）は、「駅」という意味以外に形容詞としての「最終的な、究極の」という意味もあり、ホーナーが現実社会では生きていけずに、そこから「最終的に」離れていき、そして、診療所（病院）が「最終的な」生きる場となるという意味も併せて持っている。さらに、近代の理念とシステムに根源的で徹底的な疑念と批判を行った者の行き付く先が、精神病院以外には行き場のない「終わり」の状態、いいかえれば、「どんづまり」の状態であることも暗示している。

診療所は、ホーナーが現実社会や物理的経験の世界との係わりへの恐怖から、それらから逃避し自己を幽閉する場である。さらに彼は、作文療法によって言葉の世界に入り、そこに生きる場とリアリティを見い出す。作品中でホーナーは「ぼくに絶対的なものがあるとすれば、それは言葉（Articulation）だ」（三六六）と言う。そしてこのすぐ後で、「経験を言葉に変えることは、経験を裏切り偽ることだったし、裏切ることによってのみ経験を処理できる」（三六六）とも言い、ホーナーは、言葉と現実の分裂と、経験を裏切り偽る言葉の本質と機能を理解しながらも、現実の経験の世界には生きられず、そこから逃避し退行し、言葉の中にしか生きる場を見いだせない精神状況にある。だが、その言葉の世界とて、ホーナーはモーガンの明晰な言語とロゴス中心の世界を否定したはずであり、言葉の世界に生きることもホーナーにとってはアポリアであることには変わりない。

この作品のユニークさは、「世界の普遍的価値と永続する意味」を失った近代の最後の砦としての実存主義の、明確な主体と統一された自我と一貫性のある立場と責任の観念をモーガンに体現させ、まだ実存主義が力を持っていた五〇年代にその実存主義をアイロニーを込めてパロディ的に描き、さらに、五〇年代末に他の作家に先行して、主体が崩壊し自我が分裂し、行動倫理を持てないポストモダンの典型的人物ホーナーを作中人物として造形して、その二人を衝突させることによって、モダニズムと実存主義とポストモダンのそれぞれの思想的状況の問題点を浮き彫りにし、文学作品として提示したところにある。作品の最後の結末は、ホーナーのポストモダニズムは、モダニズムや実存主義の問題点を批判的に検証する視点とはなりうるが、倫理を形成できない主体と自我なき人間が現実社会ではいかに無力であるかを露呈した。

注

（1）David Morrell, *John Barth: An Introduction* (Pennsylvania State University Press, 1976) 16.
（2）フェリー／ルノー『68年の思想：現代の反—人間主義への批判』小野潮訳、（法政大学出版局、一九九八年）三五頁。
（3）今村仁司『現代思想の系譜学』（筑摩書房、一九八六年）四八頁。
（4）リュック・フェリー『神に代わる人間：人生の意味』菊地昌美、白井成雄訳、（法政大学出版局、一九九八年）四〇頁。
（5）今村四一頁。
（6）ジル・ドゥルーズ＋フェリックス・ガタリ『アンチ・オイディプス』市倉宏祐訳、（河出書房新社、一九八六年）三四頁。
（7）浅田彰他「共同討議：ドゥルーズと哲学」『批評空間』（太田出版、一九九六年）二四頁。
（8）フェリー／ルノー八九頁。

（9）デイヴィッド・ライアン『ポストモダニティ』合庭惇訳、（せりか書房、一九九六年）一四頁。

（10）Terry Eagleton, *The Illusions of Postmodernity* (Oxford: Blackwell, 1996) 125. 翻訳は、テリー・イーグルトン『ポストモダニズムの幻想』森田典正訳、（大月書店、一九九八年）を参照した。

（11）David Harvey, *The Condition of Postmodernity: An Enquiry into the Origins of Cultural Change* (Oxford: Basil Blackwell,1989) 58-59. 翻訳は、デヴィッド・ハーヴェイ『ポストモダニティの条件』吉原直樹監訳、（青木書店、一九九九年）を参照した。

（12）フレドリック・ジェイムソン『のちに生れる者へ―ポストモダニティ批判への道1971–1986』鈴木聡他訳、（紀伊國屋書店、一九九三年）五〇四頁。

（13）ジェイムソン五五一頁。

（14）Morrell 20.

（15）John Barth, *The Floating Opera and The End of the Road* (Anchorbooks, Doubleday, 1967) 323. *The Floating Opera* と *The End of the Road* からの引用はこの版により、以下は、引用文後の括弧内にページ数のみを記す。翻訳は、ジョン・バース『旅路の果て』志村正雄訳、（白水社、一九七二年）を参照した。

（16）David Kerner, "*End of the Road*: Psychodrama in Eden" *Critical Essays on John Barth* ed. Joseph J. Waldmeir. (Boston: G. K. Hall & Co., 1980) 93.

（17）Jac Tharpe, *John Barth: The Comic Sublimity of Paradox* (Southern Illinois University Press, 1974) 24.

（18）D. H. Lawrence, *Studies in Classic American Literature* (Penguin Books, 1977) 15.

(19) John Barth, *The Sod-Weed Factor* (Doubleday & Company, Inc., 1960) 11. 翻訳は、『酔いどれ草の仲買人』野崎孝訳、（集英社、一九八〇年）を参照した。

(20) Barth, *The Sod-Weed Factor* 27.

(21) Tony Tanner, *City of Words: American Fiction 1950–1970* (Jonathan Cape, 1971) 230.

(22) E. P. Walkiewicz, *John Barth* (Twayne Publishers,1986) 36.

(23) Tharpe 30.

(24) Richard W. Noland, "John Barth and the Novel of Comic Nihilism" *Critical Essays on John Barth* 20.

(25) Morrell 18.

(26) Daniel Majdiak, "Barth and the Representation of Life" *Critical Essays on John Barth* 103.

(27) Tharpe 26.

(28) Patricia Tobin, *John Barth and the Anxiety of Continuance* (University of Pennsylvania Press, 1992) 43.

(29) Charles B. Harris, *Passionate Virtuosity: The Fiction of John Barth* (University of Illinois Press, 1983) 48.

(30) Ihab Hassan, *The Right Promethean Fire: Imagination, Science, and Cultural Change* (University of Illinois Press, 1980) 109-112.

(31) Ihab Hassan and Sally Hassan, ed., *Innovation/Renovation: New Perspectives on the Humanities* (University of Wisconsin Press,1983) 27.

(32) Ihab Hassan and Sally Hassan 29.

(33) Tharpe 32.
(34) Harris 42.
(35) Stephen Greenblatt, *Renaissance Self-fashioning: From More to Shakespeare* (The University of Chicago Press, 1980) 256. 翻訳は、スティーヴン・グリーンブラット『ルネサンスの自己成型』高田茂樹訳（みすず書房、一九九二年）を参照した。
(36) Greenblatt 257.

ジョーゼフ・ヘラー『キャッチ=22』
――幽閉するロゴスへの抵抗

馬場弘利

Ⅰ

『キャッチ=22』(一九六一年)の舞台は第二次大戦中の地中海に位置するイタリアの小島、ピアノーサ島であり、主人公はそこに駐留する米国空軍部隊の爆撃助手ヨッサリアン大尉である。敵はファシズムのイタリア、ナチズムのドイツ、東条率いる日本軍であるが、戦闘の際の敵機の機影が描かれる以外は敵の具体的な姿は示されない。作品に描かれるほとんどの場面は、米国空軍部隊幹部の権力争い、謀略、食料係将校マイローの経済力を駆使した暗躍、そして、権力を掌握すると思われる上官たちへのヨッサリアンの抵抗などの部隊内部の出来事である。マルカム・ブラッドベリは、この作品の戦争描写と六〇年代の時代風潮との密接な関係を強調して、「ヘラーがこの作品の執筆に取り掛かったのは一九五三年であった。しかし、戦時中の腐敗した暗黒のイタリアに駐留し、何ら明確な理由もなしに一連の爆撃任務を果てしなく繰り返すアメリカ飛行部隊の描写は、この作品が発表された一九六一年当時のケネディ時代の危険な雰囲気をとらえていた」[1]と述べている。またトニー・タナーは、主人公の真の敵は「空軍のなかに明らかにされたアメリカ社会」[2]であると指摘している。作者ジョーゼフ・ヘラー（一九二三年―　）の創作意識には、確かに、大戦後のアメリカ社会が視野に入っている。小説の形態としては、戦争小説であるが、戦争に関するほとんどの描写は、大戦後のアメリカの管理社会の諸状況に置き換えて読むことが可能である。そこで、この作品に描かれる軍隊の行動や人間関係は、米国本土の後期資本主義社会の寓話にもなっている。

ここに言う後期資本主義社会とは、フレドリック・ジェイムソンによれば、第二次大戦後の多国籍資本、複製技術、電子的情報通信などによって特徴づけられる〈ポストモダン〉の社会であるが[3]、まず、これに先立つ〈モダン〉、つまり〈近代〉について考えておく必要があろう。近代とは、中世の神を中心とした社会から、人間の理性の役割を強調する社会に変化した人間主体の時代であり、啓蒙思想の合理主義に基づく永続的進歩に信頼をおく時代である。『ポストモダニティ』（一九九九年）の著者デイヴィッド・ライアンは、「近代化」とは「技術に導かれた経済成長と結びついた、社会的政治的過程と要約し性格づけられる」[4]と述べている。そして、〈近代〉が生み出したものとして彼が挙げているのが、合理化、分業制度、官僚制、軍事技術の進歩、都市化、学校・病院・軍隊における監視と管理矯正、制度化、植民地主義、男女の役割規定などである。(5) この近代化は同時に様々な社会問題も引き起こした。つまり、疎外、搾取、社会的規範の喪失、〈鉄の檻〉のような官僚制的拘束である。このような近代の生み出す社会的問題は、アメリカにおいては、一九世紀末期の急激な都市化現象とともに顕著に現れはじめた。例えば、セオドア・ドライサーの『シスター・キャリー』（一九〇〇年）では都市化、大量生産工場における搾取、成功の夢に取りつかれ行き場を見失う人々の姿が描かれていたし、フランク・ノリスの『オクトパス』（一九〇一年）では章魚の足のように伸びた鉄道網と、その所有者による非情なまでの農民支配が問題にされていた。また、シャーウッド・アンダソンの『貧乏白人』（一九二〇年）では、農業機械の発明家が商魂逞しい資本家に利用されていく様子と、都市化に浮かれ、自己を見失っていく多くの人々の姿が描かれていた。この三作品とも、一九世紀末のアメリカの近代化とそれが引き起こす諸問題を鮮やかに提示していた。そして、このような〈近代〉の内包していた諸問題が極端な形で露になったのが〈ポストモダン〉の社会である。そこでは、人間の理性を基礎とした合理主義の〈論理〉は行き詰まり状態を呈し、その結果、進歩への疑念、価値基準の混乱、方向感覚の喪失、流動性、浮遊性などを特徴とする脱中心的ポストモダンの社会が生まれた。

ヘラーの『キャッチ＝22』においては、軍隊の監視（特捜部による監視、通信文の検閲）、植民地主義（イタリア支配）、官僚制的拘束（「キャッチ＝22」の論理）などの近代の特徴と、そのような軍隊の近代的特徴に対する不信の結果として生まれる人間行動の不条理性、意思疎通の不能、ロゴスへの不信、方向感覚の喪失、カオス的状況といったポストモダン的特徴が現れている。このようなポストモダンの特徴は、六〇年代の他の多くの小説にも同様に、様々に形を変えて認められるものである。ポストモダン小説の主人公たちは、このような社会のなかで孤立感、疎外感、虚無感、幽閉感に苦しみ、自己を見失い、自我分裂をきたし、浮遊している。

II

『キャッチ＝22』は軍隊内の混沌と不条理の渦巻く世界をブラック・ユーモアで描いた小説である。南北戦争を扱ったスティーヴン・クレインの『赤い武功章』（一八九四年）では、青年ヘンリー・フレミングが愛国心や英雄主義から戦争に志願するが、戦争が機械のように生みだす死を眼前にして戦闘に脅えてしまう様子が描かれていた。また、アーネスト・ヘミングウェイの『武器よさらば』（一九二九年）は、主人公フレデリック・ヘンリーが自らが命を賭けた戦いに幻滅し、栄光、名誉、勇気、神聖といった抽象的な言葉の不潔さを知る過程を描いていた。しかし、

『キャッチ＝22』の場合には、この二作品に見られるような近代の軍隊の美徳とされるものは、作者によって初めから茶化されていて、揶揄の対象でしかない。かつては強制力を持ち、美化されていた、このような〈言葉〉を解体すること、これがポストモダンの戦争小説の大きな特徴である。ヘラーと同時代作家カート・ヴォネガット・ジュニアの『スローターハウス5』（一九六九年）も同じように、戦争における正義の観念の恣意性とそれがもたらす非人間的行為を暴き出し、正義感やヒロイズムなどの戦争の美徳とされるものへの不信感を明らかにしたが、それでもヘラーの作品ほどラディカルな戦争批判にはなっていない。

では、この戦争批判はどういう形で展開されているのだろうか。戦争小説といえば、敵と味方の間で繰り広げられる激しい戦闘場面が描かれるのが普通であるが、ここでは、アヴィニョン鉄橋爆撃の際の機関銃手スノードンの凄惨な戦死や、自軍機によって身体を真っ二つに切られるキッド・サンプソンの死以外は血なまぐさい戦闘は描かれず、専ら米国空軍部隊内の上官たちの、滑稽な支配権争いや部下の取り扱い、兵士の異常な考え方や行動、兵士間の愛国心、忠誠心、宗教心を巡る滑稽な会話などに物語は集中している。物語は、表面的には笑い話のように軽妙な調子で展開されていくが、読者はその背後に、戦争の不条理に対する作者ヘラーの痛烈な批判が流れていることを意識するのである。作品は、連合軍の悪を糾弾するのではなく、むしろ米軍の内部腐敗の実態を暴露することによって戦争の愚かさを批判していると言ってよいだろう。

物語は、一九四一年の主人公ヨッサリアンの入隊、アメリカ国内の空軍予備士官学校での訓練、一九四三年のイタリア、ピアノーサ島着任と大尉昇進、そして最後の一九四四年の、空軍部隊からの彼の脱走までを扱っているのだが、実際の作品構成はこのような自然な時間の流れには従わず、出来事は時間的にはバラバラに解体されている。キャスカート大佐が部下に強制的に課す責任出撃回数が、徐々に増加していく様子を念頭におくことで、読者自身が事件の前後関係を構成し直すようにしむけること、それがこのような時間構造を紡ぎ出した作者の意図である。

作品冒頭では、ヨッサリアンは絶えず出撃回数が増やされ、死の恐怖に晒されることに嫌気がさして、部隊内の病院に仮病を使って逃れている。死の恐怖に耐えて軍のため、国家のために戦うことよりは、戦争の最中においてさえ、「永久に生きよう、あるいはせめて生きる努力の過程において死のうと決意している」(6) 彼にとっては、病院ほど安全な場所はなかった。彼は「病院ではリラックスすることができた。そこにいるだれも彼に何かをやるように期待してはいなかったからである」(一六二)。それでは、病院外の軍隊本部は彼にとってどういう所なのだろうか。戦争に何の疑問も持たず、「祖国であると教えられてきたもののために命を投げうって」(一〇)いるほとんどの兵士たちは、ヨッサリアンにとっては「発狂している」(一一)としか考えられない。部隊の中で正気を保っているのは、タップマン従軍牧師と友人のオアくらいしかいないと彼自身は考えている。タップマン牧師は、軍隊のなかで宗教が形骸化していることに絶望し、死を目前にした兵士たちに神の信仰を説くことの空しさを痛感しているし、一方のオアは、眼前の機械いじりにのみ意識を集中し、軍に悟られないように入念に将来の脱走計画を練っているからである。狂気の兵士たちのなかで浮遊するヨッサリアンについて、作者ヘラーは次のように説明を加えている。「それほどの狂気のなかで、彼のような正気の若者にできることは、せいぜい自己のまともなものの見方を保つことくらいである」（一五）。しかし、軍隊においては、軍の方針や規律を疑いも抱かず盲目的に信じる者が〈正気〉であり、それに批判的な者や、理性的に、人間的に反応する者は〈狂気〉と見なされるというパラドックスが支配的である。このような軍隊においては、戦争に疑念を抱く正気の兵士たちは、軍隊のなかでは浮き上がった存在となり、主体性を剥奪され、方向感覚を失い、浮遊するよりほかない。

作品は、このような狂気の支配する軍隊に所属する多数の人物の考え方や行動を、四二章に分けて、その不条理な状況を提示しているのであるが、どの章もヨッサリアンの世界に厚みをもたせる働きをしている。一般的には、軍隊の組織は、ピラミッド型の秩序強固な階層組織であると考えられているが、この作品の場合は、軍司令官が必ずしも全権を掌握している訳ではなく、実質的にはマイローのような食料係の将校が、経済力によって軍を動かしているために、組織の権力の中心点が明確でない。これは軍隊組織のポストモダン性を示すものだが、それにもかかわらず、軍隊が依然として強力な力を保持している点が重要なのである。では、その力の原点はどこにあるのかというと、それは、軍隊に所与のものとされる「勇気、力、正義、真理、自由、愛、名誉、愛国心」（二五二）といった抽象的な言葉と、その言葉から必然的に生まれてくる軍隊の強制的論理なのである。つまり、ここに描かれている軍隊は、司令官をはじめとする軍幹部が、戦争の確固とした目的など忘れてしまっているように見える破綻しかけた組織ではあるが、それでも軍隊の多くの者が、戦争と結びつけられてきた旧来の言葉と論理にとらわれているのである。このことは後期資本主義社会の企業を例にとって考えた場合にも、同様なことが言えると思われる。会社自体の組織も人間関係も破綻しかけているのに、愛社精神や会社への忠誠心などという抽象的な言葉は相変わらず力を持ち、社員を無意識のうちに拘束しているということはよくあることだろう。そこで、ヨッサリアンにまつわる物語に焦点を絞ると、その物語は、そのほとんどが形骸化してはいるが依然として力を持っている〈言葉〉や〈論理〉、そしてそうしたロゴス中心主義からなる軍隊生活の諸相が露にしている不条理感、虚無感を中心に展開していると言える。これは、作者ヘラーの、一見したところ軽妙で、また不条理とも思える語り口や、ヨッサリアンと他の登場人物とのかみ合わない会話に注意を払えば、容易に理解できる。小説は、既成の言葉や論理やそれにまつわる行動をすべて茶化し、弱体化し、希薄化していくので、それを読む読者は、さながら言語ゲームにでも参加しているような気分になる。

〈言葉〉というものが現実から遊離してリアリティーを失い、滑稽で不条理な状況を生み出す例は枚挙に暇がない。ヨッサリアンの上官になるメイジャー少佐は全く無能であるが、名前がメイジャー・メイジャー・メイジャーであったために、ＩＢＭコンピュータの誤作動によって少佐（メイジャー）に昇進している。このような奇妙な状況が発生しても、軍はこれに気づいてもいないようであり、たとえ気づいたとしても、一度決定した事柄を決して訂正することはないだろう。また、ヨッサリアンの医者であるダニーカ軍医は、墜落した戦闘機の搭乗者名簿に名前が記載されていたというだけで戦死者扱いになり、現実に生きているにもかかわらず、兵士たちからは〈見えない人間〉にされてしまい、勤務する傷病兵病院に入ることもできず、「神出鬼没の亡霊のように、空しく物陰をのそのそと歩き回る」（三四六）だけになる。記録された名簿の名前だけが、その本人の存在とは裏腹に、一人歩きしてしまうのである。これとは逆に、入隊と同時に戦闘に参加させられて戦死した兵士マッドは、着任報告もせずに所持品をヨッサリアンのテントに置いたまま死亡したのであるが、軍は「正式には決して飛行大隊に所属した訳ではないから、正式に彼を除籍するということも決してできない」（一〇四）という理由で、彼の所持品だけは廃棄されず、まるで生きている兵士の所持品のように厳然とそこに存在し、他の兵士たちに不気味な恐怖を抱かせる。軍隊においては、人間の現実の〈存在／不在〉よりは、内容と意味のない公文書の〈言葉〉の方が強制力を持つという皮肉がここにはある。

空軍士官学校のシャイスコプフ少尉の妻とヨッサリアンとの会話においては、神の存在／不在の問題が議論の対象になる。ヨッサリアンは、「神には神秘的なところなんて何もない。神は全く働いてなどいない。遊んでいるんだ。そうでなきゃ、われわれのことなんかすっかり忘れているんだ」（一七六）と言って、神の気まぐれをなじるが、少尉夫人は、戦争という場においては神の存在の意味がないことに気づいていながらも、完全に神を見捨てることはできないままに、彼と情交にふける。軍内部で用いる〈神〉とは、「アメリカびいきの神」（二八五）に過ぎず、戦争というものの悲惨で非人間的な現実を前にしては、彼にとってこの〈神〉という言葉はリアリティーはないのだが、軍は従軍牧師による〈神〉への祈りを欠かそうとはしない。また、昇進の早いメイジャー少佐に対する対抗意識から、ブラック大尉は忠誠宣誓書運動を起こし、出撃前や食事の前など何か軍の行動が始まるときには、いつも三枚も四枚もある宣誓書に署名を強制する。緊急出撃前に署名を強制するということは、軍の攻撃計画を著しく阻害することになり、部隊に大混乱を引き起こすことになるのであるが、国家への〈忠誠〉という言葉は軍隊においては絶大な強制力を持っているために、ヨッサリアンをはじめとして兵士たちは誰もこれを拒否することはできない。ブラック大尉は、「愛国心」（三）とともに、兵士の美徳とされている〈忠誠〉という言葉の持つ真の意味などにはほとんど関心がない。言葉はそれが表す意味とは無関係に、形式的で不毛な忠誠宣誓書運動のために利用されるだけである。そこで、このように形骸化し意味とリアリティーを失った抽象的な〈言葉〉に力を与え、それを利用する軍組織は、ヨッサリアンにとっても、また、作者ヘラーにとっても批判の的となる。ボローニャ大作戦においては、出撃を嫌うヨッサリアンが、壁に張られた地図の爆撃ラインを密かにボローニャまで上げてしまうと、上官たちはボローニャを占領してしまったと勝手に納得してしまう。キャスカート大佐は、「これで、自分の部下にやらせると志願することによって勝ち得た自分の勇敢さの評判をいささかも傷つけることなく、ボローニャ爆撃というやっかいな仕事から解放された」（一一六）と喜ぶ。こうして地図上の地名という記号が征服された形をとれば、現実のボローニャの状況などはもはや考慮されることもない。地名という記号が、それが指し示すものの本質からズレて、一人歩きするのである。

以上の例からよく分かるように、部隊のほとんどの者たちが、滑稽なほどに〈言葉〉や〈公文書〉や〈記号〉といったロゴスに絡めとられてしまっている。戦争に肯定的な者はこれに疑問を抱くこともないが、ヨッサリアンにとっては、これは表面的な言葉を盲信し、それに力を与え依存する軍組織というものへの不信感をつのらせるだけである。そして、この〈言葉〉は、延いては〈論理〉と結びつき、彼を軍隊内の理不尽な論理の罠に誘い込むのである。

それでは次に、作品の中で、不条理な〈論理〉の支配する現代世界を浮かび上がらせている例を見てみよう。メイジャー少佐の父親はアメリカの農夫であるが、「彼の専門はアルファルファで、彼はそれを全く栽培しない」（七九）ことで大金持ちになっている。また、金儲けのためなら、敵軍に自軍を攻撃させることも平気でおこなうポストモダン的人物であるマイローは、「マルタで卵を一個七セントで買い、彼のシンジケートに属する各食堂に一個五セントで売り」（二二八）ながら、実は大儲けをしている。もちろん、ここには国家または個人の経済的な操作が背後で働いていることは言うまでもないが、このような不連続かつ不条理な〈論理〉に溢れているのが、作者ヘラーの目に映った現代の世界であり、このような不条理は軍隊にもあまねく拡がっている。そして、軍隊という場所において、この〈論理〉が〈権力〉と結びつく時には、それはまさに〈非情な論理〉へと変貌する。

軍には「キャッチ＝22」という成文化されてはいないが、有無を言わせぬ力を持つ暗黙の軍規がある。これは現実に存在するものではなく、兵士たちがただ存在すると信じているだけの軍規であるが、隊員たちを八方塞がりにしてしまうものである。具体的には、兵士たちが、決められた責任出撃回数を終えて出撃免除を申請しようとすると、キャスカート大佐は直ちにその回数を増やす。ヨッサリアンは、これが永久に続きそうに思えるので、狂気を装えば免除を得ることができるのではないかと考える。これは〈狂気〉の軍組織に対して、理性的に〈正気〉で対抗しても無理であるから、軍と同じ〈狂気〉を装って対抗しようとする彼のハムレット的策略であるが、この方法も最終的には無効にされる。確かに、狂気を理由に出撃任務の免除を願い出ることは可能だが、軍は出撃任務を免れようと欲する者は、すべて真の狂人とはいえないという巧妙な論を展開する。つまり、「現実的にして、かつ眼前の危険を知ったうえで、自己の身の安全をはかるのは合理的精神の作用である」（四〇）、ゆえに〈正気〉であるから、再び出撃に参加しなければならない。つまり「キャッチ＝22」とは、権力を有する者が自己保身のために、その権力を行使して、どのようにも展開できる論理なのである。こうして兵士たちは、「キャッチ＝22」の〈論理の罠〉にはめられる。ヨッサリアンの狂気の偽装は、このような権力を持つ軍幹部の〈ロゴス中心主義〉への挑戦であると言えるのだが、しかし、このような巧妙な論理は、堂々巡りの論理の連鎖をどこまでも作りだすことが可能である。軍はその権力によってこの幽閉的な論理を恣意的に駆使して、いつまでも兵士たちを部隊に縛りつけておくことができる。一方、兵士たちは、まさに監獄に幽閉されたに等しい状態を強制され続けるのである。

現実から遊離した言葉や理不尽な行動に取り巻かれ、出口なしの〈論理の罠〉によって幽閉されて、虚無感に苛まれるヨッサリアンは、仮病で入院した病院で兵隊の手紙の検閲任務を課せられる。その仕事の単調さを破るために彼はいろいろなゲームを発明する。

ある日彼は、あらゆる修飾語を殺せ、と宣告した。…その翌日はずっと次元の高い創造性を試み、あらゆる語句のうち定冠詞と不定冠詞以外の文字は全部黒く塗りつぶしてしまった。このほうがよりダイナミックな直線内の緊張を生みだすし、まさにいずれの場合も、もとのままよりずっと普遍的なメッセージを残しているではないかと彼は思った。やがて彼は冒頭の挨拶や署名の部分を追放し、本文には手をつけぬことにした。…手紙の方で可能なあらゆる手を使い果たすと、ヨッサリアンは封筒の名前や住所を攻撃にかかり、あたかも神のように無造作に手首を振って、住宅や街路をことごとく抹殺し、大都市まで一挙に消滅させてしまうのだった。キャッチ＝22は検閲済みの手紙にはいちいち検閲官の氏名を記入することを要求していた。ヨッサリアンはほとんどの場合、手紙を全然読もうとしなかった。全然読ま

なかった手紙には彼の本名を記入した。読んだ手紙には〈ワシントン・アーヴィング〉とサインしておいた。（二一）

この手紙の検閲行為について、ゲアリー・デイヴィスは、「ヨッサリアンはその仕事を、軍隊の状況の単純なパロディ以上のものを含むゲームに変貌させている」[7]と評し、手紙への攻撃を、軍隊の敵軍攻撃パターンのパロディであると解釈している。つまり、地図上のボローニャ爆撃ラインを上げたことで、軍幹部がボローニャを占領したと思い込み、それ以外の土地を次々に破壊攻撃するような、軍のデタラメな行動を揶揄しているとデイヴィスは考えている。しかし、ここで重要なのは、ヨッサリアンが、ほとんど原形を失うまでに手紙の言葉とシンタックスを破壊したり、名前や住所を消すことによって、自軍の機密を漏らそうとする異分子を発見するための、検閲という軍の管理統制機能そのものも茶化し、弱体化し、無効にしていることである。それゆえに、このような彼の〈言葉〉への破壊衝動は、愛国心や正義や忠誠や神などの形骸化した言葉に力を与え、これを盲信し、兵士を戦場に駆り立てる軍隊という組織への、彼の批判にほかならない。

ここに述べたような主人公ヨッサリアンの、言葉や論理への批判と解体願望は、不条理な〈論理〉の基礎である〈言葉〉の〈権力〉を細分化し、微分化し、弱体化しようとする彼の意思を表していると考えることができる。[8] それはまた、作品のタイトルを「キャッチ＝22」としたことにも明らかであり、作者は、言葉と論理から作りあげられている軍隊生活の実相を見定め、硬直したロゴスを脱権力化することを狙っているのである。

III

滑稽なまでに不条理に満ちた軍隊に対して、ヨッサリアンは、行動によって直接的に反抗できないために、語呂合わせやギャグによって、部隊の多くの者がとらわれている抽象的な言葉の意味を希薄化したり、論理をズラしたりして、シラケた調子で抵抗し、軍隊のなかに自分の居場所が発見できないために彷徨し、浮遊しているのだが、作品の終結部になると、生まじめな調子で戦争の責任や脱走について考えるようになる。彼のこの変化は、読者に多少唐突さを感じさせないでもないが、ここは作者ヘラーの物語の展開に従うことにしよう。

「キャッチ＝22」という軍規の不条理な〈論理〉に支配された軍隊から逃れるために、ヨッサリアンは何度も仮病を使ったり、狂気を装ったりしている。彼の軍隊忌避行為はコロラド州ラワリー・フィールド基地で新兵生活に入った頃から既に始まっており、仮病がばれると、同室の

「すべてのものが二度ずつ見える」（一七五）患者ジュセッペを真似て、狂気を装っている。それでも出撃回数一〇回程度までは、彼も、まだ「勇敢に」（一三三）戦っていたのである。しかし、徐々に出撃回数が引き上げられるようになると、彼の仮病や狂気の偽装による軍隊忌避の姿勢も次第に強くなる。そして、狂気の偽装も「キャッチ＝22」を前にしては全く無効であることが分かると、彼に残された最後の手段は、もはや軍隊脱走しかない。そのきっかけとなるのは、彼が四〇回ほど出撃回数をこなした頃の、アヴィニョン鉄橋爆撃におけるスノードン軍曹の、敵機の爆撃による死である。胸に砲弾を浴びて「寒いよ」（四四一）と呻き声をあげるスノードンの死を眼前にしたヨッサリアンは、その後は血のついた軍服に脅え、裸のままで過ごし、アヴィニョン爆撃の功績で空軍殊勲十字章をドリードル将軍から受けるときも裸のままである。軍服を脱ぎ捨てて裸のまま歩き回る姿は、不条理な軍隊には不条理な行動で対抗するという彼特有の反応であるが、これはまた、汚れた戦争の世界から自己を浄化しようとする彼の意思を表してもいる。このスノードンの死は、ヨッサリアンに次のような認識の拡がりをもたらしている。

彼はスノードンが汚い床のうえ一面に撒き散らしたすさまじい秘密を意気消沈して見つめながら、全身に鳥肌が立つのを覚えた。彼の内蔵のメッセージを読み取るのは容易いことだった。人間は物質だ、それがスノードンの秘密だった。窓からほうり出してみろ、人間は落ちる。火をつけてみろ、人間は焼ける。土に埋めてみろ、人間は腐る、ほかのいろんな台所屑と同じように。精神が消えてなくなってしまえば、人間は屑だ。それがスノードンの秘密だった。精神の充実のみがすべてであった。(四四二)

ここに示されているのは、「精神」がなくなれば人間の肉体は単なる「物質」、つまり「屑」にすぎない、という認識である。スノードンの死が教えてくれたのは〈精神の優位性〉であり、ヨッサリアンは自己の肉体にのみ固執し、自らが生き延びることだけを考えていたこれまでの彼の生き方を、ここで考え直すことになる。

その後、責任出撃回数はうなぎ登りに八〇回まで引き上げられることになるが、ヨッサリアンは七一回の出撃後、軍の出撃命令を拒否してしまう。休養で出かけたローマの描写は、ミナ・ドスコーがユング理論を援用して指摘する〈夜の旅〉として、彼の認識の深まりを考察する際に重要となる。ドスコーは、「彼(ヨッサリアン)もまた戦いの危機に達し、地下世界への旅をおこない、新しい知識を携えて現れ、そして最後には、彼に対して仕組まれた諸力に勝利を収め、打ち勝つ」(9)と述べて、ヨッサリアンの新しい生き方への開眼の旅と捉えている。ここでの「勝利を収め、打ち勝つ」というドスコーの評言には問題があるが、それはともかく、この〈夜の旅〉を通してヨッサリアンが獲得する「新しい知識」とは何であろうか。出撃を拒否し、「腰に銃をぶら下げて後ろ向きに歩く」(四〇六) ヨッサリアンに向かって、ローマへ向かう飛行機の中で功利主義者マイローは、「きみは我が国の伝統的な自由と独立の権利を、それをあえて実践することによって危うくしようとしている」(四〇六) と述べ、ヨッサリアンを軍の士気の低下の元凶であると非難している。しかし、ヨッサリアンは、恋人ネイトリーの戦死を彼のせいにして、彼の命をつけ狙う娼婦「ネイトリーの女」のことを考えて、次のような認識に達している。

ヨッサリアンには、ネイトリーの女がネイトリーの死の責任を彼に負いかぶせ、彼を殺したがった理由も分かると思った。あの女がそうしたのも無理ないではないか。これは人間の世界なのだ。そこでは彼女や、彼より若いあらゆる者が、自分たちに降りかかってきたあらゆる不自然な悲劇に対して、彼をはじめあらゆる年長者の責任を問うあらゆる権利を持っている。同様に、ネイトリーの女も、いくらみずから悲嘆に沈んでいるとはいえ、彼女の妹や、その後ろに控えている、あらゆる他の子供たちに降りかかる人間の作り出したあらゆる不幸に対して、責任を負わねばならない。誰かがいつか、何かしなければならない。あらゆる犠牲者が犯罪者であり、あらゆる犯罪者が犠牲者である。だから、子供たちのすべてを危険に陥れようとしているこの伝承的な習慣の忌まわしい鎖を、誰かがいつか立ち上がって断ち切ろうとしなければならない。(四〇六—七)

戦争という悲劇を生みだす行為には、その犠牲になる若い世代の者たちに対して、彼個人だけではなく、彼を含めた年長者のすべてに「責任」があること、そのためには「忌まわしい鎖」を断ち切る必要があること、これが彼の得る新しい認識にほかならない。そして、暗い墓場のような廃墟と化したローマの街を通り抜けるときに、彼が見かける多くの戦争の犠牲者たちの悲惨な姿から、彼はこの新しい認識が正しいことを更に確信するのである。

この、〈他者に対する責任〉の認識からの軍隊の拒否・逃亡という構図は、しかしながら、単純に直線的には進まない。もう一つの〈夜の旅〉をくぐりぬける必要がある。それは、将軍になる野望を持つキャスカート大佐と、大佐になる夢を持つコーン中佐からの誘惑と、その直後の、ネイトリーの女のナイフによるヨッサリアン攻撃と入院である。キャスカートとコーンは、ヨッサリアンを本国アメリカに送還する代わりに、「ここで、そして合衆国に帰って、自分たちについて好意的なことを言ってくれ」(四二八)と取引を持ちかける。ヨッサリアンはこの取引に応じるのだが、これはローマで自覚した〈他者に対する責任〉の放棄であり、〈夜の旅〉における誘惑の試練と言える。しかし、この取引が成立したとたんに、彼はネイトリーの女のナイフで脇腹を刺され、意識朦朧になり、病院で地獄の苦しみを経験する。この経験の後、彼は楽天主義者のダンビー少佐とタップマン従軍牧師との会話を通して、取引の破棄とスウェーデンへ向けての最終的な軍隊脱出へと進むのだが、ここで彼が〈他者への責任〉の認識にいたる過程における、〈女性の役割〉の重要性について考えておきたい。

作品第一章の、ヨッサリアンと爆撃手ダンバーの間で交わされる冗談めいた会話に注目してみよう。

　ダンバーが憑かれたように身を起こした。「そうだ」と彼は興奮して叫んだ。「何かが欠けていた。いつも何かが欠けていると思っていたが、今やっと、それが何だか分かった。」彼は拳を手に打ち込んだ。「愛国心がなかったのさ」と彼は宣言した。
「そのとおりだ」とヨッサリアンはどなり返した。「そのとおり、そのとおり、そのとおり。ホットドッグ、ブルックリン・ドジャース。ママのアップル・パイ。だれもがそのために戦っている。だが、まともな連中のために戦っている奴なんてどこにいる。まともな連中にもっと票をやるために戦っている奴なんてどこにいる。愛国心なんてありゃしねえよ、ああそうだとも。それに愛母心もやっぱりねえな。」(三)

アメリカでは、「愛国心 (patriotism)」は「ママのアップル・パイ (Mom's apple pie)」と感傷的に結びつけられて称賛されている。そこで、ヨッサリアンはこれはむしろ新しく言葉を造って、「愛母心 (matriotism)」と呼ぶべきだと考えている。アメリカ国家は「愛国心」を鼓舞し、国民はその「愛国心」のために戦っているのだが、実際には、「まともな」者のために戦っているアメリカ人はほとんどいない。アメリカ人には「愛国心」も「愛母心」もないと、彼は茶化している。これはヨッサリアン特有の語呂合わせによる話の筋のズラしであるが、このズラしから見えてくるものに注意する必要がある。つまり、ここで、「愛国心」に対して「愛母心」という言葉をわざわざ造り出して茶化しているということは、彼が、軍隊の〈論理〉の原点である「愛国心」という父権的な言葉に疑問を抱き、母権的なものを強く意識していることが分かる。作者ヘラーは、女性的なものを通して、〈父権的な言葉や論理〉を越えた、新しいものの見方を探る可能性が残されていることを暗示しているのである。

休暇が与えられるたびに占領したローマへ出かけて、街の女と楽しく遊ぶのが軍人にとっての唯一の慰めであるが、そういう女性の一人であるルチアナ（Luciana）は、その名前が示すように明るい〈光〉と結びつく存在であり、ヨッサリアンを光のある方向へ導く人物として重要な意味を持っている。彼女は彼を汚れた薄暗いナイトクラブから街路に引っ張りだし、ローマの美しい夜を散歩する。また、将校用のアパートでは窓を開け放ち、「ひかり輝く日光と爽快な大気を洪水のように部屋に溢れさせる」（一五五）。彼女は軍隊の暗い狂気の世界から美しい光の世界へ彼を導いていると言える。そして、彼女の背中に残っているアメリカ軍の空襲のために負傷してできた傷痕を見た時には、「彼の心臓ははり裂け、そして彼は恋に落ちた」（一五六）と描かれる。彼女は、彼に戦争の〈責任〉を意識させ、自己を客観的に見るきっかけを与えているのである。しかしこの段階では、まだ彼の自覚は十分ではなく、「ルチアナみたいな若くて美しい女が一緒に寝ながら金を要求しなかったので、なんだか大物になったような気になって、反対の方角に歩いていった」（一六〇）。彼には、彼女が具現する〈光〉の意味を認識するだけの成長はなく、ただ虚栄心に埋もれているだけである。しかし、このルチアナの場合に不十分だった認識は、先にも述べたネイトリーの女とその妹への思いやりを通して更に深まり、女性と、さらに広くは、弱者が戦争の犠牲になっていることへの認識、つまり〈他者への責任〉の自覚へと進んでいく。このようにヨッサリアンの自覚は、女性との関係を通して深化しており、それは作者の、男性的な戦争行為の否定と、女性的な平和への憧れを示している。そして、これはさらに敷延して言えば、父権的な〈ロゴス中心主義〉に対する批判にもなっている。

Ⅳ

最後にヨッサリアンのスウェーデンへ向けての脱走がどういう意味を持つのか、はたしてローマの〈夜の旅〉で彼が自覚した〈他者への責任〉が、十分果たされているのかを検討してみたい。それにはまず、キャスカートとコーンと交わした妥協的契約を破棄する決意を固めた後の、彼がタップマン従軍牧師、そしてダンビー少佐と交わす会話を注意深く吟味する必要がある。ヨッサリアンは妥協的取引をしたことについて「一瞬弱気の出たはずみに同意してしまったのさ」「おれは自分の命を救おうと思ったのさ」（四四三）と、自分の利己的態度を弁解するようなことを言い、さらに「おれはずっとおれの国を救うために戦ってきたのだ。今度はおれを救うためにちょっぴり戦うつもりだ」（四四七）と言う。そして、友人のオアがスウェーデンにたどり着いたことをタップマン牧師から聞くと、意を強くしてスウェーデンへの脱走を決意する。

「しかし、君だって自分の責任の全てに背を向け、それから逃げ出すわけにはいかない」

とダンビー少佐は主張した。「それは実に消極的な手段だ。逃避主義者の行動だ。」

ヨッサリアンは軽蔑をこめて快活に笑い、首を横に振った。「おれは自分の責任から逃げ出すんじゃない。おれは自分の責任に向かって脱出するんだ。おれの命を救うために逃げ出すことには全然消極的なところはない。あんたはどういう人間が逃避主義者か知っているはずじゃないか、ダンビー。おれやオアはそんな人間じゃないぞ。」（四五三）

ここで注意すべきことは、彼があのローマで自覚した大きな〈他者への責任〉はすっかり忘れ去られて、〈自己への責任〉に置き換えられており、彼が以前に保持していた、利己的に生き延びるという態度に逆戻りしていることである。フレデリック・カールはこの逃亡を「責任ある道徳的行為[10]」と称賛し、また、ロバート・メリルも「多くの読者がヨッサリアンの逃亡が責任ある行為であるかどうかに疑問を呈しているが、ヘラーがそういうふうに意図したことは疑いがないと思う[11]」と述べている。しかしながら、ヨッサリアンの逃亡をこのように単純に、「責任ある行為」と言い切ることはできない。ヨッサリアンは「自分の責任に向かって脱出する」のは逃避主義ではないと主張しているが、やはり、ダンビーが言うように、これは消極的な行為であり、逃避主義であることは明らかである。部隊内での抵抗をあきらめ、戦争の多くの犠牲者たちへの責任をも放棄するのだから。〈他者への責任〉の回避は逃避主義であることに間違いない。タップマン牧師のように、軍隊における宗教の無力さに絶望しながらも自分の部隊に残り、「踏みとどまって耐え抜き」（四五三）抵抗することこそ、〈他者への責任〉を果たすことであろう。

さらに、スウェーデンに逃亡しようとするヨッサリアンとダンビーの次の会話は、この〈責任〉の問題をさらに明らかにしている。

「そんなことはとてもできっこない。不可能だ。ここからあの国に行き着くなんて、地理的にほとんど不可能だよ。」

「よせよ、ダンビー、そんなことは承知のうえだ。ただ少なくともおれはやってみるよ。ローマには、もし見つかったらおれが命を救ってやりたいと思っている子供が一人いる。見つけだせたら、おれはその女の子をスウェーデンに連れて行くつもりだ。だからまんざら利己的な行動とばかりは言えないだろう。そうだろう。」（四五四）

ここでヨッサリアンがいう「女の子」とはネイトリーの女の妹のことであるが、あのローマで自覚した重要な〈他者への責任〉は、ここではほんの付け足し程度になっており、それよりも彼の〈利己主義〉が強く現れている。ゆえに彼は、実存主義に拠る批評家たちが称賛するような、実存的ヒーローにはなり得ていない。ヴォネガットの『スローターハウス5』のビリー・ピルグリムが、大戦の記憶と家庭生活に耐えられずに、幻想の地球外惑星に逃げ出し、夢を見たように、またジョン・アップダイクの『走れウサギ』（一九六〇年）のハリー・アングストロームが、重苦しい家庭生活の責任から遁走して、開放的な南の方角へ向かったように、ヨッサリアンも社会の苦しい現実に耐えられなければ「逃げるが勝ち」という、アメリカ文学に多く認められる〈逃走するヒーロー〉にすぎない。バーバラ・ルーパックは、ヨッサリアンは逃亡によって「後に残したものたちに一種の救いをもたらす」[12]と述べているが、後に残された兵士たちを支配する〈八方塞がりの論理〉の強力な拘束力を考えれば、ルーパックのように楽観的に考えることはできないだろう。また、彼には、政治的な意味での軍幹部との対決意識の深まりはほとんど認められない。もちろん、軍隊拒否行為としての逃亡は、たとえ利己的なものではあっても、やはり「やってみる」価値のある、勇気を必要とする行動であるには違いなく、軍に対する影響もそれなりにはあるだろう。そして、もし成功すれば、彼は「この世界の鏡の裏側」[13]を垣間見ることができるかもしれない。しかしながら、彼がスウェーデンに本当に到達できるかどうかもまた極めて曖昧である。彼が軍隊を飛び出す時にも、ネイトリーの女がドアのすぐ外に隠れていて、彼をナイフで狙っている。このような危険はどこまでも彼につきまとうだろう。マイローの軍事・経済シンジケートはスウェーデンまで網を張っているだろうし、「キャッチ＝22」の不条理な論理の罠は、諦めることなくどこまでを彼を追い詰めるであろう。

それでは、逃避の場所としてのスウェーデンはどういう場所として彼には認識されているのだろうか。

ヨッサリアンは、もちろんスウェーデンならもっとましだと思った。なにしろスウェーデンなら知的水準は高いし、低い、慎み深い声をした美しい女達といっしょに素裸で泳げるし、たくさん生まれる、愉快でわがままいっぱいな私生児ヨッサリアンたちの父親になれる。その子たちの出産は国がめんどうを見てくれるし、生まれた後も私生児の汚名を着せることなく世の中に送り込んでくれる。（三二〇）

「（スウェーデンの）娘たちはとても魅力的だ。それに民衆のものの考え方がこれまた進んでいるからな。」（四五五）

彼の抱くスウェーデンのイメージは「知的水準の高い」国であるが、この言葉には、米国空軍部隊の知的水準の低さを浮き彫りにするという政治的な意味は感じられず、むしろ自由恋愛と私生児の容認という〈生と性〉の解放、つまり彼の快楽主義への憧れに結びついていると言えるだろう。〈女性と性〉の解放された、人間の〈多様な生〉を肯定する国というスウェーデンに対する彼のイメージから判断すると、彼がローマで自覚した、戦争の犠牲者である女性や弱者への〈責任〉という深刻な社会的な問題は、彼の意識から抜け落ちているように思われる。彼の政治的意識は深化してはいない。〈他者に対する責任感〉から〈責任の遂行〉へと向かうベクトルは不連続である。彼にとってスウェーデンは、ただ単に、米国空軍の不条理な〈言葉〉と〈論理〉から解放された、自由な生と性、多様性、差異性を肯定する国であるというにすぎない。幽閉するロゴスへのヨッサリアンの抵抗は、〈他者に対する責任〉という、深刻で重い社会的問題を迂回して、〈多様な生〉、あるいは〈性の解放〉の地を目指しているのである。ゆえに、レイモンド・オルダーマンが、「その選択の道は、ある批評家たちがそう受け止めたような、普遍的な人間行動に対する具体的な提案とはなっていない」(14)と評する時、この読みは正しい。逃亡すべき国スウェーデンは、具体性を備えてはいない。また、トニー・タナーは「スウェーデンは一つの現実の場所というよりは、むしろ彼が絶えず抱いている自由への夢なのだ」(15)と述べて、スウェーデンが一つの〈イメージ〉あるいは〈メタファー〉として機能しているにすぎないことを強調している。それゆえに、作品の結末は、スウェーデンという一点に収斂しているのではなく、ポストモダン的に開かれたままである。米国空軍部隊からスウェーデンへ向かうベクトルも不連続である。トマス・ピンチョンの『競売ナンバー49の叫び』（一九六六年）において、主人公エディパによるトライステロが表す反体制組織探索の旅がその終着点に達せず、また、ケン・キージーの『カッコーの巣の上で』（一九六二年）のブロムデンの逃亡が、自由の土地カナダに行き着くかどうか極めて不確かなように。

作者ジョーゼフ・ヘラーは、主人公ヨッサリアンの軍隊逃亡を通して、軍の言葉と論理に内在するロゴスの不毛性を強調し、幽閉するロゴスへの主人公の抵抗をたどり、最後に、スウェーデンに、硬直した〈ロゴス〉から解放された柔軟な〈多様な生〉を肯定すると思われる場所をイメージ化し、それを憧れの夢の国として描き出した。しかし、ヨッサリアンの〈他者への責任〉は、最後まで全うされることはなかった。「過去のすべてを積分＝統合化[16]」して、他者への責任を背負い続けるのは、ポストモダンのヒーローには重すぎるのだろう。浮遊するポストモダンの自我は幻の土地を求めて彷徨する。

注

（1）Malcolm Bradbury, *The Modern American Novel* (Oxford: Oxford University Press, 1992) 212.

（2）Tony Tanner, *City of Words: American Fiction 1950-1970* (New York: Harper & Row, Publishers, 1971) 72.

（3）フレドリック・ジェイムソン『のちに生まれる者へ―ポストモダニズム批判への途1971–1986』鈴木聡他訳（紀伊国屋書店、一九九三年）一四七―一四八頁参照。

（4）David Ryon, *Postmodernity* (Buckingham: Open University Press, 1999) 26.

（5）Ryon 6-45.

（6）Joseph Heller, *Catch-22* (New York: Dell Publishing, 1961. rpt. 1990) 24.
　以後のこのテキストからの引用は全てこの版により、括弧内にページのみを記す。なお、原文の翻訳には飛田茂雄訳『キャッチ＝22』（早川文庫、一九七七年）を参考にさせていただいた。

（7）Gary W. Davis, "*Catch-22* and the Language of Discontinuity," *Novel* 12 (Fall 1978): 68.

（8）ジュリア・クリステヴァ『ポリローグ』足立和浩他訳（白水社、一九九九年）一三三―二〇八頁参照。

（9）Minna Doskow, "The Night Journey in *Catch-22*," *Twentieth-Century Literature* 12 (4) (Jan. 1967): 186.

（10）Frederick R. Karl, "Joseph Heller's *Catch-22*: Only Fools Walk in Darkness," *Contemporary American Novelists*, ed. Harry T. Moore (Carbondale : Southern Illinois University Press, 1965) 137.

（11）Robert Merrill, *Joseph Heller* (Boston: Twayne Publishers, 1987) 51.

（12）Barbara Tepa Lupack, *Insanity as Redemption in Contemporary American Fiction* (Gainesville: University Press of

Florida, 1995) 61.

(13) Tanner 121.

(14) Raymond Olderman, *Beyond the Waste Land: A Study of the American Novel in the Nineteen-Sixties* (New Haven: Yale University Press, 1972) 113.

(15) Tanner 81.

(16) 浅田彰『逃走論——スキゾ・キッズの冒険』（筑摩書房、一九八四年）一四頁。

トマス・ピンチョン『競売ナンバー49の叫び』

——エディパの〈もう一つのアメリカ〉探索

馬場弘利

I

トマス・ピンチョン（一九三七年―　）の第二作『競売ナンバー49の叫び』（一九六六年）は一八〇ページ程度の長さで、この作家の小説としては非常に短く、中編小説と言ってもよいだろう。そして、その作品内容も、主人公エディパ・マースの旅を描くということでは一本の太い筋が通っているので単純であるように思われるが、その旅にまつわる様々な挿話はかなり複雑に入り組んでいる。そこで、最初に作品のプロットを簡単にまとめておきたい。

時は六〇年代の半ばのある夏の日の午後、カリフォルニア州キナレットでディスク・ジョッキーをしている夫ムーチョと平凡な中流階級的な生活を送る主婦エディパは、結婚前に関係のあった大物実業家ピアス・インヴェラリティが死亡し、彼女がその遺言執行人に指定されているという連絡を受けたために謎の世界に迷いこみ、期待と恐怖の生活を始めることになる。なぜ自分が執行人に指定されたのかを不思議に思いながら、インヴェラリティの仕事の本拠地であるロサンジェルス近郊のサン・ナルシソに赴くが、彼女は、やがて、彼の遺産整理はせずに、自分の周りに現われる謎の解明に全力をあげるようになる。もともと彼女は、メキシコの画家レメディオス・ヴァロの絵「大地のマントを織り紡ぐ」の刺繍する乙女たちのように、自分が塔のなかに閉じ込められていると感じていたので、遺産整理の仕事は良いきっかけとなり、彼女自ら綴れ織り（tapestry）を織り紡ぐべく外の世界に旅立ったのである。

その謎の解明の旅において、まず、ピングイッド協会という極右組織に所属するマイク・ファローピアンが、インヴェラリティがその大株主であった宇宙工学関係のヨーヨーダイン社の社内便を利用した秘密の通信組織を通して、仲間と連絡を取り合っているらしいことを知る。さらには、ビーコンズフィールド煙草のフィルター（これにもインヴェラリティが関わっているのだが）に人骨が用いられるようになった経緯と、一七世紀にリチャード・ウォーフィンガーによって書かれた戯曲『急使の悲劇』のなかの話が酷似していることから、この芝居のテキストを調査するうちに、神聖ローマ帝国時代に郵便事業を独占していたチュールン・タクシス家に対抗し、反抗的運動を展開したトライステロ（Trystero あるいは Tristero）という地下郵便組織が存在していたことを知るようになる。エディパの探索の旅が進むにつれて、トライステロの謎の発見のための糸口のすべてが複雑にインヴェラリティの遺産につながっていることと、さまざまな地下組織がWASTE（この組織に属する人々は社会の「屑」でもある）マークと消音器付郵便ラッパをシンボルとする秘密郵便組織を利用しているらしいことが明らかになっていく。そして、この秘密郵便組織は、インヴェラリティの遺産のひとつである偽造切手コレクションから分かることだが、長い歴史を生き延びて南北戦争前にアメリカにまで渡ったトライステロであり、その力をアメリカ全土に拡げようとしているのだと、彼女は様々な情報から推測する。

しかし、このトライステロが小説の現在においてもアメリカで本当に活動しているかどうかは、作品の最後まで明らかにされない。この探索をしているうちにエディパは、自分がトライステロについての幻想に取り憑かれているのではないかという不安にかられる。そして、身近にいるものたちが次々に姿を消していくにつれて、この組織に対する恐怖感を募らせることになる。それでも執拗に探索を続け、インヴェラリティの遺産に暗号化されたアメリカの姿に思いを馳せる。これは体制側のアメリカではなく、地下組織からなる〈もう一つのアメリカ〉のようである。そして最後に、トライステロの秘密を解く鍵となるインヴェラリティ収集の偽造切手が「競売品ナンバー49」（the lot 49）として競りにかけられることになり、その場にトライステロに関係する人物が正体を現わすのではないかと恐れ、また期待して、競売会場の「競りの声」を待っているエディパの姿を描いて物語は終わっている。

以上が作品のあらすじであるが、この作品の背景となっている時代は、六〇年代半ばのアメリカの文化的大変動の時期である。この文化的変動が五〇年代後半と切り離せない連続性をもっていることと、小説に言及されているエディパの大学教育の時期が五〇年代後半であることを考えれば、ピエール＝イヴ・ペティロンが指摘するように、この小説は「変転の時期を生きることがどういうものかを描いた一九五七年から一九六四年へと動く小説[1]」と言うことができるだろう。具体的事件を挙げれば、この時期は、五〇年代から強まる公民権運動と、それに伴う六〇年代の大学紛争、およびベトナム反戦運動の時代である。つまり、経済的繁栄と平穏の五〇年代から、既成の全ての価値観を問い直す六〇年代へと移る変動の時期である。そうした時代の大きなうねりのなかで、人々は、エディパと同様に、否応無く新しい生き方の選択を迫られることになったのである。

II

以下、エディパ（Oedipa）の探索の旅を追いながら作品を解釈していくことにしたい。この作品の女性主人公エディパ（この名前は、ソフォクレス悲劇のオイディプスの語尾を女性名詞的に変えたものであり、彼はスフィンクスの謎を解いて、テーバイの王となり、やがて自分が何ものであるかを探る人物であるので、その行為は彼女の謎解きの行為と重なる）は、中産階級的な単調な生活（タッパーウェア・パーティがこれを示す）をKCUF放送局に勤める夫のムーチョとともに送っている。彼女は必ずしも精神的に安定してはいないので、精神科医のヒレリアス博士の世話になっている。これは、表面的には楽天的で穏やかそうにみえる彼女の生活も、その深部には不安定な陰の部分を抱え込んでいることを示している。

エディパが、突然降って湧いたようなインヴェラリティの遺産整理について顧問弁護士に相談を始めると、たちまち様々な「啓示」[2]（これには当然宗教的意味も込められている）が現われるようになるが、その啓示は、「これまで存在していながら、なぜか、見えなかったものに関わっていた」（二〇）。しかし、この啓示は、その言葉の持つ意味とは裏腹に、「見えなかったもの」がなかなか明瞭な形を現さない。ちょうど、「焦点がわずかにズレているのに、映写技師が修正することを拒否した映画」（二〇）のようである。つまり、これは〈意味するもの〉と〈意味されるもの〉の齟齬であるといえる。このもどかしさは作品全体に拡がる雰囲気になっており、作者の抱く、明確な像を結ばない不安定な現代世界像を反映しているといえる。彼女が、自己と外部世界の間に一種の「絶縁体」（一九）があると意識していることも、このズレを表しており、不透明な外部世界のなかでは彼女の自我は不安定にならざるをえず、彼女自身の自己像も確立しないのである。ちなみに、この作品では隠喩や略字や記号（図形）が頻繁に使われていて、作者はこのような不明瞭な世界を強調するためにそれらを効果的に利用している。〈隠喩〉は、二つの異なる物あるいは考えを互いに融合させることにより、それら二つを単に比較する以上の意味をもたせる表現技法である。〈略字〉や〈記号〉は、理解するためには〈意味するもの〉と〈意味されるもの〉の間の深い類推を必要とする。このような表現技法の共通の特徴は、AとBという異なる二つのものの間を、読み取り結びつけるところにある。しかし、一見したところでは、AとBの間には、結びつけることの不可能な大きなズレがあるように見え、それを修正するためには、二つのものの間を直感的連想・融合によって大胆に読み取ることが必要となる。このようなズレの読み取りは、エディパが自己の世界を確立するために、また彼女の生きる現実世界の構造を明確につかみ、その背後に潜む〈陰の世界〉を見抜くためにどうしても必要な方法でもある。つまり、彼女は、作者ピンチョンが『重力の虹』（一九七三年）のなかで書いている「ずっとそこにあり、見ようと思えば見えるのに、実際には誰も見ていない(3)」状況を乗り越えなければならないのである。そこで、フランク・カーモードの「エディパの行動は本を読むことに非常に似ている(4)」という評言は適切であり、彼女はテキストを解読するように表象的事実の深層構造を読み取ろうとする。ゆえに、このようなピンチョンの作品世界は認識論の世界であると言って差し支えないだろう。

さらに、彼女は、森のなかの「塔」(二〇)に幽閉されたグリム童話のラプンツェル姫に自らをなぞらえ、彼女が住んでいるキナレットの町の「松林と塩分を含む霧のなかで囚われの身」(二〇)になっていると考えている。そして、グリム童話から更に話を展開して、彼女の幽閉状態を強調する。スペインから亡命したメキシコの画家レメディオス・ヴァロの絵「大地のマントを織り紡ぐ」(二一)に描かれた、これまた「塔」に幽閉されて綴れ織りを織る乙女たちの状況と、自分のそれとを重ね合わせて同情の涙を流す。彼女は、このように自分を囚われの身の女性と見なし、塔に閉じこめようとするものは、外から襲ってくる「匿名の、悪意のある魔法」(二一)であると考える。このような、社会が彼女に敵対しているという意識が彼女を行動に駆り立てていくのである。そして、この悪しき魔法の力に縛られているという状態は、当然、彼女を取り囲む圧迫するような外部世界、近代合理主義の普遍的進歩の信念に基づいて創りだされたにもかかわらず、混沌と閉塞性を呈することになった現代社会に捕えられている姿を表している。このような現代社会は、ピンチョンの場合には、彼が短編集『スロー・ラーナー――初期短編集』(一九八四年)のなかの短編「エントロピー」(一九六〇年)で描いている、エントロピーが増大して文化の「熱死状態」(5)に陥いる閉鎖系としての社会でもある。閉鎖系の社会とは、モノがその明確な形を失い、麻痺的な均質性が支配するようになった社会であり、これもまた文化が知的活動を停止して麻痺状態に陥るという意味で閉塞的社会であることに変わりない。また、この社会は、マス・メディアの高度な発達による情報飽和の結果、誤った情報も増大し、意思伝達が困難になり、情報の混乱状態に陥った社会でもある。それゆえに、彼女の「塔」からの解放には、そのようなアメリカ社会の裏に張り付くようにうごめき始める陰の組織であるトライステロの謎の解明が必要となる。

このような彼女の感じる、自己と外部世界の間にある「絶縁体的」で「干渉阻止的」(二〇)な違和感は、なにも彼女だけに特別なものというのではなく、現代人一般に特徴的なものであろう。そこで、この違和感や孤立感から抜けだす道を探る彼女の姿は、私たちが現代、つまり、機械文明の生みだす大量のモノに支配され、画一化し均質化した生活を送り、批判的精神も鈍り、確固とした価値観も持てない現代を乗り切る道を暗示することになるかもしれない。もちろん、トライステロが象徴的に表すのもそのような現代社会のアンチ・テーゼなのである。作品の現在においては、彼女は夫ムーチョと退屈きわまる結婚生活を送っているが、その状態に自足して閉じこもることにはどことなく不安を感じているために、インヴェラリティの遺産整理の仕事は、そういう生活から脱け出すチャンスを彼女に与えてくれたことになる。

　こうして「塔」からの脱出の旅が始まるのだが、ここで、ヴァロの絵の持つ意味をもう少し考えておかなければならない。この絵の、塔に閉じ込められた乙女たちが織り上げている、虚空に翻る「綴れ織り」に刺繍された絵の世界は、エディパ自身の世界とも重なり、これはトニー・タナーが指摘するように、彼女が「虚空を満たそうとみずから紡ぎ出した現実像」を「叙情的に反映したもの」(6)である。つまり、この時期に彼女自身が捉えた現実世界像を表しているのだが、ここで読者が注意しておかねばならないのは、この綴れ織りをなびかせている塔は「その高さも構造も彼女のエゴと同じく全く偶然のものにすぎない」(二一)という言葉が付されていることである。つまり、この塔は、数ある塔のなかで、彼女自身が生きるこの時代に、彼女自身が認識した外部世界から作り上げた一つの〈エゴの塔〉にすぎないのである。現代の社会においては、個々人はそれぞれが認識した世界像に従って、それぞれの自己中心的で、そしてまた自閉的な〈エゴの塔〉を作り上げて生きているのであり、そのような孤立した個人の集合よりなる世界が表すのは、社会が全体性を喪失し麻痺的混沌状態に陥り、そこに住む人々もバラバラに分離して方向感覚を喪失しているポストモダン的状況である。それゆえに、このような社会は不可解で異様な相貌を呈し、そこに築かれた〈エゴの塔〉も危ういものであり、決して堅固な砦にはなりえない。さらに、これはヴァロの絵から彼女が直感することであるが、彼女が塔で織り上げるどこまでも伸び広がるように思える世界も、所詮、元の「塔」につながるものにすぎず、彼女がどこからも抜けだせないことが暗示されている。これは、彼女がこれから行うキナレットの町からの新しい旅立ち、つまり、もう一つの「綴れ織り」を織り上げる旅も、結局のところ、堂々巡りの旅に終わるのではないかという暗示になっている。ともかく、そういう孤立した塔から解放されることを彼女は望むが、解放してくれる「騎士」（二二二）のような人物は現れないのだから、彼女自ら悪しき力を解き放ち、新たな自己の世界を追求するために、「綴れ織り」を織り紡ぎ始めるよりほかないのである。

彼女は、キナレットの南方ロサンジェルスの近くにある町サン・ナルシソ（この地名はギリシャ神話のナルシッサスを連想させ、この町が自己愛に麻痺した現代アメリカの縮図であることを暗示している）へ、遺産整理のため、また、自己の新しい世界を確立するための旅に出る。つまり、ヴァロの絵の塔に幽閉された乙女のように、新たな「世界」を織り上げるための「旅」に出るのである。この町は、特定の町というよりは「様々な概念の集合した」（二一四）場所であり、「麻薬患者であるL. A.」（二一六）と同様に「麻痺状態」（二一六）にあるインヴェラリティの不動産業の司令部であった。他の町と重要な違いがあるとしても最初の一瞥では見えない。それゆえに、彼女の探索は、彼女を幽閉していた、そしてそれが当然のものと彼女が考えていた〈見える世界〉から、暗い謎に満ちた〈見えない世界〉への旅なのである。作品においては、この〈見えない世界〉は、後に説明することになるが、地下組織の反体制の世界、言葉・論理の裏に隠された世界などの〈陰の世界〉へと拡がる。この作品でしばしば使われる表現、「見えない」「屈折している」「理解の域を越えている」「区別できない」「陰」「闇」などは、現代生活において如何にモノが見えにくくなっているか、視点の複雑な操作なしには見えない部分が如何に多いかを示している。ちょうど先に述べた複雑な〈隠喩〉のように。それゆえに、この町の街路は複雑な「ラジオの回路板」の図形のようであり、「神聖象形文字（hieroglyphic）」のように何かの意味を伝達するように見え、彼女は「奇妙な宗教的瞬間の中心」（二四）にいるようだとも描かれる。

遺言の共同執行者である弁護士メッツガーと会ったあとは、事態は奇妙な方向に進み始める。彼女の「不義」は、「塔に幽閉された状態に終止符を打つ」（四四）出発点になると彼女には思われる。この幽閉状態からの解放は、後のトライステロの謎の発見とつながるのだが、この謎は「進行中の啓示」（四四）のように徐々に現われる。つまり、インヴェラリティの残した切手コレクション（エディパの代用品）に秘められた謎という形で、ゆっくりと啓示されていく。もちろん、この「啓示」にも、この作品の特徴である「焦点がズレた」映写機のレンズを通してみたような不透明さは絶えずつきまとう。これまで政治的な関心も示さず、中産階級的な楽天的な生活を送ってきて、近代の自律的自我を引きずっているエディパには、世界というものは一つの明確な形に収斂するものだという考えがあるために、この不透明さを近代的理性によって透明にすることにより、自己と外部世界の間に新たな意味づけをし、自己のアイデンティティを確立しようとするのである。さまざまな「啓示」は、まずメッガーと共に訪れた酒場の「ザ・スコープ」で現れる。この酒場で、ファローピアンのピングイッド協会が、ヨーヨーダイン社（yoyoは連続する反復運動、dyneは発電機の力を連想させ、現代機械文明を象徴する）の社内便を利用して通信しているらしいことを知り、婦人用トイレでは、WASTE（ここではまだ活字の間にピリオドはいれられていない）という文字（略字）とラッパのような図形を目にする。こうして彼女は、政府の独占事業である米国公共郵便制度に対抗する秘密通信組織があるらしいことに気づく。さらには、ファローピアンがアメリカの私設郵便組織の歴史を書いていることが分かるという具合に、ゆっくりと不吉に、謎のトライステロは姿を現わし始める。

さらに、インヴェラリティの遺産の一つである宅地造成地「ファンゴーソ礁湖」（三一）で聞いた、ビーコンズフィールド煙草のフィルターに使われている人骨の出所にまつわる話と、タンク劇団が上演していたジェイムズ朝復讐劇であるリチャード・ウォーフィンガーの『急使の悲劇』

との類似を調査するうちに、ヨーロッパで郵便事業を独占していたチュールン・タクシス家に対抗した地下郵便組織トライステロの存在を知るようになる。この劇でジェンナーロを演じた演出家でもあるランドルフ・ドリブレットは、第四幕でトライステロについて次の言葉を残す。

我らが最後にチュールン・タクシスとして知っていたものは
今は短剣の刃先のほかに主を知らず
黄金の一つ輪のラッパは静かなり、
如何なる聖なる星のかせ糸も守れず
トライステロとの出会いをひとたび定められし者を（七五）

この詩の最後の行の「トライステロ」について、エディパはドリブレットに質問し、作者ウォーフィンガーのテキストには現われないこのトライステロの刺客を、何故ここに挿入したのかと問う。彼は答える。

「君たちときたら、まるでピューリタンが聖書について言ったのと同じようなことを言う。

取り憑かれているんだよ、言葉、言葉、言葉に。…言葉なんてどうでもいいんだ。言葉ってのはゴール・ラインの衝突を押さえておくための、俳優の記憶のまわりの骨の障壁を突破するための、機械的な音だろう。だけど、現実はこの頭のなかにあるんだ。この僕の。僕はプラネタリウムの映写機だ。あの丸い舞台の中に見える閉ざされた小さな宇宙は全て、僕の口から、目から、時にはその他の穴からも、出てきたものさ。」（七九）

「トライステロ」という言葉に取り憑かれ、その意味をエディパが執拗に探ろうとするのを見て、ドリブレットは、人間はさまざまな手掛かりを集めて「一つの命題（thesis）」（八〇）に導こうとするが、結局のところ、そういう方法では「決して真理に触れることはできない」（八〇）と言う。あまりにも事実や言葉に取り憑かれ、近代のロゴス中心主義に染まった彼女に対して、「頭のなか」の想像力によって「言葉」に命を吹き込むことが大切だと示唆する。言葉の意味はその言葉を取り囲む関係性のなかから生まれるにすぎないのだから、言葉を絶対化する者は言葉による裏切りを経験するだけである。ここで、ドリブレットは、言語というロゴスから論理を立てようとする人間の宿命的な行為を批判して、直感的想像力による真理把握の方法を彼女に教えようとしているのだが、この時の彼女にはそれが充分理解できない。この事実に気づかないかぎり、彼女の言葉をめぐるテキスト探索はどこまでも先送りされて、闇の中に放り出されるだけであり、いつまでも決着を見ることはないであろう。

言葉に取り憑かれたエディパの、『急使の悲劇』の様々な版に対する追跡調査は、膨大な「啓示」をもたらすことになり、彼女の見るもの全てがトライステロに織り込まれ、インヴェラリティの遺産と結びつくように思える。彼女はその「遺産を、鼓動する星座のような意味にすること」(八二)が自分の義務だと考えるようになる。「私は世界を投射すべきか」(八二)という彼女の言葉は、インヴェラリティの遺産を秩序づけ、星座表のように位置づけることが、延いては彼女自身が現実世界のなかで、自己を位置づけることでもあることを示している。しかし、そうするには執拗な探索が必要になる。

その後、彼女はヨーヨーダイン社の株主総会に出かけて、そこでスタンレー・コーテックスという人物に会い、バークレーに住むジョン・ネファスティスに彼の発明したネファスティス・マシーンについての話を聞く。コーテックスの説明では、ネファスティスという人物は「本当に創造的な技術者」(八五)であり、アメリカの産業文明が、チーム・ワークによる技術開発をめざし、個人の独創的な発明を阻んでいる現代においては、特筆すべき個性ある発明家であるということである。このマシーンは、密閉された箱のなかに、熱力学理論と情報理論をつなぐ「マックスウェルの悪魔」（八六）を入れ、この悪魔の選別能力を利用して、高温部と低温部を作りだし、その温度差を利用して外からのエネルギーを加えることなく、つまり「熱力学の第二法則」（八六）に反して、熱機関を永久に動かすことができるという機械である。ネファスティスは、霊能者が、箱の外部から霊的に内部の「悪魔」と同量の情報を交換することによって、熱力学的エントロピーと情報エントロピーのバランスがとれ、すべてが循環し、エントロピーは不変のままピストンは動くのだと説明する。しかし、これは二つのエントロピーの方程式が偶然に一致したために、彼が連想して利用したものであり、二つはもともと無関係のものであるから何の意味もないということになる。当然ピストンは作動しない。故に、彼自身が最後に認めるように、この二つはただ「隠喩」（一〇六）として意味があるにすぎない。つまり、科学的に証明できないとしても、〈隠喩〉として直感的に連想して理解しようとするところに意味があるとネファスティスは言うのである。エディパには難解な科学理論は理解できないが、彼の理論が、「単に二つの方程式が似ているから」（一〇六）結び付けたものにすぎないのではないかと指摘するだけの鋭さはある。ネファスティスのマシーンは、熱力学と情報の両方のエントロピー増大に歯止めをかけようとする試みであったが、この発明の失敗は、結局のところ「熱死状態」と、情報の飽和と混乱は避けられないことを示している。エディパの周囲の世界を支配するエントロピーの増大現象を逆行させることは不可能なのである。このことは、これ以後エディパを襲うトライステロについての膨大な情報を、星座表のように理知的に秩序だてて整理することも結局不可能であることを暗示している。

その後、彼女は遺産の一つであるヴェスパーヘイヴン養老院に行き、トート老人から南北戦争前の時期に、「子馬速達便」（九五—九六）の配達人が殺されたいきさつを聞くが、これは、「ファンゴーソ礁湖」で殺されたウェルズ・ファーゴ社の郵便配達人の史碑とも関係がある。ここで、トライステロが南北戦争前にヨーロッパからアメリカへ脱出し、当時の私設郵便組織を脅かしたらしいことを知る。そして、インヴェラリティの遺産の切手整理を任されたジンギス・コーエンとの話から、偽造切手に巧妙に入れられたラッパ模様は、タクシス家に対抗するトライステロ組織が密かに入れたものであり、そのために「一つ輪のラッパ」（九六）の音を消すべく消音器を付けていることが分かる。

III

『急使の悲劇』のテキスト調査のために訪れたカリフォルニア大学バークレー校のキャンパスの自由で開放的な雰囲気に触れて、エディパは「関わりを持ちたいが、そのためには代わる代わるいくつもの宇宙を探求しなければならない」（一〇二）と感じる。学生たちが全ての既成の価値を疑い、体制を覆そうとする姿勢は、彼女が初めて触れる異質な世界であった。彼女が教育を受けたのは、五〇年代という「臆病、無関心、退却の時代」（一〇三）であったから、ここはまさに彼女にとって、「宇宙」をいくつも越えた別世界である。彼女は五〇年代の保守的雰囲気のなかで育ち、自己中心的な〈エゴの塔〉に閉じこもっていたために、政治体制に批判的考えを抱くこともなく、また社会の価値観の多様性を意識することもなく、もっぱら画一主義、順応主義に染められてきたのであった。それゆえに、この場面は今まで見なれた、そしてどっぷりと浸かってきた世界から、従来の視点では不可視であったもう一つの異質な世界への開眼の始まりであるといえる。そしてその世界はトライステロが表す反体制の世界へと拡がる。

こうして探索しているうちに、トライステロの歴史や略字や記号や図形について彼女が知ったこと全てが、自分の幻想が生みだしたものではないかと疑い、サンフランシスコを歩き回るが、結局郵便ラッパの図形やDEATHという文字（略字）を至る所で発見することになる。このような記号の飽和は、もちろん、先に述べた情報エントロピーの増大した現代社会を象徴的に示している。そして、それらとともに浮かび上がるトライステロのイメージは絶えず増殖し肥大化し続ける。サン・ナルシソから、勇敢に、私立探偵のように事件を解決できると思ってこの都市にやってきた楽天的な彼女は、「宿命観」に取り憑かれる。記号の氾濫は彼女に対する「悪意」に満ちたものと思われ、彼女の「楽天主義の中枢」（一二四）を痛めつける。

この西海岸の都市で、数々の「消音器付郵便ラッパ」（一一〇）を通して彼女が見たものは、アメリカという「共和国の生活から、その機構から計画的に後退して」（一二四）生きること、そして米国公共郵便制度を使わずに通信することを選択した地下組織の人々であった。これは、現在の世界へ「別世界」（一二四）が侵入することを意味した。この新しい異質な世界の認識は、社会の底辺部で、反体制的に生きる多くの人々の存在に対するエディパの認識、アメリカ社会の主流から排除され〈見捨てられた人々〉への認識を示すと同時に、情報過剰の結果、コミュニケーション不能となった麻痺状態の現代アメリカに、真の伝達能力を回復させようとする集団への認識であるといえる。この作品のパロディ性を強調するモリー・ハイトは、この集団について、「WASTE組織が伝達するという事実はジョークである」(7)と評する。この作品を読む時に、読者が絶えずパロディ性に注意しておかねばならないことは確かであるが、ハイトのようにジョークであると言い切るには、エディパの認識と認識の方法の持つ意味は重すぎる。そのような人々の一人である死に瀕した船乗りの老人に、彼女は共感したいと思い、彼を抱き締める。そして、老人の布団が燃え上がる時には、それに染みついた無数の思い出、つまり、過去の諸事実の「記号化された」（一二八）ものが消え去るのだと考え、ネファスティスが語ったマシーンのこと、巨大な情報が全て崩壊してしまうこと、つまり、情報エントロピーの不可逆性について考える。そして、このアル中老人の大文字のDT（アル中）と微分記号である小文字のdtとの〈隠喩〉について考える。大文字のDTつまりDelirium Tremens（アルコール中毒性譫妄症）というラテン語は、「心の鋤の先が震えて畝と畝のあいだの溝からはずれていくこと」（一二八）だから、この瀕死の老人にとっては小文字のdt、つまり「時間の微分」（一二九）のことでもあって、「変化が最終的にその実体と直面しなければならない消滅するほど小さい一瞬に近づく」（一二九）ことを意味する。その時、「私たちの知っている太陽を越えたスペクトルが」見え、「南極の孤独と恐怖が純粋に生みだす音楽」（一二九）が聞こえて、老人には「これまで誰も見たことのない世界」（一二九）、言葉を越えた映像や音の世界が開けていることをエディパは知る。つまり、これは彼女に関して言えば、大文字のDTから小文字のdtへの連想のように、「低次元の語呂合わせに高次元の魔法の力が働いて」（一二九）、言葉が「畝と畝のあいだの溝からはずれ」ていき、「境界の外への飛躍(8)」をし、統合することで、全く新しい世界が見えてくることを示している。

その後、ホテルに帰ると、大舞踏室で聾唖者たちが聴こえない音楽に合わせてワルツを踊り、音楽の終わりにいっせいに踊りをやめる場面を目にする。エディパは、自分には「彼らに第六感で聴こえるものが萎縮している」（一三一）と考える。ピンチョンの小説の特徴として、「カート・ヴォネガット・ジュニアの小説とは明らかに異なる希望的雰囲気」[9]を強調するチャールズ・ハリスは、この場面を、「ピンチョンはユートピアがどういうものかのコミックな考えを提供する」[10]と解釈する。ハリスのように、ピンチョンの小説の希望的調子を強調しすぎるのは危険を伴うが、それはともかく、ここでもまた、彼女が〈見えない世界〉を探るために必要なものが、通常の感覚の「境界の外への飛躍」であることが暗示されている。

しかしながら、このような言葉や記号の裏に潜む世界や超感覚の世界を理解する時の、飛躍による直感的連想・融合には、パラノイア的な執拗な意味づけ行為が必要になる。モリス・ディクスタインは、パラノイドの特徴は「人生の陳腐で無感覚な表面のヴェールを引き裂くことであり、もっと深遠で豊かな何かに触れさせること」[11]であると指摘する。また、ピンチョン自身、『重力の虹』において、パラノイアの特徴は「可視の世界の背後に異質な秩序を探し求める」[12]ことであると述べている。これから分かるように、作者はパラノイドを、妄想に駆られて偏執的な目標追求を行う病める人間というように、ただ単に消極的な意味で捉えている訳ではなく、「矛盾する相を越えて」[13]ものを見る者、病める現代を透視しようとする洞察力豊かな者と考えているのである。また、この作品『競売ナンバー49の叫び』においても、作者は、聖人、千里眼、夢想家、それにパラノイドは、全て「言葉」に対して「同じ特別な関連性を持って行動する」（一一九）と説明し、彼らが、「言葉」を越えた超越的認識を持つことを強調している。そこで、彼女が自分の新しい視野を獲得するためには、このような近代的理性を超えた超越的認識能力が必要となる。たとえば、このことは後に明らかになるのだが、消音器付のラッパの図形を体制側の郵便組織に対抗する組織として認識したり、WASTEという文字をWE AWAIT SILENT TRISTERO'S EMPIREの略字と理解したり、DEATHをDON'T EVER ANTAGONIZE THE HORN（「ラッパに敵対するべからず」）と読み取ったりする能力である。そして、もちろんこの読み取りは、単に言葉や記号（図形）や略字の場合だけに留まらず、彼女の生きている社会の実相の読み取り方にも大きく関わっていることは言うまでもない。

このようなパラノイア的認識と密接に関係するのが〈隠喩〉の読み取り方である。ピンチョンは、隠喩について次のように述べている。隠喩の作用は、「真実と虚偽に対して一突き突くことであり、真実と虚偽は立脚点によって変わり、内部に立脚していれば安全だが、外部に立脚していれば滅びてしまう」（一二九）と説明する。これは、隠喩とは自分がどこに身を置くかによって、「真実」にも「虚偽」にもなるということである。たとえば、"The lake is as blue as a sapphire."という直喩は、隠喩では"The lake is a sapphire."という大胆な飛躍した結びつきを作るが、その時、lakeとsapphireとの関係は、認識する側の立脚点によっては真実にもなり、また真っ赤な嘘にもなる。先に、エディパにみられるズレの感覚について触れた時に指摘しておいたように、隠喩においてはAとBは全く異なるものであるから、これを結びつけるためには連想・融合の複雑な操作が必要となる。このことは、つまり、彼女が〈陰の世界〉が持つ「異質な秩序」、「別の様式の意味」（一八二）を見抜くには、この〈隠喩〉を把握する力、つまり、異なるものをパラノイア的に統合して「表面のヴェール」の下に潜むものを理解する能力が必要であることを示している。彼女はこのことを理解して自分の人生を「織り紡ぐ」必要がある。つまり、カート・ヴォネガット・ジュニアが『スローターハウス5』（一九六九年）のなかでメタフィクションの仕掛けを利用して近代のロゴス中心主義の特徴である二項対立思考を解体したように、ピンチョンは隠喩やパラノイアを利用して認識パラダイムの転換を図り、二項対立的思考に代わる二項融合的発想を唱えているのである。

自分の精神状態に不安を抱いた彼女は、かかりつけの精神分析医のヒレリアス博士に、トライステロやWASTE文字や郵便ラッパなどが自分の「幻想」（一三八）から来るものではないかということを聞こうとする。しかし、彼はこの時すでに発狂していて、彼女に「幻想」の重要性を説く。幻想は大事に取っておくこと、それを失えば彼女個人の存在も消滅する、ゆえに麻薬の助けを借りずに「幻想」を持つには、彼のように「自分がだれか、他人がだれかが分かる」ような「相対的なパラノイア」（一三六）の状態で生きることが重要だと説く。この自己と他者の区別の可能な「相対的なパラノイア」とは、デボラ・マドセンの言う「意味の複数性[14]」の認識能力のあるパラノイアである。そして、夫のムーチョは麻薬で個性を失い（一四三）、さらに、メッガーは若い娘と駈け落ちし（一四六）、ドリブレットは入水自殺（一五二）してしまい、トライステロの秘密を知っていそうな男性は全て消えてしまう。彼女は、麻薬の助けも借りずに、思いもよらぬ「濃さのある夢の世界」（一七〇）にパラノイアを媒体にして入り込んだのかもしれない、つまり、公共の米国郵便組織に代わる、真の伝達能力を有するトライステロの地下郵便組織のなかに入ったのかもしれないと想像する。現代のアメリカが抱える「出口なしの状態、人生にたいする驚異の欠如」（一七〇）に疑問を投げかけるトライステロ組織のなかへ入り込んだのかもしれないと思うのだが、しかし、これはまた、自分が全くの「幻覚を見ている」（一七〇）せいであるかもしれないとも考える。とすれば、彼女は狂気のなかにいることになる。肥大化する奇怪な組織トライステロを前にして、彼女は心の病を患っているのかもしれないと恐れ、うろたえ、また、妊娠したのではないかと不安になり産婦人科医のもとに駆けつけたりもする。そしてこれが幻覚のなせる業か、陰謀によるものか、あるいは真実なのかは最後まで彼女には分からない。

切手収集家コーエンからの電話で、米国郵便で届いた手紙に古い米国郵便切手があり、それには消音器付ラッパの記号と腹を上に向けたタヌキの図案があり、さらにWE AWAIT SILENT TRISTERO'S EMPIRE（「我ら沈黙のトライステロ帝国の出現を待つ」）というモットーが入れられていることを知らされる。これがW.A.S.T.E.という略字の表すものであった。つまり、これは、郵便事業を独占したチュールン・タクシス家の郵便ラッパを消音し、その家紋であるタヌキを殺すことを表す図案であり、それを目論むのはトライステロ帝国建設の野望に燃えた闇の組織であることを示している。ここで、トライステロ組織が南北戦争前（一八四九年〜五〇年）にアメリカに渡り、敵対組織の破壊と帝国実現のための活動を継続していることが明確になったとエディパは考える。このようにトライステロ組織は、敵に対する破壊行動によって死と無秩序をもたらすという恐怖の側面を持っていたが、情報の氾濫と知的活動の停止した文化の麻痺状態、つまり、エントロピーの増大した社会においては、彼らは、その真の通信能力によって、可能性を秘めた新世界の到来を期待させるのである。そして、作品の最後で「競売品ナンバー49」としてインヴェラリティの偽造切手が競売にかけられることになり、そこに記帳入札者が現実に現われ、これがトライステロの人間かもしれないと知らされると、彼女は恐怖を感じ、捨てばちになり、無謀にも高速道路を無灯火運転する。ここで、彼女は、予定説を奉じたピューリタンの一派であるスカーヴァム派の一部の宗徒が信じた「盲目の、機械的なアンチ・ゴッドである」(一六五)かもしれず、また「凶暴な他者」(一五六)であるかもしれない破壊性と、無力化した現代文明を活性化する救済性とを共に有すると考えられるトライステロの存在の可能性を、何とか打ち消そうとしている。このようなトライステロの持つ二面性が象徴的に示しているのは、強大化した現代文明に対抗するためには、それを凌ぐだけの破壊力が必要であること、そして、新しい世界はそこから初めて展開するということであろう。

こうして作品の最後の重要な場面においては、エディパが、自分の位置を確認すべくインヴェラリティの遺産であるサン・ナルシソの町を眺めようとすると、トライステロの秘密を解く鍵を握るサン・ナルシソの町は存在を失い、境界線を失い、その独自性を失い、「アメリカの地殻とマントルの連続体なかに呑み込まれた」(一七七)と説明される。つまり、彼の遺産は、自己愛に麻痺したサン・ナルシソの町から真の連続性を持ってつながるところの、これまた自己愛に麻痺して可能性に目を閉ざした「アメリカ」にまで拡がっていたのである。つまり、サン・ナルシソの町はアメリカの〈隠喩〉であったのである。アメリカの唯物主義者であり、帝国主義者でもあり、現代のエントロピー現象の生みの親と思われたかつての愛人インヴェラリティは、その遺産のなかにコード化されたものを読み解いていくと、実は、「所有しよう、国土を変えよう、新たなスカイラインをもたらそうという欲求、個人的な反抗心」（一七八）を持つ反体制的陰謀をめぐらす人物でもあり、その陰謀から生まれたアメリカの陰の組織は、実はアメリカ大陸にまで拡がっていた、と作者は述べる。

トライステロの存在は幻想の産物かも知れないし、また、すべてが真実であるかもしれない。真実であるとすれば、ちょうどケン・キージーの『カッコーの巣の上で』（一九六二年）の体制側の幻想的巨大組織コンバインが、アメリカ全土に網の目のように触手を伸ばしていたように、トライステロ組織はアメリカ大陸の至る所にその恐ろしい力を静かに拡げていることになる。それは、現代のアメリカの生活から意図的に退いた地下組織の人々、体制から排斥され〈見捨てられた人々〉が、秘密の連絡網によって連絡を取り合い、「国土を変えよう」と目論むアメリカである。そしてこの〈もう一つのアメリカ〉は、近代合理主義によって築かれたアメリカ高度産業文明社会（それを支えるのは、個人の創造性を阻む、発明家たちのチーム・ワークである）、ゼロかイチかというコンピュータの二者択一の世界、つまり、二つのものの間の融合を排して、豊かな可能性に眼を閉ざしてきた麻痺的アメリカに、かつての「多様性」（一八二）のあった文化を蘇らせようとする人々の集まりであった。ゼロとイチの間の「中間の脱落」（一八一）が現代社会が抱える大きな問題であると言われるが、アメリカはこの「中間」にかつて存在した文化の

「多様性」を無視し、それに意識を閉ざしてきたのであるから、この回復は閉塞的現代アメリカのもう一つの選択の道であるかもしれない。エディパ自身、ここに至ると、タナーが指摘するように、「現在のアメリカが提供する選択はどこかがおかしくなっている」[15]と感じている。そこで、彼女はゼロかイチかに截然と分けられない世界、中間の世界を求めて、パラノイア的に生きねばならない。中間の世界にこそ真の伝達の可能性も潜んでいるのである。そのためには彼女は、ヒレリアス博士が最終的に選択した「相対的な」視野を備えたパラノイドでなければならない。もちろん、ゼロかイチのどちらかに委ねないで生きることは、〈未決状態〉のなかで生きることであるから、彼女にはいつまでも生の不安は残ることになる。しかし、レイモンド・オルダーマンが評するように、「六〇年代における可能性の追求は、私たちの生に対する抑制力を振るう何物かを、本当に見つけるかもしれないという恐れによってひどく損なわれている」[16]のだから、不安の中の生は避けようがないだろう。

彼女の体験は、神聖象形文字のような街路の向こうに真実の意味が存在するのか、ただアメリカという茫漠とした大地があるだけなのか、その確定の旅であった。アメリカという遺産出現のかなたには、真のトライステロがいるのか、それとも単なるアメリカの大地が存在するだけなのか。トライステロが真に存在する可能性が確信できれば、これにコミットして生きていくことができる。しかし、もしも茫漠とした境界線のないアメリカ大陸が存在するだけだとすれば、彼女が存在を続け、アメリカとつながって生きるための唯一の方法は、一人の「異邦人」として「畝を立て溝を作ることなく、完全な円を描いて何かのパラノイアに呑み込まれる」（一八二）よりほかにないと作者は書く。「畝を立て溝を作ることなく」とは、言葉・論理にとらわれることなくその拡がる意味を探ること、モノとモノとの柔軟な関係性を否定した近代ロゴス中心主義世界の論理偏重の思考ではなく、言葉や論理を越えて融合的に世界を見ることであるから、これはヒレリアス博士が最終的に示唆した「相対的なパラノイア」として生きることでもあるのだ。

Ⅳ

結論すれば、エディパは、作品の最後までトライステロの存在を確信できないし、エピファニーの瞬間は訪れないのであるから、その組織の存在と非在の不安のなかで、パラノイア的に外部世界の意味づけを目指して、自己の生き方を求める不安な探索を継続し、浮遊し続けるよりほかはない。このように、作者ピンチョンは、彼女のパラノイア的なトライステロの意味づけ行為が——それはまた自己の世界の探索でもあるのだが——如何に反復的な行為であるかを示している。作品の冒頭に描かれたヴァロの絵の「囚われの乙女たち」（二一）が、塔から虚空に織り紡いだ

「綴れ織り」は一つの世界を表し、それは彼女の世界でもあった。しかし、それも所詮は、元の塔につながる世界にすぎないことが暗示されていたように、彼女は〈エゴの塔〉から逃れることはできず、孤独な意味づけ行為を繰り返すほかはない。自己と外部世界がズレたままでは宙づりの状態であり、そのようなアポリアの状態に満足できないのはどうしようもない人間の宿命であるから。しかし、たとえ最初から「負け戦をたたかっていた[17]」としても、今の彼女はもう一つの〈陰の世界〉を少なくとも垣間見たのであるから、彼女の自閉的な〈エゴの塔〉からの解放を求めて生きることになろう。そこで、彼女がそのような社会の中で自己の存在を失わずに生きていくには、精神分析医のヒレリアス博士の忠告に従って、幻想を大事にして〈隠喩〉を読み取るように、情報エントロピー増大の結果溢れでる表象的事実の意味を、パラノイアによって連想・融合していくこと、つまり認識パラダイムの転換が肝要であり、そのとき必要なのは、ヒレリアスが言う「相対的なパラノイア」として、不安定さは逃れようもないが、新たな生き方を模索しながら生き続けることである。もしも完全なパラノイアになってしまえば、彼女は自己と他者を区別する相対的視野を失い、真の狂気に陥り、自己破滅する可能性もある。現代世界のエントロピーの不可逆性は避けられないのかもしれないが、エディパのように相対的パラノイアによって生きること、夢や幻想を推進力として生きることが、宇宙的秩序の崩壊を予表するかにみえる現代に生きる一つの道、つまり「真実に対する一突き」になる可能性を暗示しているのかもしれない。

『競売ナンバー49の叫び』という作品のタイトルの49という数字は、「使徒行伝」第二章に書かれた、復活祭から五〇日目に聖霊がキリストの使徒のうえに降臨し、新しい啓示があったということと関係がある。ゆえに、49は聖霊降臨日の前日、真理の啓示の現れる一日前を表している。また、それは作品にも現われているチベット仏教の『死者の書』における、死者が再生までさ迷う四九日でもあるので、作品自体が、「競売ナンバー49」を叫び、買い手が現れる直前で終わることと符合する。これは主人公エディパに真理の啓示が現れないことを示しているが、トライステロの啓示が、至る所にちりばめられて、「神の隠喩」（一〇九）という宗教的イメージと重ねられていることを考えると、現代アメリカの無力な神に代わって立ち現れるかもしれない救世主、〈もう一つの神〉の出現を暗示してもいるようである。これは『重力の虹』のなかの、アメリカの歴史の「分岐点」であるピューリタンの選民思想において、選びに漏れ、「見捨てられた者」[18]たちに「**御言葉**」（一八〇）を示し、彼らを救うかもしれない神と通じるのかもしれない。「継電器の唸るような音のなかから」（一八〇）立ち現れるかもしれない神は、トライステロのような破壊と救済の両方の相貌をもっていると作者は考えているようである。しかしもちろん、エディパには、トライステロの実在が確認できないのと同じように、神の存在も確認できないのだが。

　このようなピンチョンの描く世界は、既成の社会を懐疑しながらも、生きるための確固とした新しい価値観を見いだすことができず、虚無の虚空を見た現代に生きる者の、宿命的世界ともいえよう。しかし、たとえ幻想であったとしても、少なくともエディパには、昼の世界に強力に侵入しようとする闇の世界、アメリカを突き動かす〈もう一つのアメリカ〉の存在を垣間見て、それに深い共感を示すことはできたのである。作品の結末は、探索の旅の再開であるから、彼女は言わばかつての旅の出発点に、大きな円を描いて戻ったともいえるが、従来の視点では見えなかったものを少しでも見てしまった今、彼女は夫の住むキナレットの町へはもはや帰れない。新たな生を求めて再び旅立たねばならない。バーバラ・ルーパックは、六〇年代、七〇年代の小説においては、「それ以前の作家の小説と違って、自己認識の旅は直線的には進行せず、どちらかといえば円を描く」[19]と述べて、退却性（withdrawal）を強調している。エディパの旅は、確かに形のうえでは一時退却であるが、これは、また新たな旅の始まりでもあるので、螺旋状に円を描き続けると言った方が適切だろう。エディパの自我分裂した不安定な状態は修復されることはなく、彼女の自己探求の旅も、ウロボロスの環のように円を結びきることは決してない。つまり、彼女の自我も旅も明確な形を持つ全体性へと収束することはないのである。このようにどこまでも旅の完結を先送りする作家ピンチョンは、「出口なし」（一七〇）の現代に生きる人間の苦境を冷静に見ている。主人公エディパが不可視の現代社会に生きるためには、たとえそれがもう一つの危うい〈エゴの塔〉を築くことになるにすぎないとしても、自己と外部世界の意味づけという人間に宿命的な行為を繰り返し、「可視の世界」の背後に存在する「異質な秩序」を捜し求めて、自我分裂を修復し、自己のアイデンティティを確立すべく、相対的な視野を持ち洞察するパラノイドとしてさ迷わねばならない。これは逆に言えば、不透明な現代においてはパラノイア的に生きることが、私たちにわずかに残された希望であることを示しているともいえる。混沌とした閉塞的な現代社会において、その深層構造を読み取ろうとすれば、どうしてもパラノイア的にならざるをえないのである。それほどまでに現代は、捉え難く不可視の闇に包まれている。

ピンチョンがこの作品の主人公エディパの旅を通して描き出したものは、五〇年代から六〇年代にかけての多くの悲劇的事件とベトナム戦争への介入に象徴される混沌とした変動するアメリカ社会、南北戦争以後に営々と築かれてきたアメリカ産業文明社会、そして、そのような社会を根底で支えていた近代ロゴス中心主義世界へと拡がり、その歴史の進行の過程で見捨てられた世界、つまり、もう一つの〈陰の世界〉への光の照射であった。しかし、結論を、像を結ばない円環、つまり、〈未決状態〉に留めて先送りする作者には、その閉塞的な現実世界からの脱出の道が、また如何に不可視であるかという認識があるのだろう。近代的自我を有するエディパは、近代的理性偏重の目標追求に限界があることを知り、最後には、旅の様々な経験から、エントロピーの増大する後期資本主義社会に生きるための、超越的認識力を持つポストモダンのパラノイドとしての生き方のヒントを得たようであるが、それでも世界はほんの僅かしか見えてこない。

作者ピンチョンは、言語と記号（情報）の飽和した現代社会を提示して、Ａ＝Ｂであるというような単純な図式化の不可能な世界、つまり、ＡはＢかもしれないし、Ｃかもしれないし、Ｄかもしれないし、ひょっとしたらそのどれでもないかもしれないという、認識の困難で不透明な現代を描く。そのような不可視の現代を見つめ、ロゴスの限界を意識しつつ、それでもなお言葉というロゴスを使って表現する道を選んだポストモダン作家ピンチョンは、逆に、饒舌に、そしてパラノイア的に語ることを続けている。

注

（1）Pierre-Yves Petillon, "A Re-cognition of Her Errand into the Wilderness," *New Essays on The Crying of Lot 49*, ed. Patrick O'Donnell (Cambridge : Cambridge University Press, 1991) 129.

（2）Thomas Pynchon, *The Crying of Lot 49* (New York: Harper & Row, Publishers, 1966, rpt. 1990) 20.　以後のこの小説か

らの引用はすべてこの版により、ページ数のみを記す。原文の翻訳には、志村正雄訳『競売ナンバー49の叫び』（筑摩書房、一九九二年）を参考にさせていただいた。

（3）Thomas Pynchon, *Gravity's Rainbow* (New York: The Viking Press, 1973) 49.

（4）Frank Kermode, "Decoding the Trystero," *Pynchon: A Collection of Critical Essays* ed. Edward Mendelson (Englewood Cliffs, N.J. : Prentice-Hall, 1978) 163.

（5）Thomas Pynchon, *Slow Learner: Early Stories* (Boston, Toronto: Little, Brown and Company, 1984) 85.

（6）Tony Tanner, *City of Words: American Fiction 1950-1970* (New York: Harper & Row, Publishers, 1971) 175.

（7）Molly Hite, *Ideas of Order in the Novels of Thomas Pynchon* (Columbus: Ohio State University Press, 1983) 93.

（8）Pynchon, *Gravity's Rainbow* 50.

（9）Charles B. Harris, *Contemporary American Novelists of the Absurd* (New Haven : College & University Press, 1971) 98.

（10）Harris 98.

（11）Morris Dickstein, *Gates of Eden: American Culture in the Sixties* (New York : Basic Books, Inc., 1977) 125.

（12）Pynchon, *Gravity's Rainbow* 188.

（13）Pynchon, *Gravity's Rainbow* 48.

（14）Deborah L. Madsen, *The Postmodernist Allegories of Thomas Pynchon* (Leicester : Leicester University Press, 1991) 70.

（15）Tanner 178.

（16）Raymond M. Olderman, *Beyond the Wasteland: A Study of the American Novel in the Nineteen-Sixties* (New Haven and

London: Yale University Press, 1972) 148.

(17) Thomas H. Schaub, *Pynchon: The Voice of Ambiguity* (Urbana, Chicago & London : University of Illinois Press, 1981) 30.

(18) Pynchon, *Gravity's Rainbow* 556.

(19) Barbara Tepa Lupack, *Insanity as Redemption in Contemporary American Fiction* (Gainesville: University Press of Florida, 1995) 16.

カート・ヴォネガット・ジュニア『スローターハウス5』
——浮遊するリアリティ

渡邉真理子

I

六〇年代アメリカ小説群に共通するひとつの特徴として、作家たちの言葉に対する不信を挙げることができる。ジョーゼフ・ヘラーは『キャッチ＝22』（一九六一年）において軍隊を支配する軍規「キャッチ＝22」の言葉の罠を現代の不条理として描き、ドナルド・バーセルミは『雪白姫』（一九六七年）において『白雪姫』という神話のテクストに呪縛される人物たちをユーモラスに描いた。また、リチャード・ブローティガンは『西瓜糖の日々』（一九六八年）において文明の言語を「忘れられた世界」という領域へと幽閉するユートピア幻想を創造し、さらに時代的には七〇年代に入るが、ジャージー・コジンスキーの『ビーイング・ゼア』（一九七一年）では、主人公チャンスの素朴な言葉をメタファーへと変換し、政治的権力として利用するアメリカ政府の姿が描かれている。近代西欧の思考は、言語本来の不安定な意味作用を安定化する超越的原理＝ロゴスを求め、それによって言語の不確実性を抑圧することによって真理という基盤を確立してきた。このようなロゴス中心主義に対する作家たちの疑念と批判を反映し、作品の主人公たちは錯綜した言葉の意味作用の迷路のなかへと投げ込まれ、そこからの脱出を試みている。しかしながら、彼らの言葉の世界からの脱出は往々にして幻想や狂気、自閉や退却といった方法において成就される性質のものでしかなく、現状に対する有効な打開策を提示できないゆえに作品の結末は開かれたままであるのが特徴である。

カート・ヴォネガット・ジュニア（一九二二年―　）の『スローターハウス5』（一九六九年）は、第二次世界大戦における連合国側によるドレスデン無差別爆撃を扱った小説であるが、第一章において作者ヴォネガットの分身ともいえる小説家は「大量虐殺を語る理性的な言葉など何ひとつない(1)」と語る。ロゴスへの不信という前提の下では、もはや従来のリアリズム的手法ではドレスデン壊滅という惨劇を伝達することは不可能なのである。また、これは、言葉によって構築される〈小説〉という芸術形態に取り組む現代作家の苦境を表明した一節であるとも読み取れる。近代以後のロゴス中心主義という基盤が崩壊した現代において、既存の言葉は対象がもつリアリティを直截的に表現する有効な媒体とはならない。それゆえに、意思伝達の手段を言葉に頼らざるをえない作家には、何らかの迂回が必要となる。それが、時間的順序を破壊しながら出来事を断片化する本作品の物語形式であろう。

その詳細な分析を行う前に、まず、ヴォネガットが自分自身に〈作者・語り手・登場人物〉の三役を課している本作品の複雑な語りの構造を整理しておく必要がある。全十章から構成される『スローターハウス5』において、主人公ビリー・ピルグリムの物語は第二章から始まるのだが、その序章ともいうべき第一章において、物語の〈作者〉が本作品を書くに至るまでの経緯を語るという構造をとっている。本稿ではこの〈作者〉を〈作中作家ヴォネガット〉と呼ぶことで、作者ヴォネガットと区別したい。この序章を経て、作家は一人称の〈語り手〉としてビリーの物語を紡いでいく。つまり、本作品は〈ビリーの物語を語るひとりの作家の物語〉なのである。さらに第二章以降のビリーの物語において、この〈作者兼語り手〉はまた、時折その姿を現す〈登場人物〉ともなり、「私はそこにいた」（六七）と証言することで語りの行為者としての自らの存在を読者に意識させることになる。ジェイムズ・ランドクィストは、作者の分身である作中作家ヴォネガットの声を「全知の語り手の声ではないひとりの人間の声」とし、それが作品の主題であるドレスデン無差別爆撃という非人間的な残虐行為への批判に辛辣さを加えていると述べている。(2) 小説の出来事と読者との媒介としての語りを無化するような〈全知の視点〉を排除することによって、作者ヴォネガットは読者の関心を語りへと向けようとする。彼の小説において、作中の人物と出来事について神のようにすべてを知っている〈全知の語り手〉は存在しない。つまり、そこではテクストという言葉を創造する神は不在であると言える。これは、小説のテクストが人間によって創造された言語構築物にすぎないということを読者に意識させるための作者の戦略であろう。

作品の主題であるドレスデン無差別爆撃は、一九四五年二月十三日夜から翌朝にかけて行われた。連合国側の主張によれば、それはナチズムという〈悪〉を撲滅するために企てられた、戦争終結を早めるための作戦であったが、この爆撃による推計約十五万人の犠牲者の大半は民間人であった。〈悪〉を滅ぼすための〈正義〉の行為が、逆に罪なき民間人を虐殺するという〈悪〉の行為を正当化する。これは、〈善〉と〈悪〉という二項対立の概念がそれを唱える人間の立脚点によって逆転可能となることを示しており、作者ヴォネガットが表明するものは、このような大量虐殺を肯定する二元論的思考に対する疑念に他ならない。この疑念はさらに、西欧の論理を中心とする世界の絶対的価値基準である人間の〈理性〉に対する不信へとつながる。作中作家ヴォネガットは、人類学科の学生であった頃に教わった「人間個人のあいだに差異は存在しない」（八）という人間観に基づき、自分が今まで小説のなかで悪人を書いたことがなかったことに言及している。彼は戦争を描くにあたっても、そこに善悪という価値判断を下さない。残虐行為を論理でもって正当化する人間に対して疑念を抱くゆえに、人間の理性的思考が生み出す善悪といった概念を無効にするのである。ドレスデン爆撃を始めとするあらゆる残虐行為が、如何なる論理的説明や因果律をも受けつけない、極めて偶然の産物のように描かれる所以はここにある。

ロゴス中心主義に対する批判的姿勢は、小説の技法としては、ジャン＝フランソワ・リオタールが規定した、近代文化の特徴であった自由や正義といった価値を普遍化する「大きな物語」[3]の喪失に表れている。ジェローム・クリンコウィッツは、戦争小説という形態が特に事実を歪曲して伝達する傾向を持つことを言及したうえで、「『スローターハウス５』において、ありのままの真実と純粋な思考を阻むものは物語をいかに語るかという技法的装置である」[4]と論じている。ここで注目すべきは、作中作家ヴォネガットが当初、本作品とは全く異なる体系化されたプロットをもつ「大きな物語」の誘惑に取り憑かれていた点である。

> クライマックス、スリル、性格描写、素晴らしい会話、サスペンス、対決などを商う者として、私はそれまで何度もドレスデン物語のアウトラインを描いていた。なかでも最高のもの、というより最も美しいものは、一巻の壁紙の裏に書いてあった。
>
> 私は娘のクレヨンを使い、それぞれの登場人物に異なる色を割り当てた。壁紙の一方の端

が物語の始まりで、もう一方の端が終わり。あいだにある長い部分が中間部。青い線が赤い線と出会い、それから黄色い線と出会う。黄色い線は途中で切れる。黄色で表された人物がそこで死んだからだ。以下同様。ドレスデンの壊滅は、それらと垂直に交わるオレンジ色の帯で表されていた。生き残った線はそれを突き抜け、さらに伸びる。（五）

戦争を題材とする作家たちの巧みな描写と脚色によって、その苛酷なリアリティはヒロイックな武勇伝へと美化され、それが戦争を助長する結果となる。このからくりを指摘したのは、彼がドレスデンの記憶を辿るために訪問した、かつての戦友バーナード・オヘア宅で出会ったその妻メアリーであった。彼女は作中作家に対し、以下のような非難の言葉を浴びせる。

「あなたは、二人が赤ん坊ではなくまるで一人前の男だったみたいに書くのでしょう。そしてそれが映画化されたとき、フランク・シナトラやジョン・ウェインやそんな男臭い、戦争好きな、薄汚れた年寄りたちがそれを演じるのよ。そうなると戦争は素晴らしいものに見えて、だからもっとやろうってことになるでしょう。そして、実際には二階にいるあの子供たちみたいな赤ん坊が戦うのよ。」（一四）

この強い抗議を受けて作家は前出のアウトラインを放棄し、作品タイトルを「スローターハウス5または子供十字軍」にするのであるが、ここではこのアウトラインにみられる直線的イメージが意味する世界像を認識する必要がある。生から死までの期間を表すこれらの直線は、過去、現在、未来へと進行する直線的な時間の流れ、すなわち歴史の概念を示す。この既存の直線的時間観及び歴史観を解体するのが、第二章以降のビリーの不規則な時間旅行を辿る作中作家ヴォネガットの語りなのである。つまり、クリンコウィッツが述べているように、彼の任務は「戦争小説を従来と同じように語ることではなく、その形態を作り替えること」であり、作家の関心は小説の内容からその構造、形式へと向かったと言える。(5) 本作品のエピグラフには「これは空飛ぶ円盤の故郷トラルファマドール星に伝わる電報文的精神分裂症的物語形式に倣った小説である」という叙述が認められる。そのような虚構の物語形式によって、作者ヴォネガットは戦争のリアリティをどのように呈示することができたのか。本稿では、彼の手法を分析しながら、それが言葉とリアリティの問題にどのように影響しているのかを考察していく。

Ⅱ

物語は「聞け――ビリー・ピルグリムは時間のなかに解き放たれた」（二三）という一節で始まる。ピルグリムという名前はジョン・バニヤンの『天路歴程』（一六七八年、一六八四年）を連想させるが、時間を往来するビリーの不安定な歩きぶりについて、バーバラ・ルーパックは「ピルグリムの前進を妨げるとともに、現代世界における混乱状態を表す鋭い視覚イメージ(6)」であると述べている。ビリーは第二次世界大戦に武器を持たない従軍牧師助手として参戦した。「アメリカ陸軍のなかで従軍牧師助手といえば、たいていは笑い者である」（三〇）と語られているように、彼は戦争という状況において無力な周縁的存在である。彼が最初に時間のなかに解き放たれたのは戦争中であり、彼はこれ以後、戦争時代の記憶、戦後の富裕な生活、宇宙人に拉致されたとされるトラルファマドール星での体験など、自分の誕生以前から死に至るまでの人生の数々の場面を不規則に旅している。行き先を自ら決定できない「痙攣的時間旅行者」（二三）である彼は「人生のどの部分を次に演じるべきか分からず、常に舞台負けの状態」（二三）にあり、現実と幻想とのあいだを往来しつつ、状況に翻弄されながら本能的に生き延びてゆく無気力で受動的な生を送っている。つまり、行く先を自ら制御できない彼は、現代というポストモダン的状況において方向感覚を喪失し浮遊する人間存在の表象であると言えよう。そこでまず、ビリーの主体の崩壊を招く結果となった現代という状況に焦点を当て、作者ヴォネガットの世界観を明らかにしておく。

　ドイツ軍捕虜となったアメリカ兵が、記録台帳に氏名と番号が記入されることによって初めて生存者であると識別されるように、現代において人間に〈生〉というリアリティを与えるものは〈言葉〉である。記号がその指示対象に優先するというロゴス中心世界の不条理は、非武装都市ドレスデンに対する爆撃を〈ナチズムという悪に対する正義の行為〉という論理でもって正当化する人間の二項対立的思考の問題へと広がる。先に述べたように、本作品の世界は善／悪、上／下、論理／感情といった価値の二項対立によって支配されている。あらゆる二項対立は権力関係として組織されており、一方が優勢的権力をもって他方を抑圧するという対立の構図を呈する。例えば、ドレスデン爆撃を正当化する〈論理〉は、多数の罪なき民間人が殺戮されたことに対する同情という〈感情〉を抑圧する。作者ヴォネガットはテクストにおいて、それらの二項対立のなかでも特に男性性／女性性というジェンダーの対立を前景化しているようである。ここで、ビリーの現実世界に認められる暴力性と残虐性を例証しよう。戦時中に彼と行動を共にするローランド・ウェアリーは拷問具の収集家である父親の影響を受け残虐行為に偏執狂的な関心を抱くようになった若者であるし、ビリーの父親は幼い彼をプールに突き落とし「死刑同然」（四四）の水泳指導を行っている。また、義父マーブル氏は徹底的な人種差別主義者であり、ビリーの息子ロバートはグリーンベレー部隊の班長としてベトナムで殺人行為に従事している。女性登場人物に関していえば、セックスの快感に征服戦争のイメージを重ねる妻ヴァレンシアは、自分がエリザベス一世でありビリーがコロンブスであると想像し、娘バーバラは無力なビリーの代わりに自ら〈家長〉としての責任を背負う。つまり、夫婦や親子間の愛情さえも権力のヒエラルキーを内包しており、〈感情・庇護・慈愛〉といった女性的要素は男性的な〈論理〉によって抑圧されている。

つまり、ドレスデン壊滅に集約される現代という〈暴力の時代〉の基幹をなすものは、戦争を含む数々の残虐行為を肯定する男性的な〈論理〉ということになるだろう。作品において父親が何らかの暴力性や残虐性と関連づけられていることから、暴力を肯定する論理というものが父権によって受け継がれてきたと考えることができる。ゆえに、ここで、父権の系譜という視点からビリーの位置を考察したい。ビリーがピルグリム家の家長としての役割を果たせないことは、現代アメリカ社会における父権の衰退を表している。理髪店の息子として生まれたビリーは、戦後、検眼医学校の創設者の娘ヴァレンシアとの結婚によって金銭的成功を収めた〈アメリカの夢〉の達成者であるが、時折理由も分からずに泣いてしまう習癖があり、精神科医のカウンセリングを受けている。ルーパックは、作者ヴォネガットが「アメリカの夢の絶対的確実性に異議を唱えている」(7)と評し、さらにウィリアム・アレンは「ビリーの戦後の成功した人生のなかに、アメリカの夢における欠陥が認められる」(8)と述べている。ビリーの物質的成功の裏側にある精神的不毛性は、現代における父権的な〈アメリカの夢〉の崩壊を示唆しているのだろう。

ビリー・ピルグリムの戦後の物質的成功と精神の破綻は、ニュー・イングランドへの最初の植民者であった〈ピルグリム・ファーザーズ〉たちが抱いていた宗教的熱情、すなわち〈アメリカの夢〉に備わっていた本来の精神性が、時代を経て物質的成功の追求のみに変化したことに対する痛烈なアイロニーでもある。ヴァレンシアとの結婚は、ピルグリム家の繁栄を願う母親の期待に応える行為であったと推測できるのだが、しかしながら、彼は醜いヴァレンシアに不本意ながらも求婚しているまさにその瞬間、自分が発狂しかけていることに気づく。彼を狂気へと駆り立てた根本的原因は戦争体験にあると考えられるが、ビリー自身が自分の狂気を自覚するようになったのは、このヴァレンシアへの求婚の場面である。つまり、彼は、ピルグリム家の家長としてその歴史の担い手になるという重圧に耐えられない。息子ロバートが殺人行為に従事することで高い社会的評価を得ているという状況が示すように、ピルグリム家の歴史もまた暴力の芽を生むという結果に至るのである。以後、飛行機事故による頭部損傷、トラルファマドール星での体験を始めとする一連の幻想などによって、彼は娘からも廃人扱いされ、事実上、家父長としての責任を放棄している。

近代以降の哲学において人間存在の中心であるとされてきた〈理性〉に対する不信を表明する作者は、近代的な主体の概念が崩壊したビリーという主人公を〈現代のピルグリム〉として創造する。この〈現代のピルグリム〉によって、開拓期より続いてきたアメリカの父権の系譜は停滞するように思われるが、発狂したビリーには当然ながら現実世界を変革していく能力はない。テクスト全体にわたって描かれているように暴力や戦争や悲惨な死は常に存在するし、父親的暴力の世界は健在である。この意味において世界は改革不可能なのであり、父権という強権は依然として支配的である。ゆえに、彼は時間内浮遊現象によって既存の歴史が築きあげてきた直線軸から離脱し、幻想世界へと退却するという現実逃避的な手段に頼らざるをえない。トラルファマドール星には五つの性が存在するとされるが、この性の多元性は地球における二元的な性の概念と対峙している。さらに、彼らによれば、地球人には七つの性があるという。

トラルファマドール星人は、その不可視の次元における性を想像する鍵をビリーに与えようとした。彼らは次のように説明した。男性の同性愛者なしには地球人の赤ん坊は生まれない。女性の同性愛者がいなくても赤ん坊は生まれる。六十五歳以上の女性なしには赤ん坊は生まれない。六十五歳以上の男性がいなくても赤ん坊は生まれる。生後一時間ないしそれ以下の赤ん坊なしでは、赤ん坊は生まれない。云々。

ビリーにはわけのわからないことだらけであった。（一一四）

彼らがビリーに授けたものは、地球における二分化された性を解放し多様化してやるための宇宙的視座、言い換えれば三次元的世界観を脱構築するための四次元的パースペクティヴである。このように幻想のレヴェルにおいて、ビリーは性差の不分明な世界を夢想し、それによって現実世界におけるジェンダーの二項対立を相殺していると言えよう。トニー・タナーも指摘しているように、ビリーは「残酷な事実を相殺するために幻想を必要とする」(9)のである。

作者ヴォネガットが試みるこの二項対立の脱構築は、優位を占める男性性への対抗軸として抑圧された女性性を持ちだすことで従来のヒエラルキーを逆転させるという方法では行われてはいない。ヴァレンシアとバーバラについての考察が示したように、ビリーの現実世界の女性は父権的な権力構造に組み込まれているのである。では、彼の幻想世界においてはどうであろうか。ビリーの幻想の産物であろう理想郷トラルファマドール星において、ビリーは自分と同じく地球から拉致されてきた映画女優モンタナ・ワイルドハックという伴侶を得ている。少年期のビリーに惨たらしい十字架像を買い与えた母親、生殖器官を摘出された妻ヴァレンシア、そして家長代理としての権力を奮う娘バーバラといった現実世界の女性とは異なり、彼の子供を宿しているモンタナは養育・慈愛・庇護という女性的特質を具現する。ルーパックが彼女を「代理妻」[10]だと規定しているように、ビリーは現実世界において果たすことできなかった愛のある家庭生活をトラルファマドール星において夢想しているのである。しかしながら、ワイルドハック（"Wildhack"）という姓が象徴するように、モンタナには自然を切り裂いていく野生の破壊的なイメージもまた見受けられる。彼女の睫は「御者の鞭」（一二三）のようだと形容されているし、地球ではドレスデンについてほとんど語ることのなかった寡黙なビリーが、彼女の前ではドレスデンの記憶を語っていることも象徴的である。ビリーから戦争体験を聞き出そうとする点では、彼女もヴァレンシアのような残虐行為に関心を示す女性であることに変わりない。

つまり、現実にせよ幻想にせよ、ビリーの世界において女性性は権力構造を内包している。従って、作者ヴォネガットは男性性のみならず女性性も解体しなければならず、これによってビリーの意識は性差の不分明なエデンへと向かうのである。アレンはビリーとモンタナの関係を「完全な世界の領域内に住む新しいアダムとイヴ」とみなし、ビリーのトラルファマドール星からの帰還を「楽園追放」であると規定している。(11) マルグリート・アレクサンダーが指摘しているように、追放以後のビリーの現実生活を「人間の受難(12)」であるとするならば、作品の随所に認められるアダムとイヴのイメージは、ビリーの楽園への回帰願望を示すものであろう。ビリーはドイツ軍伍長のブーツのなかに全裸のアダムとイヴを幻視するが、その姿は「とても無垢で、傷つきやすく、上品にふるまおうと努力していた」(五三)と表現される。また、彼が出会った十五歳のドイツ兵には、「イヴに負けないくらい美しい」という女性的イメージ、そして「ブロンドの天使」(五二)という両性具有のイメージが付与されている。ビリーがアダムとイヴを肯定的に評価する理由は、彼らがまだ善悪の判断を可能にする知恵を得ていない段階の「無垢」な人間であるからだろう。エデンの崩壊によって善悪の判断を可能にする知恵を得た人類は、現代に至るまでのその長い歴史において、戦争を含む数々の残虐行為を正当化してきた。ゆえに、知恵は否定的なものとして捉えられ、知恵を得ていない「無垢」な人間であるアダムとイヴが肯定的に評価されているのである。ここに、作者ヴォネガットの人間の知恵に対する懐疑的姿勢がみえると同時に、ロゴス中心主義に支配された現代の知的閉塞状況が窺える。ゆえに、現実世界から退却し、幻想及び無意識の世界へと逃避するピルグリムの退却を、現代における〈知〉の後退であると捉えるのは妥当である。

時間内浮遊現象に見舞われたビリーが戦争映画を逆向きに見る場面は、幻想によるリアリティ修復の過程及びその退行的性質を見事に示すものであろう。実際の画面では爆弾投下の過程が展開されているのだが、ビリーの時間の遡行によって、それは地上に放射された「奇跡的な磁力」（七四）によってドイツの都市の火災が円筒型のスチール容器に密封される過程となる。つまり、時間の遡行によって、破壊の物語が、傷ついたものを「新品同様に修復する」（七四）再生の物語へと変容しているのである。ルーパックによれば、「ビリーは自分の人生に何らかの意味を持たせるために、直線的な時間から抜け出し、映画を逆回しにしてそれを捏造しなければならない」(13)ということだが、これは逆を言えば、時間の流れを逆行させて歴史の歩みを後退させることによってしか生の意味を見いだせないという絶望的状況である。逆向きに見た映画では、アメリカでの爆弾製造の場面は危険物を分解する場面となる。こうして分解された鉱物を「二度と人々を傷つけないように」（七五）地中に埋める場面で映画は終わるのだが、ビリーはその続きを以下のように想像する。

アメリカ人飛行士たちは制服を脱ぎ、ハイスクールの生徒となった。そしてヒトラーも赤ん坊になるのだとビリーは考えた。映画にはこのような場面はなかった。ビリーは推測していたのである。誰もが赤ん坊に返り、そして全人類がひとりの例外もなく生物学的に協力しながら、アダムとイヴという名の二人の完全な人間を生み出すのだ、とビリーは思った。（七五）

この時間の遡行も、彼がトラルファマドール星で学んだジェンダー認識と同様、改変不可能なリアリティを異なった角度から認識するための四次元的パースペクティヴであるといえる。ビリーの意識のなかでは、残虐行為を肯定してきた人類の〈知〉の歴史は後退し、果てには有史以前の楽園エデンへと回帰している。エデンは自我獲得以前の無意識の世界であり、神の支配によるその楽園において、原始の人間であるアダムとイヴは自然との全体的調和を保っていた。また、そこは、自己と他者との識別を可能にする〈中心自己〉が不在である〈差異のない世界〉である。つまり、ビリーの現実からの退却は、ジェンダーの明分化に集約された二項対立的ヒエラルキーに支配された世界、すなわち差異の世界からの退却であるといえる。戦争体験によるトラウマを抱えたビリーがこのような世界を夢想するに至ったことは、極めて合理的な展開である。人間が善悪を主張する際の論理的定点となる〈自己〉という概念が不在であれば、ドレスデンのような惨劇は起こらないのであるから。

この〈差異のない世界〉への退却は、すでに言及した時空往来による時間軸の崩壊、歴史感覚の喪失、そして主体の崩壊というビリーの浮遊性の裏付けとなるであろう。差異の不在によって善／悪、男／女、論理／感情という価値の二項対立は曖昧化され、これにより絶対的価値というものは無効となる。これは、リアリティの不動性及び絶対性を揺るがすための作者ヴォネガットの形而上学的戦略であるかもしれないが、ここで忘れてはならないのが、それが幻想のレヴェルにおいてのみ機能しており、現実レヴェルにおいてはリアリティは依然として不変であるという点である。第一章において、作中作家ヴォネガットは友人ハリスン・スターにドレスデンに関する本を執筆中である旨を伝える場面があるが、それに対するスターの返答は「(反戦小説の)代わりに反氷河小説でも書いたらどうだ」(三)というものであった。この言葉の意味を、作中作家は「戦争は常に存在するものである」(三)と解釈している。この点を考慮すると、ビリーの無意識への退行は極めてペシミスティックな意味合いを帯びてくる。つまり、作中作家ヴォネガットは、これまでの人類の歴史において常に存在してきた戦争が、これからも常に存在するであろうという前提の下で、ドレスデンの物語を書いたのである。このような閉塞状況に対して何もなす術を持てない人間存在は、そこから退却し、自らが編み出した幻想の世界へと自閉するしかない。ビリーは大量の犠牲者を出した戦争から無傷で帰還し、飛行機事故でも奇跡的に一命を取り留め、死の匂いが充満する物語の中で生き延びていく人物であるが、彼にしてみればそれは苦痛以外の何物でもない。「人生など全く好きではなかった」(一〇二)、「生きることに熱心ではなかった」(六〇)と表現されるほど生への意志が希薄なビリーは、ただ本能的に状況を生き延びているにすぎない。レイモンド・オルダーマンは、作者ヴォネガットが作品に呈示する幻想について「私たちは生から逃避するためではなく、それに対処するために幻想を必要とする」(14)と肯定的に評価している。しかしながら、作者ヴォネガットの意図はともかく、彼が創造した主人公ビリー自身にはそのような積極的な姿勢は見受けられない。ロバート・メリルとピーター・ショールも論じているように、ビリーの時間旅行が現実からの逃避であることに疑いはない(15)。

このような主体性の欠落した人間を主人公に設定することで、作中作家ヴォネガットが書く物語において「反戦」「反社会」という姿勢は必然的に弱まる。チャールズ・ハリスは、あらゆる社会抗議小説が大衆のなかに信頼を置き、「悪は社会システムの内部に存在するものであり、個人の中には存在しない」という前提の上で成立していると論じている(16)。一方、ヴォネガットの場合、悪は人間の論理によって定義される概念であり、社会抗議小説の土台となるべき人間精神への信頼は崩壊していると言ってよい。ありとあらゆる死の叙述を一様に「そういうものだら発展しようとする段階でそれを破壊してしまう「連続性を切断する効果⒄」をもたらすという（"So it goes"）」（二一）と捉える語り口調は、リチャード・ジャノンによれば、ある出来事がさらことだが、語るべき対象に論理的説明や感情的反応を一切介在させないという点で、これは苛酷な現実を改変不可能なものとしてあるがままに受容しようとする諦観の姿勢の表れであると言えよう。

しかしながら、作中作家ヴォネガットが、また、「戦争を阻止することは氷河をくい止めるくらい容易である」（三二）と述べている点を見逃してはならない。つまり、彼はビリーの物語の語り手として戦争を諦観する姿勢をとりながらも、戦争阻止の可能性が全くないとは言っていないのである。この意味において、本作品が反戦小説ではないと断言することはできない。「反戦」「反社会」は明白なイデオロギーとして作品中に表れていないものの、ビリーの原因不明のすすり泣きという無意識的・本能的行為のなかに、作者ヴォネガットの戦争に対する疑問が読み取れる。ビリーのすすり泣きは、語り手によれば原因不明であるが、それが戦争体験によるトラウマに起因するものであると読者は推測できる。ビリーが最初に時間のなかに解き放たれたのが戦争中であること、また、幻想の産物である時間旅行の過程において彼の意識が幾度もドレスデンへと戻っていることなどから、彼を幻想へと駆り立てた根本的要因が戦争体験であることは疑いないだろう。戦争体験から受けた精神的苦痛から逃れるために時間旅行という幻想を生み出し、すべてを諦観し無感覚な生を送っているビリーであるが、その試みは完全に成功しているとは言えない。彼の抑圧された人間的感情、すなわち戦争体験によって受けた心の傷が、泣くという本能的行為のなかに表出しているのである。

このように、作者ヴォネガットの反戦思想は、主人公の主体的・意識的行動のなかに具現されたものとしてではなく、無意識的・本能的行為のなかで自然に漏れてきたものとして作品に表れている。また、これは後でも述べる問題であるが、第一章と第十章における作中作家ヴォネガットの叙述のなかに、戦争への反対意志が表明されていることを見落としてはならない。つまり、主体性の欠落したビリーという主人公には意識的に反戦を主張することはできないが、ビリーの物語の外枠に位置する作中作家ヴォネガットには反戦の思想はある。そして、それは、彼が書いたビリーの物語において原因不明のすすり泣きという形で表れている。ゆえに、戦争を阻止することが「氷河をくい止めるくらい容易である」と言明する作中作家は、そのひとつの方法として、ビリーがトラルファマドール星で学んだ四次元的時間観を呈示するのである。

Ⅲ

娘の結婚式の夜、ビリーは宇宙人によってトラルファマドール星へと拉致され、そこで四次元的時間観を学ぶ。トラルファマドール星人は以下のように語る。

「地球人は偉大なる説明家である。出来事がこうした構造になっているのは何故か、これを避けるには、あるいは別の結果をもたらすにはどうしたらよいか、誰もが説明する。私はトラルファマドール星人であり、君たちがロッキー山脈の広がりを眺めるのと同じように、すべての時間を見ることができる。すべての時間とはすべての時間である。それは決して変化しない。警告や説明によって動かされるものではないのだ。それはただそこに存在する。瞬間瞬間を取り出してみれば、君たちにも私たちが、先程言ったように琥珀の中の虫でしかないことが分かるだろう。」（八五―八六）

ビリーに上記の時間理論を教授したトラルファマドール星人は、「自由意志というものが語られる惑星は地球だけだ」（八六）と言う。この惑星にも数々の戦争や暴力は存在するが、彼らはそのような状況を改変しようとする意志を持たず、先に述べた語り手のように諦観の姿勢を維持するのであり、この意味で彼らの見方は宿命論的であると言える。しかしながら、ここで注目すべきは、この四次元的時間観が、彼らにとって処世術として機能している点である。

今日はこの惑星は平和である。別の日には、君たちが今まで見たり読んだりした戦争と同じくらい恐ろしい戦争がある。それに対して私たちはどうすることもできない。だから、それをただ見ないようにするのだ。私たちはそれを無視する。楽しい瞬間だけを見つめながら永遠に時を過ごすのだ――ちょうど今日のこの動物園のように。（一一七）

つまり、任意に選び出された瞬間に意識を集中させることによって、少なくとも自分の意識のなかでは時間の進行を停止することは可能であるということである。このトラルファマドール哲学ともいうべき処世術を学んだ検眼医ビリーは、惑星からの帰還後「地球人の魂に合った正しい矯正レンズ」（二九）を処方すべく、地球人にトラルファマドール星人の四次元的認識力を伝達することで彼らの病める魂を救おうとする。生への意志が薄弱であり、何事にも無感動であるビリーだが、トラルファマドール哲学を人々と共有したいという点においては強い情熱があり、意志をもってそれを伝達しようとしている。その哲学が、戦争への対処法であると仮定するならば、それを地球人たちに伝達しようとするビリーには、反戦的な姿勢があるということだろうか。ここで注意しなければならないことは、トラルファマドール哲学が地球人にとっては「嘘」でしかなく、それを伝達しようと奔走するビリーの情熱が、社会においては〈狂気〉とみなされる点である。不快な出来事から目を逸らし、幸福な瞬間のみに意識を集中させるという方法は、言い換えれば、状況変革の可能性がなければ、それを受け取る側の意識を変革せよということである。つまり、外的状況に対して主体的に何らかの行動を起こすことができないゆえ、自分の意識のレヴェルで主観的に現実を捉えるしかないということだろう。これは、外的世界から自分の意識の世界へと逃避する自閉に他ならない。それを人々と共有したいというビリーの博愛精神は単なる自己満足にすぎないし、それが地球においては処世術とならないことも明らかである。タナーが言っているように、その無関心の哲学は「良心と個々の生命に対する関心」を犠牲にしているという点で「道徳的難問」を孕んでいるからである。[18] さらに、それがビリー自身にとって有効な処世術であるかといえばそうではない。トラルファマドール星人の時間観とビリーの時間旅行は直線的時間の解体という点で類似している。すべての時間を見ることができるトラルファマドール星人のように、自らの生と死を幾度も経験しているビリーにとって人生の全瞬間は既知の事柄であると言えるだろう。しかし、両者にはひとつの決定的な違いがある。任意に選び出した瞬間に移動できるトラルファマドール星人たちとは異なり、ビリーには自らの時間旅行の行く先を制御する能力がないのである。つまり、トラルファマドール星人が自発的に瞬間を選択するのに対し、彼はあくまでも受動的であり、「壊れた凧」（九七）のように浮遊するのみである。

しかしながら、作者ヴォネガットはここでトラルファマドール哲学の実践可能性を問題にしているわけではなく、また、ビリーを単なる狂人として描いているわけでもない。トラルファマドール星は地球の〈反世界〉として存在しており、その時間観は三次元的な現実認識力しか備えていない地球人に対する四次元的認識力の提供であると言えるが、ここで、トラルファマドール星や時間旅行というSF的装置が人間の想像力の産物として呈示されている点に注目すべきだろう。(19)復員軍人病院で、ビリーはエリオット・ローズウォーターと名乗る元歩兵隊大尉と出会う。語り手によれば、両者はともに戦争体験が原因で「人生は無意味である」（一〇一）と感じている人物であり、SFの力を借りて「自身とその宇宙を再発明」（一〇一）しようと努力している。ローズウォーターは精神科医に、人間が生きていくためには「たくさんの素敵な新しい嘘」（一〇一）を作り上げる必要があると説くが、この「新しい嘘」として機能しているものがSF小説的な虚構である。

二人が愛読するSF作家キルゴア・トラウトが「狂った救世主」（一六七）と形容されているように、作者ヴォネガットはSF的虚構が現実には「嘘」にすぎないとしながらも、そこに何らかの肯定的な意味を持たせようとしている。SF的な虚構世界を構築する小説家であるという点で、トラウトを作者ヴォネガットの分身的存在だと捉えることは可能であろう。彼の小説『第四次元における狂気』は、奇妙な精神病にかかった人間たちの病因がすべて四次元世界にあるため、三次元世界に生きる地球人医師にはそれを「想像することもできない」（一〇四）というプロットであるが、この小説の中でトラウトは次のような説を立てている。

……吸血鬼、狼男、妖精、天使などは確かに実在するが、彼らは四次元世界に存在するのである。トラウトによれば、ローズウォーターの愛読する詩人ウィリアム・ブレイクもそこに存在するという。天国や地獄もまた四次元にある。（一〇四）

ここに示されているものは、不可視の事象を想像力によって〈見る〉ことの重要性である。論理的には存在を証明できない事象も、想像の世界では存在可能となる。このように考えれば、地球人にトラルファマドール星の存在を語り狂人扱いされるビリーを、豊かな想像力によって四次元的洞察力を得た人物とみなすことができる。初めて時間に解き放たれるビリーが「パルテノンの詩人」（四三）と譬えられているように、彼は詩的想像力によって、物理的には不可視である世界を〈見る〉ことが可能である。しかしながら、トラウトの小説が示すように、詩人の想像力は四次元世界に属すものであり、三次元世界においては人間の想像力はすでに枯渇している。ビリーが出演したラジオのトーク番組の論題は「小説は死んだか」（二〇五）であり、ある文芸評論家は「現代人には、もはや活字から刺激的な状況を思い描くほど小説を読みこなす能力がない」（二〇六）と発言している。「現代社会における小説の機能をどう考えるか」（二〇六）という司会者の質問に対し、ビリーが自分の空想の産物であるトラルファマドール星について語る場面は象徴的である。つまり、言葉がリアリティを直截的に表現できない現代において、小説という芸術形態が人々に提供しうるものはSF的幻想という「嘘」、すなわち人間の疲弊した想像力を再び喚起させるような虚構だということであろう。もちろん、幻想世界に自閉するビリー自身にそのような目的意識があるとは思えない。しかしながら、作者ヴォネガットの視点から捉えるならば、SF的な虚構の構築は「小説の死」の再生を試みるひとつの方法論ではないだろうか。

ここで、本作品にドレスデン無差別爆撃という事件自体の詳細な描写が不在であることに注目する必要がある。爆撃前と爆撃後のドレスデンでのビリーの経験は描かれているものの、その中間に位置する大惨事にはほとんど言及されていない。語り手は爆撃翌日の壊滅したドレスデンを次のように語る。

翌日の正午まで、防空壕から出るのは危険であった。アメリカ人捕虜たちと彼らの警備兵たちが地上に出たとき、空は真っ黒な煙に覆われていた。太陽は針の先ほどの怒りの光点であった。今やドレスデンは、鉱物以外に何もない月面のようだった。岩石は熱かった。近隣の人々はひとり残らず死んでいた。

そういうものだ。(一七八)

未曾有の大爆撃を描写するにはあまりにも平板な言語表現であるが、これが本稿の冒頭で言及した作中作家ヴォネガットの「大量虐殺を語る理性的な言葉など何ひとつない」(一九)という言明の反映である。これは「月面」と化したドレスデンを歩く捕虜たちの描写にも表れている。「月面を横断するあいだ、探検隊はほとんど口をきかなかった。その場にふさわしい言葉などなかった」(一八〇)。事実、ビリーは言葉の少ない寡黙な人物であり、トラルファマドール星以外においてはドレスデンについてめったに語ることがなく、現実世界で喋っていることはといえば、ほとんどがトラルファマドール星に関する事柄である。クリンコウィッツは、作者ヴォネガットが大量虐殺を「描写できる実在物」としてではなく、「大量虐殺について何が言えるのか」という「答えられない疑問」として作り直していると評している。[20] 作品のラスト・シーンを締めくくるものは、爆撃から二日後のドレスデンでビリーに問いかける一羽の小鳥の「プーティーウィッ？」（二五三）という声であるが、これはビリーの心に「答えられない疑問」として響くのであろう。人間の理性ある言葉では、大惨事のリアリティを表現することも、またそれに対する疑問を表明することも不可能なのである。

トラルファマドール星が地球の反世界として描かれていることはすでに述べたが、それを言葉とリアリティという観点からさらに詳しく考察しよう。「偉大な説明家」（八五）と表現されるほど理性的な言葉に支配されている地球人とは対照的に、トラルファマドール星人には声帯がなく、意志疎通の手段として言葉ではなくテレパシーを用いる。ビリーとの対話も「コンピューターと地球人の発話を作り出す電気オルガンのようなもの」（七六）を使って行われているのだが、このように言語という道具がないこの惑星にも、本というものが存在することは注目に値する。「電報文的精神分裂症的物語形式」によって書かれたトラルファマドール星の本とは、言語構築物ではなく「星のマークで隔てられた記号の塊」（八八）であり、ビリーの目には電報のように映る。それは、トラルファマドール星人によって次のように解説される。

「トラルファマドール星には電報というものはない。しかし、君の考え方は正しい。それぞれの記号の塊は、緊急を要する簡潔なメッセージなのだ——それぞれが事態や情景を描いている。私たちトラルファマドール星人は、それらを次から次という調子ではなく同時に読む。それらのメッセージは作者によって入念に選び出されたものではあるが、それぞれの間には別に特別な関連性はない。ただ、それらを同時に読むと、美しく驚異に満ちた底深い人生のイメージが出来上がるのだ。始まりもなければ中間も終わりもなく、サスペンスや教訓、原因や結果もない。私たちがこれらの本を愛するのは、多くの素晴らしい瞬間の深みをそこで一度に眺めることができるからだ。」（八八）

起承転結や物事の因果関係、スリルやサスペンスは、第一章で作中作家ヴォネガットが拒絶した伝統的な物語形式の特徴である。それらが不在であるという点で、本作品はまさにトラルファマドール小説的であると言えるだろう。メッセージ伝達の手段として言葉ではなくシンボルを利用するというトラルファマドール星の物語形式は、作中作家ヴォネガットが言明した言語に対する不信、そして本作品の制約された言語表現と断片化されたプロットに反映されている。なるほど、時間旅行者ビリーの断片的な経験は、トラルファマドール星人の言う「人生のイメージ」と合致する。彼の人生における個々の経験は「記号の塊」のごとく点在しているのである。ゆえに、本作品はドレスデン爆撃という問題に焦点を定めることなく、それをビリーの時間旅行の一過程として描出する。つまり、読者はビリーの断片化した経験の数々を個別的ではなく集合的に捉えることによって、詳細に描出されることのないドレスデン爆撃のイメージを掴むことができるということであろう。

マルカム・ブラッドベリは、このトラルファマドール星における小説作法を「現実世界を描出するとともに脱構築する」[21]手法であると評し、ランドクィストはビリーの宇宙を「リアリティの新しい概念」[22]であると規定する。また、ルーパックは「ビリーはトラルファマドール星という幻想によって自分のリアリティを創造する」[23]と論じている。作者ヴォネガットが本小説において実験的に試みた技法は、物語の時間的順序の破壊による歴史という概念の破壊、「事実」に対する「嘘」という概念の呈示、「現実」に対する「虚構」という枠組みの導入であった。これらの技法によって、ロゴス中心主義世界におけるリアリティという概念を脱構築することが作者の意図だと仮定するならば、そうして脱構築されたリアリティは作品においてどのような形で呈示されているのであろうか。

Ⅳ

小説『スローターハウス5』は、ビリーがドレスデン郊外で第二次世界大戦の終結を迎える場面で時間的結末を迎える。しかし、時間旅行者であるビリーの物語はそこで完結しない。ビリーがドレスデン爆撃からちょうど三十一年後の一九七六年二月十三日、シカゴでの講演会の最中に、かつての戦友ポール・ラザーロが差し向けた殺し屋によって射殺されているように、彼の物語は時間的にはこの小説の発売後の未来にまで続く。死の直前に彼が発する「さようなら、こんにちは、さようなら、こんにちは」（一四二）という言葉が示しているように、時空を往来するビリーは自分の生と死を何度も経験しながら永遠に旅を続けるのである。ルーパックは、ビリーの時間旅行を「自分の存在の断片を、統一された全体へと縫っていく」[24]行為であると肯定的に捉えているが、彼の無限に続く経験から経験への不規則な跳躍を考慮するならば、ビリーの存在は統一された全体性へと収束するのではなく、逆にさらなる断片化を遂げ宇宙的混沌の中に拡散していくと捉えるべきであろう。時間のなかに解き放たれ、〈現在〉という時間的定点と方向感覚を喪失した時点で、彼の存在の統一性はすでに崩壊しているのである。

すべての時間を同時に眺めることができるというトラルファマドール星の時間理論に従えば、過去、現在、未来における出来事は同時発生的であり、それらの出来事は歴史という枠の中へと統合されることなく時空間に点在しながら浮遊する。同様に、ビリーの断片化した個々の経験は歴史という直線の上に投影されることなく、むしろそこから遊離し、既存の世界から逸脱するのである。ランドクィストは、ビリーが時間旅行を必要とするのは「彼が自らの歴史となるため」[25]であると論じているが、これは全く逆である。ビリーは時間内浮遊現象によって、自らの経験をクロノロジカルに認識するための〈現在〉という定立的視点を失う。つまり、時系列の破壊により、歴史という概念そのものが破綻するのである。

以上の点を踏まえたうえで、最後に、本作品の語りの構造及び言葉とリアリティの問題を総合的に考察していきたい。作品の語り手は、ビリーとともに時空間を転々と移動しながら彼の経験を辿っていく。トラルファマドール小説における記号が、集合的に認識されることによって「人生のイメージ」を創造するように、作者ヴォネガットの小説『スローターハウス5』において、ビリーの全体性へと統一されることのない経験の断片は、時間軸を破壊し同時発生的に認識されることによって宇宙的混沌というイメージを呈する。ビリーの方向感覚の欠如した浮遊感が、〈統一された主体〉という近代的概念の崩壊を表していることはすでに述べたが、ここで、それを言葉の問題と関連づけて考えてみよう。主体をもたない人間は、物事を認識するための定点となる中心自己が不在であり、ゆえに言葉の明確な意味を規定することも不可能である。ビリーのエデンへの回帰願望は、二項対立を解消する〈差異のない世界〉への退行であったが、これは言葉の意味規定の問題と密接に関わっている。言葉はそれ自体で意味をもつのではなく、他の言葉との差異によって意味をもつ。つまり、差異の体系が曖昧化されたビリーの幻想世界においては、言葉の意味作用は曖昧で不安定なものとなり、ゆえに言語構築物である人間の論理やイデオロギーは絶対的権力としては機能しえなくなる。

このようなビリーの存在の浮遊性が反映された作品の語りは、断片化されたプロットが全体性へと収束することがないというポストモダン的浮遊感を呈している。〈真実／虚偽〉という二項対立的思考に支配されたロゴス中心主義世界が概念化するリアリティは、人間にとって唯一無二の事象でなければならない。それは、言語の不確実な意味作用に中心を設定するロゴスという絶対的権力によって硬直化した、いわば〈絶対的リアリティ〉である。作者ヴォネガットはトラルファマドール星という虚構装置によってこの〈絶対的リアリティ〉を脱構築し、ビリーの宇宙を〈浮遊するリアリティ〉として呈示したのではないだろうか。そこにおいては、言語の意味を産出する差異の体系は曖昧化されており、ゆえに〈絶対的リアリティ〉を構築する言語という強権は不在である。言い換えれば、〈浮遊するリアリティ〉は人間の思考体系に内在するロゴスという中心の強権を離脱するのであり、その決定不可能な浮遊性によって意味の固定化と概念化を免れているのである。確かに、リアリティの絶対性を粉砕し流動化させるという点では、それはジュリア・クリステヴァが規定する「多数の論理（ポリロゴス）」という概念に近いかもしれない。つまり、「定立的意識の主体とその主体が操作する単一論理（モノロゴス）」の「多数化」「脱権力化」である。(26)

ただし、この〈浮遊するリアリティ〉が、既存のリアリティに代わるべき〈新たなリアリティ〉となりうるかどうかは疑問であろう。ランドクィストは、ビリーを未来の歴史を予言する「プロテウス的人間」(27)と規定しているが、すでに述べたように、時間に解き放たれたビリーにそのような歴史構築能力がないことは明白である。時間旅行がもつ「痙攣性」によって、有機的統一体としての歴史は際限なく解体を繰り返すものの、決して再構築されることはない。同じことは、言語の問題にも当てはまる。作者ヴォネガットによる絶対的リアリティの脱構築は、言語の〈絶対性〉に対抗するものとして〈相対性〉を打ち出しているようでありながら、実際には意味の決定不可能性、すなわちリアリティの〈浮遊性〉を呈示するのみに留まっていると言える。主体の崩壊、方向感覚の喪失といったポストモダン的状況のなかで、言葉の意味は曖昧化し浮遊する。

つまり、ヴォネガットのテクストは言語の不確実性を露呈しているにすぎないのである。

四次元的パースペクティヴを得たビリーにとっては、対象を直截的に指示する言葉に支配された〈知〉の世界から離脱し、感覚・直観の世界へと昇華することによって不可視の世界を認識することは可能であろう。しかしながら、作者ヴォネガットは、対象を認識し表現する手段として言葉に頼らざるをえない地球人作家であり、言葉の世界から離脱することは現実的には不可能である。そこで彼は、言葉が存在しないトラルファマドール星という虚構を創造し、その惑星の小説作法を模倣したという設定のもとで、本作品を書いたのである。彼がドレスデン無差別爆撃という歴史的事実を描くために必要としたのは、この虚構の枠組みであった。

最終章十章の冒頭で、作中作家はロバート・ケネディが暗殺されたのが二日前であること、そしてマーティン・ルーサー・キングが暗殺されたのが一カ月前であると述べている。これらの時間標識によって、作中作家ヴォネガットが存在している時間は一九六九年、すなわち本作品が執筆されている現在であることが理解できよう。ここで彼は、トラルファマドール哲学の限界性を次のような叙述のなかに暗示している。

ビリーがトラルファマドール星人から学んだこと、つまり、私たちが時にはいかに死んでいるように見えていても、私たちは皆永遠に生き続けるのだということが、仮に真実であるとしても、私は有頂天にはなれない。しかし――もし私が、この瞬間あの瞬間を訪れながら永遠を過ごしていくのなら、私はその多くが楽しい瞬間であることに感謝するだろう。（二一二）

第二章から第九章までのビリーの物語をトラルファマドール的視点から語る彼が、第一章とこの最終章において、地球的な価値観である道徳性の問題に言及していることは注目に値する。第一章において、彼は息子たちに「いかなる状況にあろうとも殺戮には加わるな」「殺戮機械を製造するような会社には勤めるな」（一九）と助言している。これは明らかに反戦への助言である。つまり、スタンリー・シャットの表現を借りて言えば、この小説は「自由意志と決定論との間の和解できない紛争の上に成立している」(28)ということになる。ゆえに、トラルファマドール哲学に「有頂天にはなれない」のは、作中作家自身が自由意志を否定する決定論を完全に受け入れることができないことの証しであろう。同様に、言葉によって構築された本作品も、当然ながら完全にトラルファマドール小説的にはなりえない。この意味において、『スローターハウス５』を「伝統的な語りとトラルファマドール的小説との結合」(29)だとするアレンの指摘は有効である。

作中作家ヴォネガットは第一章において、旧約聖書に書かれた悪の都市ソドムとゴモラの神による破壊を「そういうものだ」と受け入れながらも、壊滅する都市を振り返ったがゆえに、「塩の柱」にされてしまったロトの妻を「人間的」(二二)であると肯定的に評価している。「人間は振り返ってはいけないとされている」(二二)と語る彼は、ドレスデン壊滅という過去を振り返って小説を書いた自分を「塩の柱」とみなし、ゆえに本作品が「失敗作」(二二)であると述べている。ここで言われている「失敗作」という言葉には、さらに二重の意味が込められていると考えられる。ひとつには、ビリーの物語を書いた作家自身が、トラルファマドール哲学に疑問を感じていること。彼は戦争を常に存在するものとして諦観し、感情的反応を排してトラルファマドール的にそれを描こうとしたが、反戦への意志を完全に否定することはできなかった。そしてもうひとつは、そのトラルファマドール哲学が、人間が置かれた状況に対して明確な解決策を提示できないという点である。つまり、作中作家ヴォネガットがドレスデンを描くために必要とした〈トラルファマドール的語り手〉という仮面も、彼自身の人間的感情を完全に覆い隠すことはできなかったのである。タナーは、作者ヴォネガットの中心的関心事が「人間の意思伝達」[30]にあると論じている。彼にとってドレスデンの惨劇は決して風化された過去の出来事ではなく、振り返るに耐えないほどのリアリティをもっているのだろう。書くという三次元的ロゴスの世界へ四次元的虚構を介入することによって、彼はこの未曾有の大惨事に時間的空間的普遍性を与えたのではないだろうか。

最終章の一九六九年現在、作中作家ヴォネガットは友人オヘアとドレスデン再訪の旅へと向かう途中であるが、また主人公ビリーも一九四五年の爆撃二日後のドレスデンへと時空を移動する。

一方、ビリーもまたドレスデンへと引き戻されていた。しかし、それは現在のドレスデンではない。彼は爆撃から二日後の一九四五年におけるその場所へと戻っていたのである。今やビリーとその他の捕虜たちは、警備兵に率いられながら廃墟へと行進していた。私はそこにいた。オヘアはそこにいた。私たちは盲目の主人が営む宿の馬小屋で二晩を過ごしたのだった。ドイツ軍当局がそこにいる私たちを見つけたのだった。彼らは私たちに命令を下した。近隣の家々からつるはし、シャベル、かなてこ、手押し車を借りてくること。それらの工具を持って廃墟のなかの適当な場所へ行き、作業に取り掛かること。（二一二―二一三）

ビリー、作家、オヘアの三者は、ここでドレスデン最初の死体坑の発掘という経験を共有する。四次元世界の存在というSF的虚構は、ビリーと彼らとの時間的空間的距離を解消する。言い換えれば、〈ドレスデンを書く小説家の物語〉と〈ビリーの物語〉、すなわち作中作家ヴォネガットの現実と虚構は交錯しているのである。タナーはこの語りの構造に関して、「説明不可能な事実が確証不可能な虚構と同じ枠組みのなかに導入されている」と解釈し、「事実と虚構の交点はこの作品の作者で、そこにおける事実の経験者、虚構の夢想者であるヴォネガット自身である」と結論している。[31] また、クリントン・バーハンスは、作中作者ヴォネガットがビリーの物語に登場する点に関して、彼が「登場人物たちのリアリティを共有する存在として語りのなかへ入る」ことで「事実と虚構の差異を解消する」と論じている。[32] 自らがドレスデン爆撃の目撃者であった作者ヴォネガットは、その受け入れがたい苛酷な現実を脱構築するために〈ビリーの物語〉という虚構を必要とした。ここに認められるものは、現実と虚構の混在である。虚構化された現実と現実化された虚構。この複雑な二重構造が意味するものは、私たちが事実だと信じているものが実は虚構にすぎないかもしれないというパラダイムの転換であろう。近代以降のロゴス中心主義世界において、リアリティという概念は言語によって構築される。このように考えると、リアリティと小説家の言語構築物である虚構とは、実に曖昧な境界をもって区別されているにすぎない。〈浮遊するリアリティ〉は、この境界線を消し、〈真実／虚偽〉という二項対立を無効とする。ロゴスという強権の失墜により、言語の意味作用は決定不能な袋小路に陥る。ヴォネガットが本作品で示したものは、このような未決状態ではないだろうか。つまり、彼の〈浮遊するリアリティ〉は、あくまでも改変不可能な現実世界の〈絶対的リアリティ〉を揺るがすものでしかなく、現代の閉塞状況に対する具体的解決策を提供しているわけではない。「出口なし」の状況のなかで混迷する人間存在は、現実から幻想へと退却しながら、実在するはずのない出口を模索するのである。

注

（1）Kurt Vonnegut, Jr., *Slaughterhouse-Five* (New York: Dell, 1969. rpt. 1991) 19. 以後のこの小説からの引用はすべてこの版により、ページ数のみ記す。邦訳は伊藤典夫訳『スローターハウス5』（ハヤカワ文庫、一九七八年）を参考にさせていただいた。

（2）James Lundquist, *Kurt Vonnegut* (New York: Ungar, 1977) 84.

（3）ジャン＝フランソワ・リオタール『ポストモダンの条件――知・社会・言語ゲーム』（小林訳、水声社、一九八六年）参照。

（4）Jerome Klinkowitz, *Structuring the Void: The Struggle for Subject in Contemporary American Fiction* (Durham & London: Duke University Press, 1992) 53.

（5）Jerome Klinkowitz, *Slaughterhouse-Five: Reforming the Novel and the World* (Boston : Twayne Publishers, 1990) 31.

(6) Barbara Tepa Lupack, *Insanity as Redemption in Contemporary American Fiction* (Gainesville: University Press of Florida, 1995) 109.

(7) Lupack 108.

(8) William Rodney Allen, *Understanding Kurt Vonnegut* (Columbia: University of South Carolina Press, 1991) 91.

(9) Tony Tanner, *City of Words: American Fiction 1950-1970* (New York: Harper & Row, 1971) 199.

(10) Lupack 113.

(11) Allen 93.

(12) Margurite Alexander, *Flights from Realism: Themes and Strategies in Postmodernist in British and American Fiction* (London: Edward Arnold, 1990) 156.

(13) Lupack 131.

(14) Raymond M. Olderman, *Beyond the Waste Land: A Study of the American Novel in the Nineteen-Sixties* (London: Yale UP, 1977) 190.

(15) Robert Merrill and Peter A. Scholl, "Vonnegut's *Slaughterhouse-Five*: The Requirements of Chaos," *Critical Essays on Kurt Vonnegut*, ed. Robert Merrill (Boston: G. K. Hall, 1990) 145.

(16) Charles B. Harris, "Illusion and Absurdity: The Novels of Kurt Vonnegut," *Critical Essays on Kurt Vonnegut*, ed. Robert Merrill (Boston: G. K. Hall, 1990) 134.

(17) Richard Giannone, *Vonnegut: A Preface to His Novel* (Port Washington: Kennikat Press, 1977) 94.

（18）Tanner 198.

（19）Jerome Klinkowitz, *Literary Disruptions: The Making of a Post-Contemporary American Fiction* (Urbana: University of Illinois Press, 1975) 52.

（20）Klinkowitz, *Slaughterhouse-Five: Reforming the Novel and the World* 48.

（21）マルカム・ブラッドベリ『現代アメリカ小説』英米文化学会編訳（彩流社、一九九七年）一〇一頁。

（22）Lundquist 74.

（23）Lupack 134.

（24）Lupack 118.

（25）Lundquist 80.

（26）西川直子『クリステヴァ――ポリロゴス』（講談社、一九九九年）一九三頁。

（27）Lundquist 79.

（28）Stanley Schatt, *Kurt Vonnegut, Jr.* (Boston: Twayne Publishers, 1976) 91.

（29）Allen 95.

（30）Tanner 197.

（31）Tanner 200.

（32）Clinton S. Burhans, Jr., "Hemingway and Vonnegut: Diminishing Vision in a Dying Age," *Modern Fiction Studies* 21 (1975): 188.

ケン・キージー『カッコーの巣の上で』
――無効にされる対抗軸

井崎　浩

I

ケン・キージーの『カッコーの巣の上で』(一九六二年)は、六〇年代を代表する小説の一つであり、この時代の特色が強く現れている。とりわけカウンター・カルチャー的な雰囲気が濃厚に感じられる作品となっている。六〇年代を迎え、価値観が混乱、もしくは転倒していたアメリカ社会の状況を反映しており、それまでの価値観を否定し、新しく異なった価値観をもって体制に反抗しようとしたカウンター・カルチャーのメッセージとの関連をはっきりと見て取れる。例えば、ジャック・ヒックスがこの小説をカウンター・カルチャーと明確に結び付けて論じているように(1)、五〇年代のビートの流れを汲みながらも、「退却」的なビートとは違い、声高に反体制を叫んだカウンター・カルチャーという社会現象の色彩を強く感じる作品となっている。

ヒックスによれば、カウンター・カルチャーとは本来、硬直した中流的なアメリカ人の生活に対する代替案（alternative）の存在、もしくはその存在の可能性を暗示するものであったが、やがて、さまざまな思想家、芸術家、パフォーマーたちの活動の内容をも表すものとなった。このカウンター・カルチャーというカテゴリーに分類できる作家とは、アメリカ生活における心的（psychic）、性的、社会的、政治的な状況に対するアクティヴな関心を共有する者たちを指し、彼らは代替的な半ユートピアの世界をフィクションの形で提示ないしは喚起した。そして、彼らは、アメリカの政治的な革命の未来を虚構の世界で探索し、クリエイティヴな想像力で敵対的な環境の中から脱出するイメージを描き、また意識を高めることによる精神の革命を夢見たのだという(2)。

『カッコーの巣の上で』ではこうしたカウンター・カルチャー的な代替案の提示、すなわち、現代アメリカ社会の抑圧的体制に対して異議申し立てを行い、対抗軸を提示しようとしているように思われる。語り手であるブロムデンは、人間を画一化し社会に順応させようとする体制の圧力の中で狂気に陥り精神病院に収容されている人物であるが、彼の狂気は社会によって抑圧されている人間の根源的なエネルギーをも表している。さらに、社会システムの本質をヴィジョンでもって暴き立てる武器ともなり、また、「正気」という名のもとに隠蔽されている社会への順応に対するアンチテーゼともなっている。彼が閉じ込められている精神病院はアメリカ社会のメタファーでもあるが、ここには狂気と正気、異常と正常を逆転させようとしている作者の意図が窺われよう。

また、ブロムデンを救い再出発させようとするマックマーフィは、体制側とは対極の価値観を体現する存在である。彼に体現されているのは、機械文明に対抗する「自然」であり、組織の論理に抗う個々人の尊厳であり、なにものにも束縛されない自由である。マックマーフィが管理的な社会に対抗する手段は、当時の生活において窒息させられていたセクシュアリティを開放することであり、人間の根源的な活力を回復させる「笑い」を取り戻すことであった。最後に病院を脱出していくと語られるブロムデンの姿には、マックマーフィ的なものが勝利したイメージが込められているかのようである。要するに、人間性を圧迫する現代文明の価値観に対して、逆の価値観、つまり、人間の本能的で原初的なパワーを対峙させようとしているものと思われる。

だが、この作品には注意しておかなければならないことがある。それは、このストーリーの語りの構造である。この作品は一九七五年にミロス・フォアマン監督によって映画化され大好評を博したことはよく知られている。この映画は、原作を尊重しながらも、小説の悪夢的な雰囲気を取り去って、よりリアリスティックな描写に軸点を置いて撮られている。フォアマンはこの作品を映像化するにあたって、ブロムデンによる語りという構造を捨象し、客観的な視点で描く手法を採用している。もし、このフォアマンの映像化と同じような手法をキージーが取ったのであれば、確かにカウンター・カルチャー的なメッセージは鮮明となり、先述のような観点で捉えることにさほど大きな問題はないかもしれない。しかし、小説では、すべては一貫してブロムデンの視点から物語られており、決して客観的な三人称の形態では書かれてはいない。この作品を読む場合、ブロムデンという、長年にわたって精神を病んでいるキャラクターの視点または思考を通してのみ情報が与えられていることを忘れるわけにはいかない。つまりピーター・G・バイドラーも述べるように、ここで描かれることは、社会およびシステムのありようにしても、そこに生きる人間たちの姿にしても、そしてマックマーフィの存在についても、すべてブロムデンというフィルターを通してだけ提示されているのだ。(3) そうした観点から見た場合、この作品は先述のような解釈とは違った色合いを帯びてくることになる。つまり、マックマーフィに体現されているシステムへの対抗軸の持つ意味にもあいまいな点が生じ、また、この語りの構造と密接に関わっているブロムデンの狂気の意義についても重大な疑問が湧いてくる。一見、明確な二項対立の構図にもとづき、社会システムへの対抗軸を鮮明に打ち出しているように思えるものの、実際には、ブロムデンの狂気、マックマーフィの体現する「自然」の両者ともに限界が露呈したり、あいまい化、もしくは無効化されてしまっていることがわかってくるのである。

II

ブロムデンは、インディアンの酋長と、白人の母との間に生まれた、身長は二メートルもある男である。彼を精神病にまで追い込んだのは、ひとことで言えば、アメリカ社会による疎外だと言ってよい。彼がマイノリティの一員として経験してきたものは、差別はもちろんのこと、社会による絶えざる圧迫、抑圧だったと言える。なかでも、彼をもっとも傷つけたのは、彼の父親の敗北していく姿だった。彼の父親は「山の上に立つ一番高い松の木」(4)という名の、コロンビア・インディアンの部族の酋長で、力強い声と、「わしはまさしくもっとも大きなインディアン」(二七二)と自賛する身体をしていた。その父をだめにし、アルコールへと溺れさせたのが、インディアンたちの土地を奪おうとする白人社会の圧力と、社会的に下の存在として夫を蔑んだ、「文明人」(二七二)と自負する白人の母親であった。

そのことを、ブロムデンは狂気を孕んだ直感的認識によって、身体の物理的な縮小のイメージとして捉えている。

コンバインだ。コンバインが長い年月をかけてパパに影響を及ぼしてしまったんだ。パパもしばらくの間は闘うことができるくらいに大きかった。…ああ、コンバインは大きい。ほんとうに大きい。パパは長い間闘ったんだ。でもやがて母によって小さくされてしまって、それ以上闘うことはできなくなってしまった、そしてパパは諦めてしまったんだ。（二〇八）

ここに出てくるコンバインとは、言わば「抑圧的なアメリカ社会の総体」を指している。その社会が彼の父親に行ったのは、伝統的な価値観およびプライドの剝奪だった。つまり、白人社会の規格に外れるものを抑圧し画一化しようとしたのだ。こうしてアイデンティティを奪われ、無力と化した父を見ていたブロムデンは、自らもまた、自分を無視し、人間と認めさえしない社会の中で、アイデンティティを失い、あらゆるものに怯え、聾唖者を装い、「わたしはあまりにも小さい」（二〇七）と言うまでに追い込まれ、言わば宿命論者的な諦めを抱くようになっていった。病室でもまるでモノか道具のように扱われていたブロムデンは、結局、社会によって人間性を奪われてしまっているのだと言える。他者とのコミュニケーションの手段たる言葉を喪失しているのもそのためなのだ。

そのブロムデンの語りは現実と幻想がないまぜとなったもので、もともとすべてが事実を描いたものとして読むことはできない。彼は時間感覚の異常に見られるように、明らかに精神のバランスを崩しており、非常に奇妙な形で病院内の状況を捉えている。恐怖に怯える彼にとっては、病棟は機械装置であり、自分の意識の混濁は、病院が煙霧器によって霧を発生させているからだということになる。彼の目に映る病室を取り仕切っているラチェッド婦長の姿は、「婦長は膨れ上がる、白い制服の背中がばりばりと破れるまでに膨張する…どんどん膨れてまるでトラクターのように大きくなる…中の機械の臭いを嗅ぐことができるほどだ」（四―五）というものだ。つまりブロムデンは、機械や工場や霧といった幻覚、もしくは機械音などの幻聴によって周囲の状況を把握しているのだが、言わば、精神の混濁の中でただ世界をパラノイア的に幻視しているだけなのだと言ってよい。その彼が幻視している世界の大きな特徴は、多くのものが機械のイメージと結び付けられていることである。ブロムデンのイメージの中では、シリンダー、真空管、ヒューズ、トランジスター、コンプレッサーなどといったものが次々と出てくる。例えば、彼の目に映し出される世界は次のような姿で現れている。

…一方の壁がすべて滑るように上がると、そこに巨大な部屋が現れる。そこには果てしなく、はるか彼方に見えなくなるまで機械がならんでおり、汗を滴らせた、シャツも身に着けていない男たちが群れをなして狭い通路を駆け回っている。彼らの顔は無表情で夢を見ているような様子で、百もの溶鉱炉から発する明かりに照らされている。
わたしが眼にするすべてのものは、そのたてる音から想像がつくものだ、つまり巨大なダムの内部といった感じだ。巨大な真鍮のチューブが暗闇の中で何本も上につながっている。電線がここからは見えない変圧器に向かってのびている。油と灰がなんにでもくっついていて、連結器やモーターや発電機に赤や真っ黒なしみをつけている。（八三―八四）

つまるところ、彼は次のように工場というイメージで病室のことを語っている。

そうだ。わたしははっきりとわかった。この病室はコンバインのために動く工場なのだ。近所や学校や教会で犯した間違いを正すために存在している工場なんだ。この病院そのものが工場なのだ。だから完成品となって社会に戻っていくと、それも新品同様になって、いや時には新品より良くなって帰っていくと、婦長の心は喜びであふれる。すっかりねじくれておかしくなった状態で入ってきたものが、いまでは立派に機能を果たす、調整された部品になって出てくるのだから。（三八）

ここから窺えるのは、社会が画一的に機能する人間を機械的に生み出そうとしているとする認識だろう。さらに、ブロムデンは次のように、人間たちがいかに画一的に同一の型にはめられ、社会にとって利用価値でしかないものにされているかを語っている。

…わたしはコンバインが何をやり遂げてしまったかを表すものを目にすることができた。…例えばある列車だ。駅に止まり、一人前の男たちを次々に産み落としているが、その男たちは鏡に映し出したように同じようなスーツを着、機械で規格化して作られた同じ型の帽子をかぶっている。この列車は男たちをまるで同じ昆虫の卵のように産みつけていく。（二二七）

彼のイメージに映し出された人間の姿は、まるでロボットのように無表情で、意欲のない、さらに人間としての輪郭を持たないものだ。人間性を無視し、機能のみを優先する社会システムによって、人間の存在は徹底的に矮小化され、個々のつながりを持つこともないまでにアトム化されてしまっていることが、ブロムデンの幻視に現れているのである。

ブロムデンは以前電子工学を学んでおり、その経験が彼にこのような工場としての精神病院という幻覚や幻聴を引き起こしていると考えてよいだろう。ただし、こうした幻覚や幻聴によって把握された世界こそ、もっとノーマルで現実的な描写による以上に抑圧的な体制の姿を抉り出しえていることに注意すべきである。

六〇年代以降の小説の大きな特徴の一つとして、社会を描くのに以前のようにリアリズムの手法を取ることができなくなっているということがあげられる。社会のシステムや経済の機構が肥大化しているために、社会を全体として把握し、そこで進行している事態を客観的にリアリズムの手法によって描き出すことは、実質的に不可能になってしまっていたと言ってよいだろう。そうだとすれば、取りうる手段の一つが、この小説でのブロムデンのような、主観的、直感的な把握法であり、メタファー化であったのだ。ブロムデンは狂気の混乱の中でパラノイア的にすべてを結び付け説明するが、そのヴィジョンは結果的に社会の抑圧的な本質を暴き立てるものになっているのである。

例えば、彼のいる精神病院は、こうしたアメリカ社会の真の姿を全体としてメタフォリカルに表現したものとなっている。患者たちは、社会に適合できないがために病院に収容されているのだが、裏返して言えば、病室の外にいる人間たちは、抑圧的なアメリカ社会に適応させられてしまっているということだ。つまり、彼らは、すでに画一化、非人間化が終了してしまっているのであって、社会システムによる人間性の剝奪をより完璧に受けていることになる。ということは、この精神病院で行われていることは、社会に生きるすべての人間が被っている圧迫をより典型的に、また象徴的に示したものにほかならない。この病室は「外の世界のひながた」（四七）なのである。

このように狂気を媒介としてブロムデンがつかみ出した社会の本質を、現代社会の実際の機構をモデルとしてリアリスティックに描き出すことは、極めて困難であろう。社会の支配システムは肥大化、複雑化し、さらに不可視となっているために、非常にわかりにくくなってしまっているからだ。以前であれば、社会の複雑な経済機構によって人間が抑圧される姿を、例えば、フランク・ノリスは『オクトパス』（一九〇一年）において、小麦取引の巧妙で詐欺的なやり方を暴露する形で、またスタインベックは『怒りの葡萄』（一九三九年）において、銀行の横暴で非人間的な姿勢を批判することで表現しえたと言えるかもしれない。この時代においては、まだ批判の対象に焦点を合わせることができたのである。しかし、現代社会においては、特定の個人や組織に焦点を合わせるだけではなにも見えてこないと言ってよいだろう。こうした中心の見えない、もしくは中心点など存在しない社会システムを捉えようとしても、社会派文学の時代のように、労働者対資本家といったようなわかりやすい対立の構図では、もはや描ききれなくなっているのである。

それゆえ、このメタフォリカルなアメリカ社会における個人と組織の対立も、リアリスティックなぶつかり合いではなく、病院内部における男性患者とビッグ・ナースと呼ばれる婦長に代表される母親的な女性との対立というデフォルメされた形で表現されざるをえない。ただし、母性的なものといっても、心理学などでいうグレート・マザーの属性のうちのテリブル・マザーとでもいうようなネガティヴなイメージを纏っている。庇護を装って相手を徹底的に支配して、自分の意のままにしようとする姿勢がコンバインのもう一つの特徴なのである。

そのことは、作品中に登場する何人かの母親、もしくは女性（すなわち、入院患者の母親や妻、ブロムデンの母親、政府の役人の一人の老婦人、あざのある看護婦、それに病院の人事権を握っている理事長自体が女性である）の姿に明確に現れている。しかし、何より端的に現れているのはビッグ・ナースと呼ばれる不釣り合いなほど豊かな胸をした婦長であるのは言うまでもない。彼女を形容する言葉として何度も「母」という言葉が使われているように、表面的には患者たちの庇護者として登場している。しかし、その実体はコンバインの代理人とも言うべきもので、患者たちを画一的な社会に適合させることを至上目的とし、意に添わないものにロボトミー手術を施すことも辞さず、ブロムデンには、まるで婦長は全員を慢性患者にしたいのではないかとさえ思えるくらいだ。そうでありながら、例えば、「規律と秩序を強制するのは、すべて皆さんのためを思えばこそのこと」（一八八）といった言い回しで、自分の行為を正当化し患者たちを欺いてきたのである。しかし、興味深いことに、この非常に女性的な容姿をした婦長はまた、コンバインの第一の特徴たる機械的なものとも密接に結び付けられている。ブロムデンのパラノイア的な視線に映し出される彼女の姿は、機械仕掛けの監視ロボットであり、機械で操られる蜘蛛のように病室中に細い電線を張りめぐらせ、すべてを電流を通して制御しているといったものだ。つまり、批評家のバリー・リーズが「コンバインは、メカニスティックなレベルと母権的なレベルの両方で機能する。その両者がビッグ・ナースに融合されている」(5)と指摘するように、コンバインの、人間を道具のように画一化しようとする姿勢と、それを庇護者的な態度で隠蔽して支配のありようを見えにくくしようとする一面の両方が、ブロムデンの狂気を通した認識において婦長の存在にすべて投入されているのだ。

一見したところは庇護者的な態度でいて、実は真綿で首を絞めるかのように、じわじわと抑圧し、人間性を剝奪していく体制の支配の見えにくさが、一種のメタファーとして、男性と女性の対立という形に仮構されて表現されている。そのような体制による支配のあり方をもし人間の姿に幻視するならば、ブロムデンが狂気に歪んだ感覚の中で捉えたビッグ・ナースのような姿となるのであろう。

ブロムデンは以上のように、狂気を媒介とすることによって、通常ではつかみ出せないような社会の根源的なありようを鋭く捉えることに成功している。狂気による認識によって、社会システムによる人間存在の矮小化（ブロムデンによる身体の物理的縮小感覚にそれが現れている）、断片化、画一化、道具化といったものを象徴的に映し出すことが可能になっているのである。トマス・ピンチョンの『競売ナンバー49の叫び』（一九六六年）で、主人公エディパが、メタファーによる跳躍によって、豊かな可能性と多様性を失ってきたアメリカではなく、闇の部分を抱え、そこに失われたと思われた活力と、多様性と、新生への可能性を秘めたもう一つのアメリカを幻視しえたのにも似て、こうした象徴化によって、キージーは普通には見えないものを発見する「技術」(6)を示したと言えるだろう。キージーの狂気の取り扱いに関しては、ドラッグとの関連がつとに指摘されるところであるが、彼がＬＳＤの実験に熱心だったことはひろく知られている。キージーが狂気の精神状態とも結び付くドラッグに、ある可能性を見ていたことは間違いない。普通の状態では感じ取ることのできないなにかを、狂気によって、またドラッグを介在させてこそ感知できるのだとキージーは考えていたのかもしれない。極めて主観的、直感的ではあるが、ＬＳＤによってもたらされるトランス状態にも似た狂気のヴィジョンによって、一気に社会の全体像の幻視へと至ることができるのであり、理性や合理性の桎梏を超えてリアリティに迫ることができるからだ。キージーがインディアンを語り手に据えたのも、ペヨーテなどのドラッグとの歴史的な結び付きの深さを考えてのことだった。[7] これも時代的なことを考えれば、正気に対して狂気をもって対峙させるという、価値観の逆転を狙ったものとも見ることができる。そしてそれにとどまらず、狂気というものに、機械文明にはない、人間の根源的な能力を引き出すパワーを見て取り（ＬＳＤに対するキージーの態度のことを考えれば、単に象徴的な意味合いにとどまらない）、機械文明に対するアンチテーゼとして押し出す意図さえあったように思われる。このことは、ドラッグを使用してでも人間の意識や精神を高め、拡張しようというカウンター・カルチャーの命題とも一致する。レスリー・フィードラーが、この作品に対する論評の中で、狂気こそ新しいリアリティを象徴するものだとほのめかしたのは、[8] そのあたりのことを汲み取ってのものであっただろう。ブロムデンは社会の抑圧によって狂気に冒されてしまっているのではあるが、あえて聾唖を装うという形で体制への反抗をもともと示してもいた。そうした反逆的な姿勢は彼のヴィジョンの対抗的な性格にも少なからず関わっていよう。

テリー・Ｇ・シャーウッドも述べているように、そもそも、このような単純化された二項対立的な構図は、この作品で頻出しているものでもある。[9] 文明には自然を、社会には個人を、正常と思われるものには狂気をもって対比させ、価値観の転倒によってアメリカ社会を批判的に映し出そうとするものだと思われるが、それは先ほども述べたように、カウンター・カルチャー的なメッセージだ。

しかし、ある価値観に対してそれと対抗する形で別の価値観を立てるという戦略は実は、このブロムデンの狂気による認識の場合、ある意味では破綻しているとも言える。

ブロムデンは狂気を媒介としてアメリカ社会の本質を抉り出すものの、結局は、主観的、直感的な内的ヴィジョンの域を超えることはできず、ＬＳＤの実験同様、意識の拡大、トランス状態の獲得にとどまってしまう。さらに、彼があのような形のメカニスティックなヴィジョンを抱くこと自体が、彼自身がまさにその社会の内部に生きる存在であることを示す証拠にほかならない。機械文明の中にいなければ、決してつかみ出せないヴィジョンであり、彼のヴィジョンそのものが機械文明や社会システムの産物の一部なのだから。だからこそ、ブロムデンは、この狂気の中にいる間は、社会システムの本質を見ることはできても、そのシステムから脱出する術も抗う術も持たないままなのだ。彼の狂気と密接に結び付いて出てくる「霧」のイメージがあるのだが、これは彼の精神の混濁と狂気を物語るものであると同時に、実は体制への順応のメタファーでもある。ブロムデンにとっては、「霧」はコンバインが煙霧器によって発生させるものであって、その中に埋もれている限りすべてを諦めることができ、自分の身も安全なのだと彼は捉えている。このことを考えても、彼の狂気がいかにシステムの中に囲い込まれてしまっているかがわかる。

ここに、現代社会の中で生きながら、その抑圧や管理から逃れることの難しさがあると言ってよい。人間は肥大化する管理システムの中に巧妙に、がんじがらめに組み込まれてしまっており、簡単にはそこから脱出するすべを見出すことはできない。さらに、われわれが生きている社会の外にあるなにかを想定すること自体が困難であると言わざるをえない。ブロムデンの幻想はまさにその困難を物語っている。インディアンと白人のハーフとしてアメリカ社会の周縁に位置する彼でさえも、体制の外部へと至る通路を幻視しえない。機械文明に対する対抗軸となるかに思われた狂気も、機械文明や社会システムの中に閉じ込められてしまっているのである。

だが、ブロムデンは狂気による認識とは別系列の物語を語り始めてもいた。それは、狂気の限界を超えてシステムの外部への通路を開くかに思えるものだ。すなわち、マックマーフィによる体制との闘いの物語である。

Ⅲ

ブロムデンは作品の後半にかけて、語りの上では徐々に狂気を脱していくかに見える。それはひとえにマックマーフィの感化によるものであった。体制への対抗軸とはなりえず、それどころか体制への順応のメタファーでもある狂気の闇を抜け出す術を、マックマーフィはどのように提示したのであろうか。つまり、彼はブロムデンが狂気の逆説をもってしても獲得しえなかった体制の価値観への対抗軸を、どのような形で示すことができたのだろうか。

マックマーフィはアイルランド系の赤毛のがっしりとしたよく大笑いする男である。賭けを好み、性的には非常にオープンで、「広々とした野の埃と土、そして汗と労働の臭い」（九八）を感じさせ、患者たちとはまったく正反対の印象を与える。つまり、彼はコンバインの好む画一化された人間とはまったく逆で、ブロムデンの言葉で言えば、彼はあるがままに生きており、「コンバインの支配下にいない」（八九）ということになる。彼はブロムデンのように完全に混濁した精神状態にいるわけではなく、管理社会の枠に収まりきれない存在として、精神錯乱のレッテルをはられてこの病院にやってくる。彼を表現するのに批評家のジョン・A・バーズニスは「外部」(Outside)[10]という言葉を用いているが、まさにコンバインの支配の外にあるかのような人物としてここでは描かれる。彼の名前のイニシャルR．P．M．（Revolution Per Minute すなわち「毎分～回転」）に暗示されるように、マックマーフィは絶えずあちこちと移動し、どこにも定着することなく生きてきたために社会的な支配を受けずにきたのである。この病院にやってきたのも、彼にしてみれば新たな居場所を求めただけ（博打のカモを見つけにきただけ）の一時的な滞在のつもりだったにすぎない。そうした彼の動的な性質は、あらゆる種類の束縛からの自由を象徴しているとも言えよう。(11)すなわち、マックマーフィは、機械文明に対する対抗軸としての、社会的な拘束を受けない「自然」にあたる存在として登場しているのだ。

マックマーフィは、機械的なものとの対比的な形で自然とはっきり結び付けられている。例えば、彼はブロムデンのイメージの中でしばしば雁の群れのリーダーや原初的な本能を忘れていない犬とも結び付けられている。マックマーフィとの関わりの中でブロムデンが記憶の底に眠っていた、少年時代に過ごした自然の記憶を蘇らせていくのも象徴的だと言える。そのほか、マックマーフィは病室でカーニヴァルを企画したり、患者たちに酒を飲ませたりもしているが、自然ということに関してもっとも意味のあるものは、なんといっても患者たちを海釣りに連れ出したことだ。海は当然原初的なものとのつながりを感じさせる。患者たちがそこで釣り上げた大平目は、フォークナーの熊やヘミングウェイの『老人と海』（一九五二年）のかじきを思わせるものがある（マックマーフィのパンツの白鯨はモビー・ディックを）。釣りを終えて港へ戻った患者たちには、周囲のものにもはっきりとわかる変化が現れている。このように「自然」を体現するマックマーフィが抑圧的な体制に対して取る抵抗の手段は冒頭にも述べたように、窒息させられていたセクシュアリティを開放することであり、人間の根源的な活力を回復させる「笑い」を取り戻すことであった。つまり、人間の原初的なパワーを引き出すことだった。

まず、母性的で庇護的な装いでじわじわと圧迫してくる支配に対してマックマーフィが取った手段は、患者たちにセクシュアリティを回復させるということに尽きるだろう。Ⅱでも述べたように、この作品においては、一見したところは庇護者的な態度でいて、実はじわじわと抑圧し、人間性を剥奪していく体制の支配の見えにくさが、一種のメタファーとして、ビッグ・ナースに代表される女性の姿に仮構されており、そのため、マックマーフィの反抗は女性への反抗という形を取ることになる。(12) 彼は、しばしば性的な事柄をジョークにからめて口にし、自分の経験をおもしろおかしく患者たちに話して聞かせている。婦長の前でも一切臆せず、それどころか婦長をやり込める手段として用いている。さらには病室に女性を連れ込んで乱痴気騒ぎを引き起こし、若い入院患者ビリーには結婚のまね事までさせる。また、途中でマックマーフィの感化により明らかにブロムデンの性的能力が蘇ったことが描かれるシーンさえ出てくるのである。

最大のクライマックスはマックマーフィが婦長の衣服を剝ぎ取り、その胸を患者たちの目の前にさらけ出したことだろう。女性としての脆さを剝き出しにされた婦長は、それ以後、以前のような絶対的な権力を病室で行使することはできなくなってしまう。これは、患者たちが婦長の女性的な脆さを知ることで、男性としての自らの力に目覚めたということだろうが、象徴的には、コンバインに対抗しえることを察知したということでもある。マックマーフィがナース・ステーションのガラスを二回にわたって破壊したことも、コンバインと自分たちの間の壁が、意外にも、脆い一面を持つことを知らずして患者たちに感じさせていたかもしれない。

セクシュアリティの回復とは、象徴的には、社会に去勢され、人間としての尊厳を失っていた状態からの脱却を意味する。母性的な庇護の装いでいて、実は人間を社会の有効な構成要素として、機械の部品のように無個性で非人格的な存在に貶めようとする体制の欺瞞を拒否することになるからだ。セクシュアリティとは、そのような体制への反逆のための、人間としての原初的なパワーを表現したものにほかならない。

さらに、マックマーフィが提示したのは「笑い」の持つ力だった。マックマーフィがしきりに大声で笑うことは前にも述べたが、それは例えば次のような笑いである。

…ついに大声で笑い出す。なぜ笑ったのかは誰にもはっきりとはわからない。なにもおかしいことなどないからだ。…それはのびのびとした大きな笑い声で、大きくにこやかに開いた口から飛びだしてきて、輪を描いて、だんだん大きく広がり、病室全体にまで満ち、壁にあたってこだまする。…この笑いは本物だ。この何年かの間で本物の笑い声を耳にするのはこれが始めてだと、わたしは突然に気づく。

笑っていないときでさえも、その笑い声が男の身体にまつわりついているように見える。…だから、笑い声がまだ彼の眼の中にも、微笑にも、歩く姿にも、話す言葉の中にも残っている。（十一）

ブロムデンの言葉を借りれば、計器の文字盤をゆらすほどのマックマーフィの笑いは、煎じつめて言えば次の引用のような意味を持つものとしてこの作品の中に提示されている。

…物事に滑稽な一面を見いだすことができるようになるまでは、ひとは本当の意味で強くはなれないのだということをマックマーフィは知っていた。（二二七）

…マックマーフィは、自分の精神のバランスを保ち、この世界によって完全に狂わされてしまわないようにするためには、自分を傷つけるものを笑い飛ばさねばならないということを知っているからだ。彼は物事には苦痛に満ちた面があることを知っている。…しかし、彼はその滑稽さだけを見て苦痛を忘れるということもしないかわりに、その苦痛だけを見て、滑稽さを消し去ってしまおうということはしないのだ。（二三七—二三八）

マックマーフィがいくらがんばっても、最初は引きつったような笑いしかできなかった患者たちから、マックマーフィは先述の釣りの最中についに本当の心からの笑いを引き出すことに成功する。そのとき、彼らは自分たちの置かれている苦痛に満ちた状況を笑い飛ばすことができているのだ。レイモンド・M・オルダーマンが指摘するように、「苦痛と同時に生じる笑い」という点で、この笑いは「意味を必要とせずに生の肯定を可能にする」ブラック・ユーモアに近接するものであり(13)、また合理的で秩序あるものとして迫る社会システムの抑圧を突き破る「不合理なものから来るエネルギーの騒擾(14)」、つまり人間の持つ根源的なパワーを象徴するものでもある。この場面で、患者たちはどんどん大きく膨れ上がったとブロムデンは報告している。これはブロムデンの肉体的な縮小感覚と重ね合わせてみれば、彼らの人間性の回復とつながっているものと見ることができるだろう。その後、病室での乱痴気騒ぎの後にもこうした笑いが患者たちに広がる。そして、婦長はその絶対的と見えた支配能力を失うのである。ロバート・ボイヤーズも「笑い」をキージーが提示する重要な鍵の一つとしているが、(15)「笑い」はセクシュアリティ同様、人間の根源的な活力を表すものであり、体制の抑圧的な姿勢に抗するぎりぎりの手段として、ここでは提示されている。

彼の努力は徐々に功を奏して、ブロムデンをはじめとする入院患者たちを目覚めさせていくことになる。ブロムデンが電気ショック療法後の「霧」の中から、意志的に驚異的なスピードで脱出することに成功するシーンは象徴的だ。「霧」が体制への順応の意味も持っていることを考えれば、このことの持つ意義の大きさがわかる。彼は「二度と霧に隠れないぞ」と決心し、自分がコンバインを「出し抜いた」(二七五)ことを確信するのである。マックマーフィ自身は、最後はロボトミー手術を施されるという悲劇的な結末を迎え、彼の人間としての尊厳を守ろうとしたブロムデンによって命を絶たれる。しかし、彼の感化によって幾人かの入院患者は病院を出る、つまり、メタフォリカルな意味においては、「外部」へと出る決意をする。ブロムデンも病院を脱出してカナダへ行く、つまりメタフォリカルな意味においては、アメリカ社会という体制の内側から抜け出そうとするのであり、素直に読めば象徴的な意味で「自然」が勝利した、つまり「自然」というものが機械文明に対する対抗軸として成立しうるのだと読めるだろう。

社会による支配を体現するビッグ・ナースを、茶化し、はぐらかし、笑い飛ばして、その権威を剝ぎ取るなどの術も用いながら、マックマーフィがここで提示したのは、規律、秩序、画一化、矮小化といった形で迫る抑圧的な社会機構に対する抵抗の手段としての「自然」であった。それは人間に本来備わっている原初的なパワーを開放し、社会的な束縛を受けない精神の自由を回復するという意味を持っている。社会の押し付ける価値観に「否」を付きつけ、覆すために、対抗軸となる価値観をぶつけることで、人間性の回復を図ろうとしていると言える。つまり、マックマーフィは、ブロムデンが狂気をもってしても発見しえなかったシステムの「外部」への通路を開いてみせたことになる。

だが、冒頭に触れたごとく、この物語のすべてがブロムデンの視点によってのみ語られていることを忘れてはならない。ブロムデンはマックマーフィとの関わりの中で狂気を脱していくとはいえ、実は、彼のパラノイア的な思考は、この物語に大きく影を落としている。それは、マックマーフィの闘い、もしくはここで提示されているマックマーフィ像そのものに重大な疑問を投げかけるものでもあるのだ。

Ⅳ

マックマーフィはシステムの「外部」＝「自然」を体現する存在として登場しているのだが、すべては狂気を孕んだブロムデンの視点によってのみ語られている。それを考慮に入れれば、マックマーフィの存在とは、あくまでもブロムデンのパラノイア的なフィルターを通したものでしかないことを念頭に置かなければならない。マックマーフィの人物像と彼の社会システムとの闘いには、ブロムデンのパラノイア的な思考による脚色が色濃く反映されてしまってもいるのである。

ブロムデンの眼に映るマックマーフィのイメージを仔細に追ってみると、その姿が極端なまでに神話化[16]、もしくは英雄化されていることがわかってくる。マックマーフィがキリストの姿とダブることは多くの批評家が指摘しているが、ブロムデンの視点から語られるマックマーフィ像とは、失望した患者たちに希望（福音）を語り、キリストが自らに触れた者の病を直したように、ブロムデンを「手」の力によって「癒し」（生命力を伝えて人間として蘇生させる）、十二人の使徒（患者）を率い、象徴的な意味を持つ海釣りの旅に連れ出すというものである。そして、激しい苦闘と迫害の果てに、電気ショック療法でマックマーフィが縛り付けられる台は十字架の形をしており、「茨の冠のかわりに、電気の火花という冠を被せ」られるといったものである。彼の最後の死はキリストの殉教に擬せられていると言ってよい。[17] このように、十二という数字や診療台の形、あるいは冠のように見える火花などからある一貫した物語を作り上げるというのは、いかにもパラノイア的な思考方法である。実際に存在したであろうマックマーフィの戸惑い、悩み、怯えも描かれはするが、それもすべて、ブロムデンの視点によって、十字架を目前にしたキリストの苦悩にも似たものへと変えられてしまうのである。

また、ブロムデンにとってのマックマーフィとは、テレビから抜け出したカウボーイや西部劇のヒーローであり、エマスン的な「自己信頼[18]」に満ち、トニー・タナーの言う「完全な自由、完全な勇気、完全な独立への意志[19]」を体現する存在でもある。そのほかにも、この小説におけるマックマーフィのイメージには、ブロムデンを導いてくれる「父[20]」、悪を倒すローン・レンジャー（Lone Ranger）[21]、超自然的な力を持ったスーパーマン[22]、アーサー王伝説の騎士[23]などとの関連が指摘されている。要するに、ブロムデンは自分が生きてきた中で親しんできたさまざまなイメージを投影することで、ジェローム・クリンコウィッツが述べるように「マックマーフィの人物像を粉飾[24]」し、一種神話化された存在にしてしまっているのである。

テリー・シャーウッドはブロムデンの語りにおけるポップ・アート的な手法を指摘しているが[25]、

「まるでマンガの世界だ。人物が平板で、黒の輪郭でふちどられ、なにかばかげた物語を引きつりながら演じている。もしも現実の人間を演ずるのがマンガ的人物でなかったなら、その物語はそれはほんとうに奇妙なものになってしまう」（三一）といったブロムデンの思い描く世界像の中では、このような粉飾や歪曲はいとも簡単にできてしまうだろう。そして、すべてはブロムデンの意識の中で、マンガのように善と悪の闘いへと単純化され[26]、それがマックマーフィとビッグ・ナースの闘いへと収斂されてしまっているのである。

こうしたポップ・アート的な手法やパラノイア的な思考による粉飾や歪曲を通して、マックマーフィは、ブロムデンにとって「銅線とクリスタルガラスでこのアメリカ中を覆い尽くそうとしているコンバインの手から救ってくれる巨人」（二五五）となる。絶対的な優位に立つコンバインの代理人としての強大なビッグ・ナースに立ち向かう「家のような巨大な姿」（一八九）をした「伝説的な存在」（二七八）となるのだ。

問題は、なぜブロムデンがここまで幻想的とも言えるイメージをマックマーフィに過剰に押し付ける必要があったのかということだ。もともとマックマーフィ自身は狂気に冒されているのではないし、基本的にコンバインやビッグ・ナースなどというパラノイア的思考をブロムデンと共有していたわけでもない。彼はもっと限定された、現実的なレベルで闘っているにすぎない。間接的には婦長や病院組織の背後にある社会システムとの対決が意識されていたであろうが、ブロムデンの幻想における「抑圧的なアメリカ社会の総体」としてのコンバインとの全面戦争を闘っていたのではないのである。マックマーフィによって、患者のある者は病院の外に出るし、ブロムデンも脱出に至るのだから、結果的にマックマーフィはラチェッド婦長との闘いには限定的な勝利を収めたことにはなるかもしれないが、それは極めて限定されたものであって、コンバインに対する完全な勝利を意味するわけではない。マックマーフィが婦長への闘いを挑み始めた頃にはブロムデンは次のように絶望的に考えていた。

婦長はあまりにも大きすぎて打ち負かすことはできない。彼女は日本人の作る彫像のように部屋の片側全体を占めている。彼女を動かすことはできないし、彼女に逆らって助けてくれるものも存在しない。確かに今日ここで彼女は小さな闘いに負けはしたが、これは大きな闘いの中の小競り合いにすぎず、大きな闘いにおいては彼女はいつも勝ってきたのだし、これからも勝ちつづけるのだ。…婦長はこれからも勝ちつづけるだろう、ちょうどコンバインのように。彼女の背後にはコンバインの全パワーが控えているからだ。彼女はちょっとぐらい負けても、最後には勝ちを収めてしまう。…結局はわたしたちはみんな負けることになる。

それは誰にもどうしようもないことだ。…婦長や婦長の背後にあるコンバインに本当に逆らう術はないことはわかっている。（二〇九―二一〇）

こうした諦めにも似たペシミズムを乗り越えるために、ブロムデンはマックマーフィをそれまでとは「違った見方」をし、マックマーフィについて「もっと多くのもの」（一五三）を見ようとし始める。これは、ブロムデンがマックマーフィの存在そのものとその闘いに先述のような過剰な幻想性を被せ、一種の幻想的救世主を仕立て上げ始めたことを表している。次第にマックマーフィの限定的な闘いは、ブロムデンの意識の中では単なる小さな闘いではなく、コンバインへの全面的な闘いへと意味を変えることになり、そうすることで、ブロムデン自身も徐々に精神の混濁から抜け出していくことになる。

このように、マックマーフィのイメージが肥大化することにはブロムデンのパラノイア的な思考が強く作用している。ブロムデンは周りの状況や自分の経験をパラノイア的な思考方法によって解釈し、コンバインやビッグ・ナースの強大なイメージを作り出したが、それと同じような手法で、ここで検討したマックマーフィ像を仕立て上げたと言ってよいだろう。ジョン・C・プラットも述べるように、コンバインおよびビッグ・ナースの存在が、ブロムデンの狂気が生み出したイメージにすぎないのと同様[27]、それに対抗すべき存在としての救世主マックマーフィのイメージも、あらゆる要素をつぎはぎしてブロムデンが幻視した救いの象徴と化しているものと思われる。ブロムデンが幻視する社会システムの象徴たるコンバインとその代理人ビッグ・ナースの支配力はあまりにも強力なものであり、救世主としてのマックマーフィ像とは、その管理、抑圧に対して抵抗しうる存在としてブロムデンが作り上げた虚像であり、幻影にすぎなかったとも考えられるのである。ブロムデンはマックマーフィが最後の闘いに挑む姿を回想し、次のように述懐する。

わたしたちはマックマーフィを止めることはできなかった、われわれこそが彼に行動させていたのだから。彼に行動を強いているのは婦長ではなかった。わたしたちに必要だったのだ。…彼にこの何週間も行動させつづけたものはわたしたちなのだ。（三〇四）

コンバインとの闘いに挑む「巨人」としてのマックマーフィ像とは、ブロムデンのヴィジョンにおける患者たち、つまりアメリカ社会というシステムの中で抑圧される人間の救済への願望が集約的に投影された結果の産物なのだと言ってよい。だからこそ、マックマーフィに付加されたイメージが、一般のアメリカ人が知っている「ほぼすべてのヒーローを象徴する」[28]ものなのである。言わば、一般的アメリカ人の夢の集合体であり、トニー・タナーの言う「アメリカ的幻想」[29]が人間の姿を取っているようなものだ。つまり、ブロムデンの物語で語られる救世主としてのマックマーフィは、パラノイア的な思考に取り憑かれた、抑圧されているアメリカ人の代表としてのブロムデンの願望を反映した存在にすぎないと言えるのではないだろうか。このような神話化や英雄化によって、過剰な象徴的意味付けをされ、肥大したイメージを纏ったマックマーフィ像は、現代社会には存在しえない救世主なのだ。コンバインに対抗するには、これだけの幻影を詰めこんだ「巨人」を作り上げるほかなかったのだとも言えよう。しかし、救世主としてのマックマーフィ像が肥大すればするほど、この時代における個人の矮小さが浮き彫りになるのであり、結果として、いかにシステムが強大であるのかが浮かび上がってしまうのである。逆に言えば、これほどまでの神話化や英雄化を経なければ、社会システムへの対抗軸を提示しえなかったことになるのであって、マックマーフィに体現される「自然」という対抗軸は、あくまでも、このような幻想性を纏ってのみ成立しうることになってしまう。これは、アメリカ人が長く無意識のうちに信じてきた価値＝対抗軸としての「自然」は、すでにこの時代においては「幻想」だと言うに等しい。結局、やはり「自然」という「外部」はもはや現代社会においては成立しえないという苦い認識をここに読み取ることができるように思える。高度資本主義社会を迎え、機械文明に蹂躙されてしまったアメリカでは、すでに「自然」は社会システムの対抗軸とはなりえないのかもしれないのだ。最後にブロムデンが向かうのが、カナダであるというのは、もはやアメリカには「外部」としての「自然」は存在しないことのメタフォリカルな表現だったのではないかと思われる。そのカナダへ行く前にブロムデンが立ち寄ろうとするのは、すでにダムに沈んだ故郷であり、そこで鮭を獲って暮らしているという同胞のもとだったが、このイメージは、言わば社会システムに飼い慣らされた自然という以上のものではない。ブロムデンがアメリカの中で立ち寄れるのはそこしかない、つまり機械文明を超越する「自然」などもはやアメリカには存在しないのだ。

ブロムデンの語りにおいては、彼は最後に病院を脱出することになっているが、一見ポジティヴに思えるそのイメージにも、実は非常にペシミスティックなものが影を落としている。彼は、病院を出た直後、以前見たハイウェイへと走る犬と自分を重ね合わせて、開放された高揚感を語る。

わたしは大地を走った。かつて犬が駆けていったのを思い出し、その方角へ、ハイウェイへと走った。走るとき、大きな歩幅で走ったのを思い出す。あげた足が大地におりる前にずいぶんと長い間空中に浮かんでいるようだった。わたしは宙を飛んでいるような気持ちだった。自由だ。(三二〇)

だが、この一節は、この小説において唯一、われわれ読者がブロムデンのパースペクティヴを超えることができる箇所だという点で注目に値する。実はこの犬についての前の部分の描写では、

[犬は]ハイウェイに向かって、まるで誰かに会う約束でもあるかのように、真剣な顔つきで、着実に駆けていった。…車がカーブを曲がってスピードをあげる音が聞こえた。ヘッドライトの光がぼんやりと坂道の上に現れ、ハイウェイの先までずっと照らす。わたしは犬と車が舗装道路の同じ一点をめがけて進んでいくのをじっと見守った。(一五六)

とあって、この犬は自動車とぶつかってしまうことが暗示されている。機械文明を象徴する車と衝突する犬は、敗北する「自然」を容易に想像させる。エレイン・B・セイファーが述べるように、ブロムデンはこのラスト・シーンで以前見た犬のことを思い出しながら、その犬が「破滅

に向けて進んでいるという事実を押さえ込んでいる」[30]のである。セイファーはここを捉えてキージーのペシミズムを指摘するのだが、自由を得た高揚感と、その裏に隠蔽されたペシミズムという構図は読む者を不安にさせずにはおかないだろう。結局は、ルース・ブレイディが述べるように、「ブロムデンは一つの檻から別の大きな檻に逃げ出した」[31]にすぎないのかもしれない。

ブロムデンは、マックマーフィの人物像およびその闘いに幻想性を押し付けることで、コンバインの恐怖を逃れ、人間性を回復し、病院を脱出することができるのだが、彼は狂気から回復するように見えても、実はパラノイアを脱したことにはならないことに注意すべきだ。例えば、彼はコンバインやビッグ・ナースの存在などというパラノイア的な発想を克服できているわけではない。病院からの脱出直前の段階でも、コンバイン、ビッグ・ナースなどの表現は彼の語りに継続して見られるし、婦長の「胸から二つの乳首の付いた大きな球体が飛びだしてきて、どんどん膨れ上がり、想像もできなかったほどに大きくなる」（三〇五）などといった彼の狂気自体が続いていることを示唆する表現も散見される。そうなると、彼の病院からの脱出の意味自体も違った色合いを帯びてくるのは当然だろう。

さらに、ブロムデンの語りの構造に着目すると、彼の脱出自体もあやふやになりかねないことがわかってくる。作品の冒頭で、ブロムデンは狂気のヴィジョンでもって、病院内の様子を語り始める。しかも、彼はあたかも、今、この瞬間、病院の「中」にいて、精神の混濁のただなかでさまざまなものをパラノイア的に幻視しているかのようにすべてを語り始める。そして冒頭のセクションの最後に次のような注目すべき記述がなされる。

…ついに話すことになったこの物語。病院のこと、婦長のこと、みんなのこと――そしてマックマーフィのこと。わたしはこれまであまりにも長い間沈黙していたので、この話は洪水のように轟音をたてて流れ出てくるだろう。…わたしはまだ自分でもはっきりと考えることはできないのだが、しかし、これは真実なのだ。たとえほんとうに起こった話でないとしても。（八）

彼は今から物語ることとは、病院のことにせよ、婦長のことにせよ、さらにマックマーフィのことについても、すべて「過去」に起こったことの回想であるというのである。ここを捉えてシャーウッドは、「ブロムデンは精神病院の〈中〉で語りを始め、マックマーフィに関する〈過去〉のできごとを回想している」と述べ、さらに、彼の脱出自体が「想像上」のものかもしれないとほのめかす。つまり、ブロムデンの物語る内容は彼の幻想にすぎず、「マンガのように、ただ、ありうべき世界」を語ったものだと示唆するのである。(32) その場合、ブロムデンは病院を脱出することもなく、ただ、狂気に歪んだ幻想を紡いでいるだけということになってしまう。また、フレッド・マデンのように、ブロムデンが再び病院に戻ってきているというのが適当ではないかと考える批評家もいる。(33)

非常にあいまいではあるが、この一節が差し挟まれたことによって、ブロムデンは脱出後、戻ってきた、あるいは、連れ戻された、また、もともと脱出さえせずに幻想を語っていたにすぎないなどの解釈も可能になってしまっていると言ってよいだろう。さらに、ブロムデンは自分の語ることは「真実」だとは言いながら、「たとえほんとうに起こったことでないとしても」と最後に付け加えてもいる。ブロムデンにとっては、ほんとうに「起こった」か「起こらなかった」かとか、それが「事実」かどうかは問題ではないのだ。しかも、「わたしはまだ自分でもはっきりと考えることはできない」とあるのは、ブロムデンがこの語りの現在においてどのような状況にいるのかに関わりなく（たとえ、実際に病院を脱出しており、そこに戻ってもいないとしても）、彼の精神の混濁が継続している、すなわちいまだ狂気を脱していないことを伝えるものであるかもしれない。そうであれば、彼自身が事実と自らの虚構を区別できていない可能性さえある。また、すべてを「過去」のことであるとするブロムデンの語りからすると、この作品はブロムデンの脱出で終わっていないことになる。ジョーゼフ・ヘラーの『キャッチ＝22』（一九六一年）でも最後の主人公ヨッサリアンの、狂気の軍隊組織からのスウェーデンに向けての脱出の意味はあいまいなものだが、戦場を離脱したという事実自体に疑問はない。しかし、『カッコーの巣の上で』ではその脱出自体があやふやなのだ。それに、脱出後、いかにコンバインの支配を免れて人間として生きていられるかということが問題なのに、ブロムデンは脱出までしか語らず、後日談について一言も触れない。かなりの時間が経っているはず（これもあいまいにされている）だが、それを語らない／語れないのである。そのことに、社会システムの支配からの脱出が実は不可能なことだったとの暗示を読み取るべきなのかもしれない。

この一節が挿入されたことで、結果的に、ブロムデンは徹底していわゆる〈信頼できない語り手〉となり、すべてはあいまいなものとなってしまう。ブロムデンの語ることが、最後の病院からの脱出も含めて、はたして事実なのか、単なる幻想なのか、それとも事実と幻想が混じり合っていているのかを判別することもできなくなってしまうのである。つまり、先述のシャーウッドのものも含めて多様な解釈が許容されることになり、読者は、どこまでが事実で、どこまでがブロムデンによる虚構なのか決定不能な状態に置かれることになる。病室での乱痴気騒ぎの際、入院患者の一人が次のような言葉を口にするが、これはオルダーマンがほのめかすように、キージーのこの小説における創作原理を示唆するものかもしれない[34]。

こんなことが起こったわけではないのです。…これはすべて幻想なのです。あなたが夜目を覚ましたまま夢想し、あとでとても精神科医に話して聞かせられないような幻想なのです。あなたは実際にはここにはいない。そのワインも現実ではないし、こういうことはいっさい現実には存在しないのです。（二八五）

オルダーマンが、六〇年代の小説においては特徴的に見られるものであると指摘する「事実と虚構のあいまい化[35]」は、このブロムデンの語りの構造にも当てはまる。カート・ヴォネガットの『スローターハウス5』（一九六九年）で事実と虚構の関係が脱構築されてしまうほどに徹底されているものではないが、こうした語りのあいまいさによって、ブロムデンおよびマックマーフィの闘いの意味も決定不能な状態に陥ってしまうことに注意すべきである。ブロムデンが本当に狂気を脱したのか、また本当に病院を脱出したのかさえあいまいになっているからである。少なくとも、マックマーフィ的なものが勝利したのだと断言することはできなくなるのではないか。そうなると、最後の体制からの脱出の意味も、カウンターカルチャー的なメッセージも、この決定できないという事実によって宙吊りにされてしまう。こうして、明確で鮮明なものと思えたマックマーフィに体現された「自然」という対抗軸も、その意味付けはあいまい、それどころか無効にされてしまっているとさえ言えるのではないだろうか。完全に否定されたわけではないから、わずかに希望を感じさせはするが、意味は決定できず未決状態にとどまらざるをえない。実にカウンター・カルチャー的な二項対立の構図が描かれるのに、実際には明確な対抗軸を提示できてはいないという事態に陥っているのである。

V

『カッコーの巣の上で』には、明らかに時代を反映する六〇年代のカウンター・カルチャー的な雰囲気や方法論を認めることができる。だが、そこにはまた、この方法論の意義を無効もしくはあいまいにする力も強く加わってしまっている。画一化を迫る社会システムへの対抗軸となりうるものとして、狂気と「自然」を打ちたてようとしているかに見えるが、この両者ともに結局社会の押し付ける価値観への対抗軸とはなりえないかもしれないことが逆に露呈する結果となっている。

ブロムデンの狂気は、人間の原初的なパワーともつながるものであり、社会の本質を見ぬく有効な手段となりえてはいる。肥大化した現代社会システムをメタフォリカルに全体として認識することができるのであり、狂気を通してしか幻視しえない、複雑化し不可視となってしまった現実の姿を暴露することができているからだ。ドラッグとの関連など、反社会的な要素も含み、人間の精神を高め、拡張することで現代機械文明の限界を超えようとするカウンター・カルチャーの命題とのつながりをも強く感じさせると言ってよい。しかし、皮肉にも、この狂気はまた、社会システムへの順応のメタファーともなってしまう。主観的、直感的に認識するだけにとどまり、個人の内的ヴィジョンの域を超えることはできないからだ。複雑化した社会の中でのリアリティの捉え方を垣間見せてはくれるものの、その限界もあらわとなってしまっている。

マックマーフィに体現される「自然」は、機械文明の対極にある価値観を表し、まさに抑圧されている人間性の回復につながるものであり、抑圧的な社会システムへの対抗軸として重要な意味を持っている。人間性を圧迫する現代文明の価値観に対して、逆の価値観、つまり、人間の本能的で原初的なパワーを対峙させるというカウンター・カルチャー的な方向性を明確に感じさせるものである。だが、その「自然」は、幻想性を纏わなければ成立しえないものとして描かれてもいる。アメリカ人一般が抱く願望や夢としてはありえるものの、現実には機械文明への対抗軸とはなりえないのであり、高度な管理体制のもとにある現代社会においては、幻想としてしか存在しえないことがブロムデンによる語りの構造によって示唆される結果となっている。一見、ブロムデンの脱出シーンにはオプティミスティックな希望が表現されているように思われるのだが、それはブロムデンの語りの構造の中で二重、三重にあいまいにされ、結局は意味を確定することはできず、宙吊りにされてしまっている。六〇年代のカウンター・カルチャー的な主張が、やはり六〇年代的な「事実と虚構のあいまい化」によって無効にされてしまっているかのような、アイロニカルな構図が浮かび上がってくる。その意味で、この作品は極めて六〇年代的な小説であるとも言えるのかもしれない。

このように、この小説では、単純化された二項対立の構図を用いて現代社会の抑圧を振りほどこうとしているように見えながら、実は、その構図自体が無効にされてしまっている。社会の複雑化、システムの肥大化によって、すでに単純な対立軸は提示できなくなってしまっているのだ。明確に対置できるものなどすでになく、人間は社会システムの中にがんじがらめに組み込まれてしまっており、容易にそこから脱出することはできない。このシステムの「外部」に、社会の押し付ける価値観に代わりうるものを見つけることができないのである。

キージーは冒頭に触れたフォアマンの映画を見て次のような感想を漏らしている。

　自分なら奇妙な感じに（weird）できた。自分でやっていたら（映画を演出していたら）、観客は見終わって席をたつとき、出口を見つけられない、という感じにできただろう。(36)

　映画も一つの「読み」を提示しているものだとすれば、彼は明らかにこの映画の作られ方および解釈に疑問を覚えているものと思われる。その違和感が具体的に何に起因するかは明らかではないが、もしこの映画のシナリオに、ブロムデンの狂気の闇に彩られたパラノイア的な語りの構造が採用されていたならば、確かに観客は出口のないラビリンスへと誘われていたことだろう。

注

（1）Jack Hicks, *In The Singer's Temple: Prose Fictions of Barthelme, Gaines, Brautigan, Piercy, Kesey, and Kosinski* (Chapel Hill: The University of North Carolina Press 1981) 140.

（2）Hicks 138-140.

（3）Peter G. Beidler, "Ken Kesey's Indian Narrator: A Sweeping Stereotype?," *A Casebook on Ken Kesey's One Flew Over the Cuckoo's Nest* ed. George J. Seales (University of New Mexico Press, 1992) 5.

（4）Ken Kesey, *One Flew Over the Cuckoo's Nest: Text and Criticism* ed. John C. Pratt (New York: Penguin, 1996) 207. 以後のこのテキストからの引用はすべてこの版により、括弧内にページ数のみを記す。なお、原文の翻訳にあた

っては、岩本　巌訳『カッコーの巣の上で』（冨山房、一九九六年）を参考にさせていただいた。

（5）Barry H. Leeds, *Ken Kesey* (New York: Frederick Ungar Publishing Co., 1981) 20.

（6）Don Kunz, "Mechanistic and Totemistic Symbolization in Kesey's *One Flew Over the Cuckoo's Nest*," *A Casebook on Ken Kesey's One Flew Over the Cuckoo's Nest* 100.

（7）Tom Wolfe, *The Electric Kool-Aid Acid Test* (New York: Farrar, Straus and Giroux, 1968) 42-44.

（8）Leslie A. Fielder, "Interracial Partners in the New American West," *Readings on One Flew Over the Cuckoo's Nest* ed. Lawrence Kappel (San Diego: Greenwood Press, 2000) 66-68.

（9）Terry G. Sherwood, "*One Flew Over the Cuckoo's Nest* and the Comic Strip," *One Flew Over the Cuckoo's Nest: Text and Criticism* 399.

（10）John A. Barsness, "Ken Kesey: The Hero in Modern Dress," *One Flew Over the Cuckoo's Nest: Text and Criticism* 433.

（11）Richard Blessing, "The Moving Target: Ken Kesey's Evolving Hero," *Journal of Popular Culture*, vol. 4, no. 3 (1971): 615-27

（12）こうした女性の扱いに関してのキージーのセクシズムは数多くの論文で指摘されてきた。代表例としては、次の論文がある。Elizabeth McMahan, "The Big Nurse as Ratchet: Sexism in Kesey's Cuckoo's Nest," *A Casebook on Ken Kesey's One Flew Over the Cuckoo's Nest* 145-150.

（13）Raymond M. Olderman, *Beyond the Wasteland: A Study of the American Novel in the Nineteen-Sixties* (New Haven: Yale University Press, 1972) 28.

(14) Olderman 46.

(15) Robert Boyers, "Porno-Politics," *One Flew Over the Cuckoo's Nest: Text and Criticism* 445.

(16) Elaine B. Safer, "'It's the Truth Even If It Didn't Happen': Ken Kesey's *One Flew Over the Cuckoo's Nest*," *A Casebook on Ken Kesey's One Flew Over the Cuckoo's Nest* 154.

(17) マックマーフィのキリスト的なイメージを指摘する論文は数多い。例えば、Bruce E. Wallis, "Christ in the Cuckoo's Nest: or, the Gospel According to Ken Kesey," *A Casebook on Ken Kesey's One Flew Over the Cuckoo's Nest* 103-110. George N. Boyd, "Parables of Costly Grace: Flannery O'Connor and Ken Kesey," *Theology Today*, vol.29, no. 3 (1972): 161-71.

(18) Peter G. Beidler, "From Rabbits to Men: Self-Reliance in the Cuckoo's Nest," *Lex et Scientia: The International Journal of Law and Science* 13. 1-2 (1977): 56-59

(19) Tony Tanner, *City of Words: American Fiction 1950-1970* (New York: Harper & Row, 1971) 373.

(20) Peter G. Beidler, "Ken Kesey's Indian Narrator: A Sweeping Stereotype?" 7-8.

(21) Sherwood 397.

(22) Tanner 373.

(23) Olderman 67-79.

(24) Jerome Klinkowitz, *The American 1960s: Imaginative Acts in a Decade of Change* (Iowa State University Press, 1980) 25.

(25) Sherwood 398.

(26) Sherwood 397.

(27) John C. Pratt, introduction, *One Flew Over the Cuckoo's Nest: Text and Criticism* xvi.

(28) Klinkowitz 25.

(29) Tanner 373.

(30) Safer 159.

(31) Ruth H. Brady, "Kesey's One Flew Over the Cuckoo's Nest," *Explicator* 31, 6 (1973): 41.

(32) Sherwood 408.

(33) Fred Madden, "Sanity and Responsibility: Big Chief as Narrator and Executioner," *Modern Fiction Studies* 32, 2 (1986): 203-17.

(34) Olderman 51.

(35) Olderman 1-29.

(36) Kesey, Interviewed by Michael Goodwin, "The Ken Kesey Movie," *Rolling Stone* (7 March 1970): 33.

ウォーカー・パーシー『映画狂』
――「虚構」のなかの「現実」

立川順子

I

「アメリカのドストエフスキー」と称されるウォーカー・パーシー（一九一六―九〇）は、一九六一年この『映画狂』で文学界にデビューした。作者が四五歳のときであるから、いわば「遅れて来た新人」としての登場である。二〇代後半の青年の「自己探求」というテーマは、それだけとるとかなりありふれたものである。しかし、パーシーはそれに「映画」と「ニュー・オーリンズ」という魅力的な二つの要素をからませ、かつコミカルな味わいを加えながら、第一作から作家としての力量を存分に発揮し、この作品は翌年、「全米図書賞」を受賞した。批評家の評価も概ね好意的で、今日に至るまで版が絶えることなく読書家の間で読み継がれている。

祖父、父共に医者の家柄に生まれ、自らもコロンビア大学医学部を卒業したパーシーであったが、彼に「科学」から「文学」への転身を果たさせたものは何であったのか、その秘密を解く鍵となるものがこの作品から窺える。医者として前途洋洋の未来が約束されていたはずのパーシーの身に「結核」という病魔が襲いかかり、彼は三年間の療養生活を余儀なくされたのである。その病室のベッドで彼が読み耽ったのが、カミュ、サルトル、ドストエフスキー等の作家の作品であったのだが、恐らく、不安・絶望の淵に落とされていたに違いないパーシーは必死で何らかの解答をこれら実存主義の作家達に求めていたのであろう。最終的に医学の道を断念し、自ら作家として立つ決意を固めた彼は、若き日の苦悩をこの第一作『映画狂』のなかに投影し、それを乗り越えることに成功した。事実、彼はあるインタヴューの中で「『映画狂』を書くことは、三年間受けた精神分析よりも良い治療法であった」(1)と述べているほどである。

六一年に発表されたこの作品は、単に「アメリカ南部文学」という狭い枠組みだけでは収まりきれない普遍性を持って、二一世紀を迎えた今日に生きるわれわれにも様々な切実な問題を提起している。それは興味深いことに、医者になる夢を放棄したはずのパーシーが、生前医者としての登録をし続けたという(2)事実によっても示されているように、彼の作家としての姿勢が一貫して「時代の病」に向けられているからである。

物語はまもなく三〇歳になろうとしている主人公のビンクス・ボリングがエミリー叔母の呼び出しを受けるところから始まる。彼は株のブローカーを生業とし、経済的には何不自由ない暮らしを享受している独身青年である。父の死後、母親が再婚し新しい土地で所帯を持ったために、ビンクスは青年期になるまでかなり長い期間、この叔母の家に身を寄せていたことがあった。そのため彼は物心両面でこの女性の世話になり、感化を受けてきたのであるが、現在はその家を出て、シェクセナイダー夫人という夫を亡くした女性の家に下宿している。彼の住む地区ジェンティリーは、ニュー・オーリンズでも新興地区であり、古い南部のたたずまいや面影を残すものは殆ど見当たらない。そこはむしろカリフォルニア風のコテージ等の建ち並ぶ一帯で、ビンクス自身その開放的な雰囲気に惹かれて移り住んできたものと思われる。(3) 彼は伝統的な南部の文化や歴史の染み付いた建築様式を嫌い、小奇麗な西海岸風の建物に魅力を感じているのであるが、このことはいみじくも彼の南部に対する意識をそのまま物語っている。南部のなかでも特に、独特のクレオール文化を発展させたニュー・オーリンズは、二〇世紀に入ってよく言われるようにロサンゼルス化、中産階級化し、急激な変貌を遂げつつある。そして当然、その風土のなかで培われた南部のエトスも薄められ、風化しようとしており、後に詳しく見るように、主人公ビンクスはそのなかでいわば中空に宙吊りの状態になっている。

Ⅱ

自ら望んで移り住んできた新しい南部にビンクスは全面的に順応することが出来ず、常に居心地の悪さを感じざるをえない。それはちょうど彼が先月、女友達と観た映画の主人公、つまり、事故で記憶喪失症になり、自らを見知らぬ土地のよそ者だと意識する男の感じる違和感と同一だと言ってよい。では、ビンクスの現実に対するこのような違和感とは具体的にどのような形で表れ、それはどこに起因するのであろうか。奇妙なことに、小説の根幹を成すとも言えるこの問題は、絶えず作品中に見え隠れするものの、終始一貫して前面に浮き出ているわけではない。そのために、われわれ読者はビンクスという人物に対して一種、二律背反的な相矛盾する印象を抱くという結果を招来しているのも事実である。つまり、「株」という生き馬の目を抜くような熾烈なビジネスの世界に身を置き、現在の自分の生活にある程度の満足感を感じている青年であると同時に、現実の生活にリアリティを見出せずに、「映画」という全く「虚構」の世界にそれを求め、発見しようとする青年であるというように。或いは、自分の秘書であった三人の女性と軽い恋愛遊戯に耽るプレイボーイであると同時に、深い心の痛手を負った従兄妹のケイトに対して真摯な愛情を寄せる若者であるといった具合に。ビンクスのなかに顕著に見られるこのような二面性は読者が彼についての統一のとれたイメージ、人物像を収斂させていくことを困難にしている。そもそも、ビンクスとはいかなる人物なのか、彼は悲劇の主人公なのか、喜劇的人物なのか。彼が告白する次の文章は彼の人格の危うさを示している。

でも僕がこの土地で暮らそうと努力するたびに、まず最初は激しい怒りに襲われて、いろいろな問題に対して過激な意見が沸き起こり、編集者に手紙を書いているかとおもうと、次の瞬間には憂鬱な気分になって、自分のベッドルームの天井の漆喰の円形模様をただじっと凝視しながら、何時間もまるで棒のように体をこわばらせて横になっているんだ。（三）

ビンクス自身も自らのなかに認めているこのような情緒の激変・不安定は、彼自身のアイデンティティの不安定さに由来していることは、言うまでもない。それゆえ、彼は一見安定した生活のなかで、経済的にも私生活の面においても一応の満足を感じる青年という「仮面（虚像）」と、内面の不安に囚われ、日常性に安住することへの激しい怒りを心に宿す若者という「素顔（実像）」――これら二つの相貌の間で引き裂かれた人間であるという言い方も出来るであろう。

III

次に、彼のこのように奇妙で病的な現実認識の実態を更に深く探るために、彼の耽溺している「映画」の世界と、彼を取り巻く女性達、家族と彼の関係を検討してみよう。

映画は言うまでもなく、脚本家、監督、出演者その他が創り出す総合芸術であり、スクリーンの上に展開される世界は、音響効果、編集作業という人為的プロセスを何度も経た上で創造されていくファンタジーの世界である。ロイ・アーメスがその著『映画と現実』において語る言葉によれば、「映画作家は現実の感覚・構造・リズムをとらえようとするのではなく……真実のように見える幻想を与える、現実ではない一つの実体を作り上げるのである」(4)。そして鑑賞者であるわれわれも「幻想」と「現実」の相違を十分認識しながら「映画」という作り物の世界を楽しんでいる。だが、ビンクスの場合、この二つが彼の意識のなかでお互いがすり替わった形で存在している。彼自ら告白しているように、彼が映画の世界に夢中になり、彼を驚嘆させ、映画にのめり込ませるものは、スターの持っている「奇妙なリアリティ」(一三)である。本来、「虚像」という作られたイメージのなかで生きている彼らが現実に生きている人間以上に「リアル」であるというのは、ビンクスの転倒した現実認識を端的に物語るものである。ビンクスが作品中に言及する映画に関しては、ひとつの共通した特質が見られるのも注目すべきことであろう。それは、『或る夜の出来事』、『駅馬車』といったハリウッド映画の興隆期における娯楽作品が多いという点である。ゲアリー・シウバの指摘するとおり、そこには五〇年代に一般的になった、東西の冷戦体制を背景にした核戦争による大惨事(5)をテーマにした映画は完全に欠落している。しかし、ビンクスの映画の嗜好におけるこのような特徴も読者には十分納得のいくものである。なぜなら、映画の世界においては「スクリーン上のすべての動きが非のうちどころがないほどに遂行されるものであるから(6)」、言い換えれば、中身が現実離れしていればいるほど、ビンクスには逆にリアルに感じられるからである。このような奇妙な錯誤は、したがって、彼の映画狂ぶりが単なる現実逃避にすぎないのではないということの証左である。彼の精神の奥底のところで、「現実」と「虚構」を逆転させたものがあり、それが彼と周りの人間との齟齬を産み出し、円滑な人間関係を築くのを阻害しているのである。彼が現代社会を「不快感」('malaise')に満ち満ちたところとみなしている事実は、F・J・ホフマンの指摘するとおり、彼の「アイデンティティ」、「正しい行動」探求の苦しみと結びついている(7)と同時に、現実をそのように「病んだ世界」と見る彼の世界観は、実は彼自身の「病んだ精神」の反映である。では、その彼の精神を歪め、現実に適応出来なくさせている元凶とは何であろうか。

パーシーの文学上の父とも言えるウィリアム・フォークナーがミシシッピー州ヨクナパトーファという架空の土地を設定し、奴隷制に端を発する南部の歴史の総体によって人生を狂わされていく人物達を執拗に描き続けたことはよく知られているが、フォークナーの作品の根底にある古い南部の貴族的体質、その非人間性を剔抉しようとする姿勢はパーシーのなかに受け継がれ、現代南部社会のなかに未だに残存する歪んだ特質に対する批判となっている。この点は特に、ビンクスに対するエミリー叔母の非難がましい態度の数々に顕著に描かれており、それは情緒不安定で自殺の恐れのあるケイトを、断りなしにシカゴへの商用の旅に同行させたことへの激しい叱責の場面でピークに達している。「奴隷は働いているか、眠っていなければいけない」と公言したことで知られる古代ローマの政治家カトーや、アクティウムの海戦で敗北し、自殺を遂げたマーカス・アントニウスといった古代ローマの英雄たちを崇拝するこのエミリー叔母は、幼少の頃よりビンクスに「男は〈兵士〉の気構えで何事にも立ち向かわねばならない」と説き続けてきた。

いついかなるときも完璧な威厳、愛情、自由と正義の気持ちで、ローマ人の男のように今何をすべきか冷静に考えよ。マーカス・アウレリウス・アントニウスのこれらの言葉は、手に負えない腕白坊主にとってもまたとない良い助言に思えるわ。（六七）

「威厳」、「自由」、「正義」――彼女が強調してやまないこれらの美徳は、古い南部の道徳律であるところの「騎士道の精神」として南部人の心を支配してきたものである。「持てる力を最大限に発揮し、兵士のように雄々しくあること」こそ南部に生まれた男のあるべき理想の姿であると信じて疑わぬエミリー叔母の目からすると、現実のビンクスの生き方は「高貴な家柄のこのうえなく不甲斐ない子弟」（二一二）以外の何者でもない。そして叔母からこのような露骨な中傷を浴びせられても、それを甘受せざるをえないのがビンクスの現状である。

エミリー叔母の人間観を特徴づけているのは、それが南部社会を歴史的に支配してきた「二分法」に基づいている点である。すなわち、彼女にとって人間は「英雄」か「臆病」、「高貴」か「恥知らず」のどちらかに分類され、その中間もしくは両方ということはありえない。彼女がそうだと言えば、実際にその人物がそのとおりに見えてしまうほど有無を言わさぬ、だが独断に満ち満ちた人間観は、ビンクスとケイトにアイデンティティの不確実性という思わぬ産物を背負い込ませる結果となっている。そして、このような二分法の犠牲になった若き主人公達を、われわれは例えば、同じパーシーの『最後の紳士』（一九六六年）のウィル・バレットやフォークナーの『響きと怒り』(一九二九年)のキャディ・コンプソンのなかに見出すであろう。人間を高貴な人間と恥知らずな人間に二分し、前者を全面的な賞賛の対象、後者を切り捨ての対象としていくこのような極端で単純な人間観からは、人生に対する硬直した視点しか生まれないのは当然である。それゆえに、エミリー叔母の繰り広げる現代批判、若者の行動批判(四五)は、ビンクスには傾聴すべき有難いお説教どころか、退屈で的外れな年配者の繰り言にしか聞こえない。ラルフ・ウッドがいみじくも指摘するとおり、「その厳格なモラリズムは、ビンクスにとって、このなまくらになってしまったレターナイフと同じように、ポイントを欠いている(8)」のである。つまり、ビンクスにとってこの叔母の説くモラルは陳腐で時代遅れの代物なのだが、だからといって彼のなかにそれに拮抗しうるほど堅固な倫理や行動の指針があるわけではない。彼にはエミリー叔母が金科玉条にしているモラルが、もはや時代にも自分にも適応出来なくなっていることしか分からない。それを凌駕するモラルを構築しえず、ただ徒に「探求」を力説するしかないところに彼の陥っているジレンマがある。このようにビンクスは「日常性」を嫌悪し、「探求」を標榜しつつも、行く手に確固とした精神の拠り所も見つからず、ふわふわと「日常性」の惰性のなかで日々を送っている。今や彼には昔の戦友のハロルド以外、友人と呼べるような人間は一人もいないし、「働き、金儲けをし、映画を観に行き、女友達を捜し求める」(三四)だけの日常を繰り返すのみである。そして、前述のとおり、現実の事象や人間には何のリアリティも感じることが出来ずに、「映画」という「虚構」こそ「現実」だと錯覚するに至るのである。

　だが、ビンクスの心のなかでこのように現実感を病的なまでに希薄にし、「生」の実感を喪失させていったのは、エミリー叔母の頑迷固陋なモラルの押し付けばかりではない。彼が精神的窮地の深い淵に沈み込むに至ったもうひとつの原因として考えられるのが、彼の父親の不可解な言動とその死である。彼は現在のビンクスと同じく不眠症に悩まされ、体重が激減したあげく、夜一人で買いに行くドラッグストアーのサンドイッチ以外は何も口にすることが出来なくなってしまった。医師である彼はクリニックに診療に出かけることも、三度の食事を摂ることも叶わぬようになり、まさに廃人同然のところまで追い込まれたことがあった。ところが、開戦のニュースを聞くやいなや、俄然、生きる意欲を取り戻し、スーツケースの荷造りをしてカナダ軍に入隊すべくニュー・オーリンズに向かったのもこの父親であった。そして彼にとって最高の偉業、すなわち「クレタ島のワイン色の暗い海」（一三八）での「死」を勝ち取ることに成功したのである。このような父親の最後の姿には「生」を厭い、「死」を崇高なものとして美化しようとするロマンティシズムの影響があるのは明らかである。ここでは、「死」は、厭うべきおぞましいものとしての「生」から人を退却させ、たとえ束の間であっても「衝撃」という手応えを与えるものとして存在している。かなり滑稽とも言えるこのような父親の「死の美学」への心酔ぶりは、言うまでもなく、南部の騎士道精神に由来しているものであるが、それは幾分変容を加えられた形でビンクスのなかにも受け継がれている。なぜなら、まるで父親の通った轍の跡を踏みしめていく旅人のように、同じく戦争（ここでは朝鮮戦争）に参加したビンクス自身もこう語っているからである。「日常性の支配力（grip）が破壊されたことが僕の人生で一度だけある。それは僕が塹壕で傷つき、血を流しながら横たわっていた時だ」（一一七）と。『最後の紳士』のウィル・バレットの父、或いは『響きと怒り』のコンプソン氏のように、父親は生きることの積極的意義を子に教え示すのではなく、むしろ「生」という抽象的観念のなかに押し込めることで、生きるエネルギーを奪い取る方向へ導いたのだと言えよう。デュピーは、しかしながら、しばしば対比されるクエンティンとビンクスの違いを次のように簡潔に述べている。

もしクエンティンが彼の人格崩壊に屈伏するのだとしたら、ビンクスは自己のそれを探求する。パーシーはかつてあるインタヴューで、ビンクスを「自殺しなかったクエンティン・コンプソンなのだ」と語った。したがって、クエンティンが〈死への愛〉の中に溺れるのに対して、ビンクスは新たな時代の〈生のなかの死〉を検証するのである。(9)

実際、祖父も父も自殺という最期を遂げ、母も自殺が疑われる交通事故で死亡したために、十代半ばで厭世主義者の養父に引き取られたパーシーにとって、家系のなかに染み付いた「死への誘惑」という伝統は、全身全霊を込めて克服せねばならない苦痛に満ちた重荷であったに相違ない。ビンクスの場合も、ウィリアム・アレンが言うように、「〈生のなかの死〉の状況から脱出するには、どん底にまず到達し、そのうえで己のつらい過去に向き合い、自分の人生を立て直さなければならない(10)」。

Ⅳ

次に、ビンクスの特異なメンタリティを暗示するものとして、彼のカードや証書類に対する異常なまでの執着に触れてみたい。彼は作品の冒頭近くでこう語っている。

僕の財布は身分証明書や図書館カード、クレジット・カード類で一杯だ。去年、くすんだオリーヴ色の金庫を買ったんだけれど、耐火用に二重構造になった、つるんとしてどっしりしたその金庫のなかに出生証明書、大学の卒業証書、名誉除隊証明書、G・I・保険、数枚

の株の証書、父さんの唯一の道楽であったダック・クラブの土地の証書を入れたんだ。（四）

　これらの夥しい数のカードや証書類は、いったい、彼の生活においてどのような意味を持っているのであろうか。「一市民としての義務を果たし、その見返りに領収書や自分の名前が記載されたプラスティックカードを受け取るのは愉快なことだ」（四）と彼は述べている。なぜなら、それらは「言ってみれば、自己の生存する権利を確証してくれる」（四）（傍点筆者）からである。カードや証書が生存の権利を確証するとは奇妙なことだと言わざるをえない。われわれの社会生活において、単なる記号以上のものではないそれらに「生存の権利を確証」してもらっていると思い込んでいるところに、持ち主であるビンクスの存在証明の「不確実性」が露にされている。したがって、彼の口癖とも言える「確証する」という言葉は、たいそうアイロニカルな響きを帯びて、彼の存在証明の不確実性を逆照射する形で示していることになる。

　ビンクスの心の内部で「世界が逆様」になり、「愛想のいい人間が死人に映り、憎しみを抱く者のみが生き生きしているように見える」（八七）という転倒したコスモスを作り出す根源であるのが、「バンクォーの亡霊」（一〇六）よりも影の薄い、この世との一体感である。

「モノ」がどう見えるかという問題は、人の現実認識に直接関わってくる重大な事柄であるが、次に掲げるのは、同じく小説の冒頭付近で語られるビンクスの目に映った「モノ」の姿である。

だが、今朝僕は起き上がると、いつものように衣服をまとい、いつものように自分の持ち物をポケットに入れ始めた――財布、手帳（これは時折浮かんだ考えを書き留めるためのもの）、鉛筆、鍵、ハンカチ、小型計算尺（元金の利率の戻りを計算するためのもの）――これらのものは見慣れぬものに見えると同時に、数々の手掛かりに満ちているようにも見えた。僕は部屋の中央に立ち、親指と人差し指で作る穴によって照準を定めながら、小さな積み上げられた山をじっと凝視した。それらのいつもと違った点は、僕にはそれらが見えたということだ。誰か別人の物だったのかもしれない。人は整理たんすの上のこのような積み上げられた小山を三十年間眺め続けても、ただの一度もそれに気付かないこともあるものだ。それは彼自身の手と同様に、目に見えないのだ。（七―八）

日々携帯している身近なモノは、普段は日常性のなかに埋没して「見えない」（'invisible'）が、今朝ビンクスはそれらが「見える」ことに気付く。つまり、普段あえて意識することのない日用品が「不可視」という闇を突き破って「見えてくる」ということを彼は発見したわけだが、このことは彼と世界（現実）との関わりを考えるうえで実に意味深いことを暗示しているのではないだろうか。彼はこれらの日用品を手掛かりに探偵のように「探求」に乗り出すのであるが、それが空しい徒労に終わるであろうことに彼は気付いていない。彼の言う「探求」とは専ら「モノ―人」の関係のみで、「人―人」（ブーバーの言う「我―汝」）の枠組みが完全に欠落している。このことは彼と女友達との間のコミュニケーションの不在による不毛な対人関係とその破綻に対してみせる彼の驚くほど冷淡で無関心な反応（六）のなかに明らかに示されている。したがって、「見えない」はずの日用品が「見える」という彼の発見は、日常性が崩壊し、自己と現実との関係の再構築を迫られている彼の危機的状況をはからずも露呈しているのである。車とビンクスとの関係においても作者はアイロニカルな視線を投げかけている。彼はジェンティリーの若きビジネスマンにふさわしい車であると思い込んで、新型のセダンのダッジを購入したものの、ガールフレンドとのドライブでは折角の愛車が「正真正銘の病の人工孵化器」であることが判明し、愕然とし、窒息させられるような思いを味わう。このように、彼は颯爽としたビジネスマンを気取れば気取るほど車に裏切られ、逆襲され、一方で自分の「不可視性」を嘆きつつも、他方で車の与えてくれる「匿名性」に浸りきっているのである（一一〇）。

車や道具類以外のビンクスの日常生活を彩る品々にも目を向けてみると、読者は奇妙なことに気付くはずである。彼は株のブローカーらしく『コンシューマー・リポート』誌を定期購読し、一級品のテレビ、全く騒音のしないエアコン、持ちの良い消臭化粧品を所有している（四）。こうした数々の消費財は言うまでもなく、リッチで優雅なビジネスマンというビンクスのペルソナには必要不可欠なものばかりである。だが、同じビンクスによって語られる彼の下宿は、まるでモーテルの一室のように日常性が希薄になっている。彼は「持ち物をため込まないように注意してきたし、蔵書といえばたった一冊の本、『アラビア砂漠』しかないし、テレビにはコインが要るように見える」（六七）部屋で生活しているのである。このような落差は何を物語るのであろうか。一方で、彼は物質文明の作り出す大量消費社会の真っ只中にどっぷり浸かっている。それは刻々と移り変わる情報をいち早くキャッチすることを何にも増して優先し、不快さを排除した真空状態におけるような生活である。だが、後段で語られる彼の居住空間は、さながら質素清貧を旨とする聖職者のそれのようである。大量消費社会に身を置きながらもそれに安住出来ずに、旧南部的精神主義の残滓を引きずっている、それがビンクスの今である。ビンクスの生活に見られるこのような不安定さ、リアリティの疑わしさから加藤貞通氏は彼を「様々に探し回る旅人（wayfarer）である」[11]として次のように評している。「伝統的社会環境の中で要求される役柄の陳腐さと非現実性から大衆消費社会の日常性に亡命し、更にその日常性からの逸脱を意識する者として、ビンクスは二重に亡命者である」[12]。

このような事態は彼がジェンティリーという固有の場所に住む、ビンクス・ボリングという一個人でありながら、「匿名の場所における匿名の人物」（六〇）であるという意識をもっていることに由来している。ここで言う「匿名の場所」とは、抽象的で実体の乏しい場所のことであるが、ビンクスによればこれは映画のなかに登場することにより、一つの場所として「確証」され、一時的にせよそこに住む人間は「匿名の場所」ではなく、「特定の場所」を持つことになる（五三）。普段は「匿名性」と戯れながら、ある時は秘書を相手にスクリーンの中のグレゴリー・ペックになりすます（五八）。「日常性」の陳腐さに耐え難くなれば、ウィリアム・ホールデンを待望する（一四）。しかし、そうした仮想の世界に遊ぶ生き方が自己疎外を創り出していることにビンクスは気付いていない。だからこそと言うべきか、彼は映画館の特有の匂い、シートの布地の感触、切符売り場の人やマネージャーとの会話、これらのものを同時に求めずにはおれないし、スクリーン上の格闘シーンを観ながらシートのアームに親指の爪で印をつけ、「今から二十年後、五四三年後のこの特殊な木材の切れ端がどうなるか」（六五）を思わずにはおれないのである。ビンクスのこのような衝動には「特定の場所における特定の人物」であることを希求し、世界の中で自己の存在を確かめようとする意思が働いている。

ここで、ビンクスが自己をどのように捉えているのかを考えてみたい。前述のように、彼はハリウッド・スターの癖・仕草を真似することで、変幻自在に様々な人物になりすますことを楽しんでいる。そうすることで秘書兼ガールフレンドのシャロンとの間に軽妙な人間関係を築くことに成功していると思っているようである。したがって、表層のレベルでは、オルダーマンが言うところの「複数のアイデンティティという神秘及び可能性と戯れる、六〇年代に多い人物の一人となっている」[13]。だが、そうした「日常性」の波間を巧みにかいくぐっているように見えながら、心の奥底で自分がちょうど絶海の孤島に辿り着いたロビンソン・クルーソーのような「難破漂流者」であるかのような意識を拭い去れない（九）。ビンクスにとって映画は「探求」を志向するはずのものであるのだが、その映画ですら主人公を「日常性」のなかに埋没させて、ぶちこわしを行っているのが許せない。アメリカ人と信仰の問題に関しても、彼は義憤を募らせる。世論調査でアメリカ人の98％が神を信じているという結果が公表されると、そのインチキさに憤らざるをえないのだ（一〇）。更に、ビンクスが毎晩十時に欠かさず耳を傾けるラジオ番組『私はこれを信じる』（"This I Believe"）に出演する人々は、口をそろえて人間のユニークさと尊厳を語るが、彼にはそういうご大層な発言をする輩が、おしなべて「莢に入ったエンドウ豆のように似通っている」（九五）ように思えてしまうのである。要するに、「探求」の可能性に目覚めたロビンソン・クルーソーであるビンクスは、アメリカ国民が宗教や哲学の問題を熟考することなく、紋切り型の思考で押し切ってしまうことに我慢がならないのである。こうして、ちょうどサリンジャーの『ライ麦畑で捕まえて』（一九五一年）のホールデンが世の中のあちこちにはびこる「インチキ」（'phony'）に対して嘔吐を催すような不快感を募らせていったように、ビンクスも父から受け継いだ唯一の遺産とも言える鋭い嗅覚で、「屑」（'merde'）を嗅ぎ出し、この世は「科学的ヒューマニズムという大きな便所」（一九九九）であるのだと結論づけるに至る。「人間は死人、死人、死人ばかりで、死の灰のように不快感が積もり、人々が本当に恐れているのは、爆弾が落ちるかではなくて、爆弾が落ちてくれないかもしれないということだ」（二〇〇）とビンクスは語る。このビンクスの言葉は、〈内から生ずる「荒地」〉つまりオルダーマンの表現を借りれば、「われわれを奴隷よろしく束縛する荒地が、外からばかりでなく、われわれの内からも生ずるのではあるまいかというわれわれの最大の恐怖(14)」と同質の終末論的ビジョンに基づいていると言えるだろう。このように、「帰属の場を失い、実存の不安に脅える他ない(15)」彼の現在の状況を端的に象徴するのが、彼の神経過敏と不眠である。

僕は常に自分がどこにいるのか、今、何時なのかを知っている。深い眠りへと沈んでいくように思われる時はいつでも、何かがきまって僕に思い起こさせるのだ。「そんなにぐっすり眠るんじゃない。お前がもし眠りに落ちて、万一それが起こった場合のことを想像してみよ。その時、どうするのだ。」今、起ころうとしているこのこととは何なのであろうか。明らかに、何でもないことだ。でも、僕は歩哨のように目を覚まし、かすかな物音にも耳をそばだてながらそこに横たわっている。犬のローズバッドが、アザレアのやぶのなかをぐるぐる回って、やっと腰を落ち着ける音すら聞こえるのだ。（七二）

そして、幽霊のように静かに瞑想するビンクスは、とうとう眠るのをあきらめて、夜明けのこの郊外の町の謎めいた雰囲気を探ろうとする。ガールフレンドと恋愛遊戯に耽り、金儲けに熱中する（ダッククラブの土地売買で、シャロンがいてくれたために七千ドル儲けさせてもらったと感激するエピソードがその好例）ビンクスの昼間の顔とはうって変わったもう一つの顔、すなわち実存の不安に脅える顔がここにはある。そして、この世に絶望し、その絶望を隠蔽したまま、陽気さを取り繕って生きるビンクスに対して、ケイトからの容赦のない批判が浴びせられる。「あなたを見ていると、投票の登録のようなことをすることに歪んだ喜びを感じる、死刑囚の監獄にいる囚人を思い出すわ。あなたの陽気さ、快活さには、どこか死刑囚の監獄と同じようなところがあるわ。もう結構よ。あなたの監獄風悪ふざけに私はうんざりなのよ」（一七〇）。ケイトは「死の可能性を生のよすがとして生きる女性[16]」であるが、ビンクスのように現実認識に歪みが生じていないし、自己の状況を的確に把握している。したがって、「あなたは私に似ているわ。でももっと重症ね。ずっと重症だわ。」という彼女の言葉は、実は、精神分析医以上にビンクスの陥っている「病」をズバリ言い当てているのである。

二つに分裂した自己を常に抱えて生きているビンクスに精神的変化が訪れる。「現実」のなかに帰属するべき場所を見出すことが出来ずに根無し草のように方向性を喪失したまま「虚構」の世界を漂流する彼が、絶えず「不快感」（'malaise'）につきまとわれるのは不思議ではないが、では、彼が父方のボリング家と、再婚した母のいるスミス家の正反対の気風のどちらにも「慣れ親しむことが出来た」と語っているのは、何を意味するのであろうか。ビンクスの言葉によれば、

フェリシアナ・パリッシュのボリング家の一員として、僕は闇のなかでポーチに座って宇宙の広大さと人間の背信について語るのに慣れた。ガルフ・コーストのスミス家の一員として一五〇ワットの電球の下で蟹を食べ、ビールを飲むことに慣れた。そして、夏の夜の過ごし方として、一方は他方と同じ位、快適な過ごし方だ。（一三五）

言うまでもなく、前者は伝統的南部貴族の間に受け継がれてきたストイシズムの、後者は新興中産階級にみられる現世中心主義のライフスタイルを表している。ビンクスはこの相反する二つの価値観を自己のなかで融合し、受容している。このことは事物の本質を探る「垂直的探究者」たらんとして生きてきたビンクスが、これまで嫌悪してやまなかった「日常性」の価値に目覚めたということの証であろう。そして、ビンクスの心のなかにおけるこのようなコペルニクス的転換は「対話」、「家族」、「旅」という彼がこれまで看過してきた要素と深く関わっている。

パーシーの作品において、主人公の行う旅は、彼が陥っているジレンマ・袋小路から彼を脱出させ、自己を再発見させるとともに、より高次の精神的段階へと導く場合が多い。ちょうど、『最後の紳士』の主人公ウィル・バレットが現実への不適応感から脱するきっかけとなったのが、ユリシーズの大遍歴にもたとえられているニューヨークから南部への旅であったように、ビンクスの心に大いなる変化をもたらしたのも、ニュー・オーリンズからシカゴへの旅であった。この旅は彼にとって「存在の根源」へと降りていく、「失われた時を求める」旅となるのであるが、それは「死」を連想させる様々な不吉なイメージに満ちたものでもある。まず第一に、ビンクスと、彼と駆け落ち同然に同行してきたケイトの乗車する列車の個室は、「小さな棺桶」（一六二）

のようであるし、彼のシカゴについての不安が的中するかのように、列車のステップを降りた途端、アメリカハゲタカのようにシカゴの「地霊」（'genie-soul'）が舞い降り、ビンクスの肩にとまるのである。

地霊についてすべて知り尽くし、昼間、英雄達の亡霊があちこち歩き回り、生身の人間以上にリアルであるシャイロー、ウィルダネス、ヴィクスバーグ、アトランタのような亡霊につきまとわれた所で生きているので、南部人は亡霊を見ればすぐにそれと分かるし、ニューヨークやシカゴやサンフランシスコで列車を降りれば、たちまち地霊が自分の肩にとまるのを感じるのだ。（一七八）

ビンクスは二十五年前にも父と今は亡き兄のスコットとともに博覧会と野球のワールド・シリーズ見物でこのシカゴを訪れているのであるが、彼は一つのことを除いて何も記憶していない。それはどんな場所にもあり、それがなければ場所とは言いがたい、その土地特有の地霊のようなもの、つまり「場所の感覚」である。二十五年前と同じく風と空気が作り出す「地霊」の重みに圧倒されるビンクスに当時の苦渋に満ちた記憶が蘇ってくる。それは父と二人で訪れた博物館のなかに展示してある作り物の焚き火の燃えさしの前にうずくまる父と母と子のタブローの前に立った時のことである。父は異様なまでの必死の形相で彼を見つめ、息子との完璧な「友愛」に全てを賭けようとしているのだが、息子であるビンクスは、その恐ろしい要求にたじろぎ拒絶してしまったのである。ビンクスは恐らく「親と子」という縦の関係ではなく、「対等の人間同士」の関係のなかで、「生の連帯」を求めようとした父の心中を理解するには幼すぎたのであろう。だが、今三〇歳を迎えようとしているビンクスは、この世への絶望感・虚無感という泥沼のなかであがき、這い回る父を逃げるように拒否した自分に対して罪責の念を禁じえない。そのことは、「父を拒絶した、顔をそむけ、自分が与えられないと分かっているものを拒んだ」（一七九）という彼の悔悟の言葉のなかに言い尽くされている。

このように、楽しかるべきシカゴへの旅が重苦しく気まずい旅となった二十五年前の記憶が、ビンクスの脳裏に蘇ってくるのであるが、彼はまるでその苦痛を軽減しようとでもするかのように、ビジネスマン仲間相手に陽気に振舞い、有能な実業家ぶりを見せつけ、ケイトを婚約者として紹介したりする。更に、朝鮮戦争の時の戦友で、無二の親友でもあるハロルドとの十年ぶりの再会も果たすことが出来た。言わば、ビンクスの過去と現在が彼の意識のなかでめまぐるしく交錯する旅となったのが、このシカゴへの出張旅行であったが、これは彼にとって「生」のなかの

「死」を否応なく意識させることになったのは間違いない。「生」は「死」の対立物ではなく、「生」のなかに「死」は影のように寄り添っているのだという認識を突きつけてくるこの旅は、ビンクスにとって自己発見のための一種の「通過儀礼」としての象徴的意味合いすら帯びている。

次に、この中西部への旅に先立って行われた、ガルフ・コーストにある町、パイロクシーに住むビンクスの再婚した母を訪ねるエピソードを眺めてみよう。彼女はビンクスの父の死後、看護婦として働き、その後再婚して六人もの子供に恵まれたという経歴からも分かるとおり、生命力の横溢した、たくましい女性である。ビンクスがシャロンと共に車で訪ねた彼女の家庭における姿は、まさに「日常性」にしっかり根ざした、大地のごとき揺るぎない姿である。大勢の子供達と釣りを楽しみ、海の幸をたらふく食べ、といった具合に、その生き方には「生」を肯定し、ひたすら人生を謳歌するバイタリティが溢れている。彼女は最愛の息子デュヴァルを亡くした後、人知の及ばぬことをあれこれ杞憂することをきっぱり止めてしまった女性であるが、彼女がビンクスに語る父のエピソードの数々は、彼の心のなかに亡き父との紐帯を強く印象づけることになる。「あなたはお父さんにとてもよく似ているけれど、でもとても違ってもいるわ。私のパパにあったものを少し受け継いでもいるわ。……あなたは楽天的で食べることが好き、女の子にも目がないわね」(一三六)。このような母親の言葉は、ビンクスの心に自分のなかに脈々と流れる南部人としての血や息子であることとの誇りを意識させたであろう。ビンクスとこの母親との対話には、しみじみとした親子の情愛がにじみでている。そこには少年の自分を見捨てていった人間に対する恨みがましい思いも憎しみもなく、また、エミリー叔母に対する時のような冷笑的態度も見受けられない。この母との再会以降のビンクスの語りには、以前の抽象的言葉をもてあそぶような調子がすっかり消え、率直・簡明になっていることにも注目すべきであろう。デュピーは小説家としてのパーシーの基本的人間観として①自己は自己以外のあらゆるものに名称を与えるものだという自己の公式化不可能性（unformulability of the self）②自己発見に至る唯一の道は記号（sign）すなわち言語（language）の使用である③言語への突破なしに自己に世界はありえない、を指摘しているが[17]、ビンクスと母の延々と止むことのない対話のなかに、われわれは言語が人間の相互関係に与える潜在的力の大きさを思わずにはおれない。そして、パーシーの作品の根底を支えているのは、多くの批評家の指摘するとおり、主人公に覚醒と省察を喚起しているのがこの「対話」であるという点である。

ルイス・ローソンは、ビンクスの赴く映画館は母体回帰（子宮への退行の幻想）を表すのだと解釈し、映画を観た後に彼が必ず海に向かうのも、海が子宮への退行のもう一つのイメージであるからなのだと述べている[18]。このような見方に従うならば、「映画館」という閉じた空間と、

「海」という開かれた空間が、共に生命を産み出す「母体」を暗示しながら、ビンクスの心のなかで対象喪失の悲しみを癒すものとして機能していたのだと言えよう。

V

ところで、ビンクスの内面に大きな変化をもたらした人物として、異父弟のロニーの存在を見落とすわけにはいかない。不治の病のために死の床にある彼は、兄弟の中で唯一、映画好き、ゲーム好きでビンクスのよき理解者である。彼はまた、カトリック信者でありながら「宗教」の話題を忌避する（一四〇）スミス家のなかにあって、揺るぎないカトリック信仰の持ち主である。八〇ポンドの痩せ衰えた体になっても四旬節の絶食を守ろうとし、目前に迫った死を敢然と受け入れる彼は、ビンクスを深い感動で包みながら、あの世へと旅立ってゆく。リンダ・ホブソンは、ビンクスの人生を大きく転換させることとなった、このロニーという無垢なる少年の存在の意味するところをこう述べている。

> 『映画狂』におけるビンクス・ボリングの自我の発展は、審美的領域の無数の誘惑を通してゆっくりと進展していくものである。……しかし、一種の道徳的試金石としてのロニーが

いるために、ビンクスは審美的なものを捨て、信仰の道に飛躍できる段階に到達しうるのである。(19)

ここで使われている「審美的」という言葉には、幾らか説明が必要であろう。パーシーのこの作品『映画狂』には、デンマークの哲学者キルケゴールの代表作『死に至る病』（一八四九年）の一節、「絶望に特有の性質とは、絶望にあることに気付かないことである」という言葉がエピグラフとして採られている。ここで使われている「絶望」とは、われわれが日常口にする「絶望」の謂いではなくて、「唯一絶対なる神からの離反」のことであるが、キルケゴールはこの「審美的」という言葉も独自の意味で用いている。彼は人間の生存の次元を三つの段階、すなわち「審美的」、「倫理的」、「宗教的」に分類し、審美的人間は官能的気晴らしに没頭しているがために「地下室」に住み、倫理的人間は「一階」、宗教的人間は「屋根裏部屋」に住むのであると人間の実存を建物の構造に関連させて述べている。(20) 実際、「極楽郷」（'Elysian Fields'）という象徴的な名前をもつ通りにあるシェクセナイダー夫人のバンガロー・ハウスの「地下室」に下宿するビンクスは、これまで見てきたように、「現実」よりももっとリアルな「映画」の世界に浸り、まるで「古い手袋を脱ぎ捨てるように次々秘書を捨てながら」（五）新しい女性を秘書兼ガールフレンドにして、ドライブを楽しむという「審美的」人間であった。再び、キルケゴールの言葉を借りれば、「彼らは彼らの才能を用い、金銭を蓄え、世間的仕事を営み、賢明に打算してはいるが……しかし彼らは彼ら自身でない。……神の前に立つ自己を持っていないのである[21]」。

三〇歳の誕生日を前にしてすでに「生命の枯渇」（一六八）を感じていたビンクスは、このように半分血のつながった兄弟ロニーとしばしの時を共有することで、哲学者の言う「倫理的」段階を飛び越えて一気に「宗教的」人間に飛躍し、「再生」の道に踏み出していくことになる。彼はこれまで見てきたようなプロセスをとおして、実存の危機より脱していくのであるが、「生まれ変わった」ビンクスを裏付けるものとして、彼がシカゴからの帰りのバスの車中で出会った二人の男について触れてみたい。一人はスタンダールの『パルムの僧院』（一八三九年）を読み耽る内気でロマンティックな男で、彼がみじめな苦しい思いを味わうであろうことを承知の上で、自分が彼に話しかけることによってその恐ろしいほどに張りつめたものをほどいてやりたいとビンクスは願う。なぜなら、「彼は映画館に実際に足を運ぶわけではないが、映画狂なのだから」（一九〇）。この意味深い言葉に示されているように、「映画狂」とは文字どおり「映画館」に通いつめる人のことではない。それは、かすかな偶然の出会いに期待をかけ、現実離れした憧れに身動きできないほどに囚われてしまった人のことである。ここにはまさしく以前のビンクス自身がいるのであり、彼は鏡に映し出された自分自身の姿をいとおしむように見守っている。もう一人の男は饒舌なセールスマンで、彼が一方的に喋りまくるのをいいことに、ビンクスは沈黙を通すが、彼を見るビンクスの眼はたいそう冷ややかである。この対照的な二人の男達は、ビンクスのなかの二つの面を象徴的に表したものだと見ることが出来るが、それぞれに対する彼の対応の違いのなかに、自己の二面性に対する彼の自己評価のようなものを窺い知ることが出来る。つまり、ビンクスは有能・機敏で遊びにも長けたプレイボーイのビジネスマンとしての自己に訣別し、現実生活のなかで積もり積もった満たされぬ思いを「虚構」のなかに追い求めようとしたロマンティックな自己を発見している。それと同時に、彼にとって「日常性」はもはや唾棄すべき抽象的なものではなく、自分を取り巻く具体的な「現実」として穏やかに受容されている。この点ではビンクスは父からの「負の遺産」とも言うべきニヒリズムを超克し、母方の血統である楽観主義に一歩近づいていると言える。彼は小説の終章近くで「僕の探究に関しては、そのテーマについて多くを語るつもりはない」と述べ、更に、「結局、僕は母の家族の一員なのであり、だから宗教というテーマを口にするのをためらうのも当然なのだ」（二〇八）と語っている。つまり、「難破漂流者」のロビンソン・クルーソーであり、「僕はユダヤ人以上にユダヤ的だ。……僕は自分がエグザイルであることを認める」（七七）と告白せざるをえないほど「現実」のなかに帰還すべき場所を見出しえずに、「映画」という「虚構」を「現実」だと錯誤していたビンクスが宙吊り状態の中空よりようやく「現実」に足を踏み下ろしたと言える。したがって、ビンクスの人生における重大な決断、すなわちケイトとの結婚及び医学校への入学は、かねてよりこの二つの決断を強く勧めていたエミリー叔母の価値観に彼が妥協したことを意味するのではないことは言うまでもない。なぜなら、シウバの評言にあるとおり[22]、彼は身過ぎ世過ぎのための職業（'career'）としてではなく、「人々の話に耳を傾け、彼らがいかにこの世にしがみついているかを観察し、その暗い旅路の中で彼らの手を引き、自分も手を引かれる」（二〇四）ための天職（'vocation'）として「医師」という職業を選択したのであるから。ビンクスのこの決断には、旧南部の道徳律であり、エミリー叔母の信条でもある「高い身分に伴う義務」（'noblesse oblige'）という言葉に嗅ぎ取れる偽善的響きは全くない。そこにあるのは、「科学者のマントを脱ぎ捨て、暗い巡礼の旅の杖をつきながら[23]」同胞と歩まんとする求道者の生き方である。

しかし、ビンクスが過去の自分に訣別して己の使命に目覚めたのだということは間違いないことだとしても、そのことがすなわち彼自身の揺るぎない「主体性」の確信へと直接結びついているわけではない。そのようなことは出来もしないし、その必要性もない、というのがパーシーの考えではないだろうか。同じように社会への不適応感に苦しんだケイトが精神分析医からの自立を願い、「私は自由なのよ」と宣言してみても、それはいつまた憂鬱の虜に後退してしまうかもしれない危惧をはらむものであった（九九）ように、彼の決断も読者に一抹の危うさ（二〇四）を感じさせるものだと言わざるをえない。パーシーの主人公達は、たとえ新たな実存の場を発見しても、常に「現実」との「ズレ」（'dislocation'）から完全に解放されることはない。人間は宿命的ともいえるこの「ズレ」を抱え込みながら、「自己」と「他者」との関係を構築していかなければならないというのが彼の基本的人間観である。したがって、「アイデンティティの探求」は虚妄にすぎないと一蹴ないしはパロディ化するポストモダニズムを批判的に検証したテリー・イーグルトンの見解である「自分自身とは何かまったく分かりもしない自我も、自分自身を分かりすぎている自我も、社会変革の有効な担い手にはなりえない(24)」という言葉を生前のパーシーが聞く機会があったなら、大いに意を強くしたことであろう。

パーシーは自作について語ったインタヴューのなかで、この作品が二〇世紀のひとつの病理現象を描いたものであることを強調しているが(25)、彼が主人公ビンクスの生き方のなかに仮託した現代の病理現象とは、二〇世紀が創り出した消費文明・商業主義の産物である耐久消費財、カード類などの「モノ」と「映画」という心地よい「幻想」が過剰な意味づけを付与され、価値の転倒が行われて、人間の内面を蹂躙し、自己疎外・自己欺瞞を招いている事態を言っているのだと解釈してさしつかえないであろう。

注

（1）Martin Luschei, *The Sovereign Wayfarer: Walker Percy's Diagnosis of the Malaise* (Baton Rouge: Louisiana State University Press, 1972) 16.

（2）Edward J. Dupuy, *Autobiography in Walker Percy: Repetition, Recovery, and Redemption* (Baton Rouge: Louisiana State University Press, 1996) 37.

（3）Walker Percy, *The Moviegoer* (New York: Ballantine Books, 1961 rpt.1990) 3. この小説からの引用はすべてこの版により、ページ数のみ記す。

（4）ロイ・アーメス『映画と現実』瓜生忠夫他訳（法政大学出版局、一九八五年）九二頁。

（5）Gary M. Ciuba, *Walker Percy: Books of Revelations* (Athens: The University of Georgia Press, 1991) 71.

（6）Ciuba 71.

（7）Frederick J. Hoffman, *The Art of Southern Fiction: A Study of Some Southern Novelists* (Carbondale & Edwardsville: Southern Illinois University Press, 1967) 131.

（8）Ralph C. Wood, *The Comedy of Redemption: Christian Faith and Comic Vision in Five American Novelists* (Notre Dame: University of Notre Dame Press, 1988) 166.

（9）Dupuy 64.

(10) William R. Allen, *Walker Percy: A Southern Wayfarer* (Jackson & London: University Press of Mississippi, 1986) 39.
(11) 加藤貞通「ウォーカー・パーシーの南部——父子関係の主題を探る」、『言語文化論集』（名古屋大学言語文化部 九（二）号 一九八八年）八〇頁。
(12) 加藤 八〇頁。
(13) レイモンド・オールダマン『荒地の彼方——一九六〇年代アメリカ小説論』鈴木道雄訳（評論社、一九七六年）三一頁。
(14) オールダマン 二三頁。
(15) 加藤 八七頁。
(16) 板橋好枝「日常性の止揚——ウォーカー・パーシーの世界——」『アメリカ文学と言語』尾上政次教授還暦記念論文集刊行委員会編（南雲堂、一九七五年）三五頁。
(17) Dupuy 131, 151.
(18) Lewis A. Lawson, *Still Following Percy* (Jackson: University Press of Mississippi, 1996) 49.
(19) Linda W. Hobson, *Understanding Walker Percy* (Columbia,S. C.: University of South Carolina Press, 1988) 41.
(20)『キルケゴール』桝田啓三郎他訳世界の名著 四〇（中央公論社、一九六六年）四七四頁。
(21) 桝田 四六三頁。
(22) Ciuba 90.
(23) Michael Kobre, *Walker Percy's Voices* (Athens & London: The University of Georgia Press, 2000) 78.

(24) テリー・イーグルトン『ポストモダニズムの幻想』森田典正訳(大月書店、一九九八年)一七一頁。

(25) Jo Gulledge, "The Reentry Option: An Interview with Walker Percy," *The Southern Review* 20 (1984): 109.

ジャージー・コジンスキー『ビーイング・ゼア』
――退却するアダム

田部井孝次

ジャージー・コジンスキー（一九三三年―一九九一年）は、第四作『悪魔の樹』（一九七三年）の出版後のインタヴューのなかで暴力について質問を受け、次のように答えている。

私の四つの小説のなかでも『ビーイング・ゼア』が最も暴力的な作品だと思います。といいますのも、この作品ではいわゆる暴力という概念はどこにも見当たりませんが、それでも主人公は究極の暴力の究極の犠牲者だからです。この物語の暴力は暴力と定義できるようなものではありません。だから彼はそれに対して自分を守ることができず、成り行きに身を任せ、まさに究極の犠牲者となってしまうのです(1)。

コジンスキーのいうこの四つの小説とは、いうまでもなく『ペンキを塗られた鳥』（一九六五年)、『ステップ』(一九六八年)、『ビーイング・ゼア』(一九七一年)、『悪魔の樹』のことであるが、コジンスキーが、他の三作と違っていわゆる暴力シーンのまったくない『ビーイング・ゼア』を最も暴力的だというのは、そこに人間を落とし入れる目に見えない罠を見てのことであろう。ジョン・W・オルドリッジは、コジンスキーを代弁して、『ビーイング・ゼア』には「全体主義は全体主義でも、より巧妙で恐ろしい全体主義、人間の高尚な感性を麻痺させるような全体主義」があると要約しているが、主人公は、「個人のプライヴァシーと尊厳の侵害という人間の最も悪しき暴虐」の犠牲者となるのである(2)。

その主人公の名前はチャンス。舞台はおそらく一九六〇年代アメリカのニューヨークと考えてよい。孤児で、小さいときに「だんな様」に拾われ、爾来彼の屋敷で何不自由のない生活を送っている。生まれたときからの痴愚で、読み書きもできず、そのためか「だんな様」からは「いわれたことだけやっていればよい。それができなければ特別施設に送ってしまうぞ(3)」と脅され、屋敷からは一歩も外に出してもらえない。毎日することといったら屋敷の庭仕事だけ。娯楽といえば唯一テレビで、暇さえあればテレビにかじりついてチャンネルをいじくり、スクリーンに映る人物の声や姿を真似しては悦に入っている。テレビというパラダイスで浮かれる典型的な「テレビばか(4)」だ。

そのチャンスに変化が訪れる。親代りに面倒をみてくれた「だんな様」がなくなると、間もなくして屋敷を追われ世間に放り出される。子供のころより世話をしてきた屋敷の庭のことが気にかかりながらも、そのことをチャンスは悲しむどころか喜んでさえいる。「だんな様」が死んで、ようやく屋敷の外に出られ、「今まで見られたことのない人々に見られる」（一四）ことになると思うからだ。テレビでは何人もの人を見てきたが、単に見るだけで人に見られなければ、何か損をしているようにチャンスには思える。人に見られなければ存在したことにはならない、と物語のナレーターは説明する。

　人間は人に目を向けてもらって初めて存在するのだった。テレビと同じだ。目を向けてもらうことで初めて人の心に残る。そしてやがて新しいイメージが目の前に現れるとその姿は掻き消されてしまう。チャンスにしてもそうだ。見る人がいるから、そこにはっきりとした輪郭をもった姿が立ち現れてくる。見られなければその姿はぼやけ、やがて消えてなくなってしまう。（一四）

だからチャンスは、後にふとした偶然からアメリカ経済界の大物の屋敷に居を得て、大統領にまで会い、その演説にチャンスの言葉を引用されたことから、マスコミからはアメリカ経済を立て直す救世主ともてはやされ、ときの人としてテレビ番組に登場するという、本人にしてみれば何やらわけのわからぬ急激な変転のなかにあって、ことの成り行きは理解できないまでも、人に見られる喜びには勝てなかったのであろう。存在するためには見られなければならない。チャンスは「見られなければ自分が存在しているとは感じられない人間」(5)だ。現代のメシア、チョンシー・ガーディナーとして、また誰も知らないチャンスとして、存在と非在の間で撞着し浮遊する「非在の自己」(6)あるいは「自我のない自己」(7)となって生きることを余儀なくされる。

しかしナレーターは、「テレビは人の表面しか映さない」(六五)といって、その喜びに釘をさすことを忘れない。テレビは「人の肉体からイメージを剥ぎ取り続け、やがてそれは視聴者の眼窩に吸い込まれて消えてなくなり、二度とよみがえることはない」(六五)。チャンスは何百万の視聴者にはただのイメージとして映し出され、彼の実体が知られることは決してない。なぜなら「チャンスの考えまでは放映できない」(六五)からだ。またチャンスにしても、視聴者は「チャンス自身の考えの投影、つまりイメージ」(六五)として存在するだけだ。しかしそれにしても、時チャンスはテレビに映る表層のイメージ、救世主チョンシー・ガーディナーに見事に変身し、時代の寵児に祭り上げられる。立派な衣装を身にまとい(「だんな様」のスーツを着ている)、顔立ちは「テッド・ケネディとケーリー・グラントを足して二で割ったような」男前、「インチキ理想主義者といった感じでもなければ、ＩＢＭ仕込みのテクノクラート」でもなく（七〇）、いうならば、「とびっきり」（八四）の男、これが視聴者に与えたチャンスの印象だ。そして政治までもが食指を延ばし、彼の絶大な人気と影響力にあやかろうとする。一介の精神遅滞の庭師なのに。「唯我論的世界のなかで」とノーマン・レイヴァーズはいう。「人々はチャンスのからっぽの貝殻のなかに、何の見返りもないのに、自身の夢やあこがれを注ぎ込む」[8]。実像が虚像化し、虚像が実像に成り済まして見る者をたぶらかすテレビという表層のスクリーンの枠のなかで、チャンスはいわば一枚の鏡のなかの写像となって世界に投射される。それを見る者は「文化的雑食動物」[9]となって、投射された虚像をしゃぶり尽くし、実像にすげ替えて吐瀉し、現実を汚濁する。そしてチャンスは、いわば現代社会が産み落とした政治・経済文化機構の渦のなかに投げ込まれ、餌食となって浮沈する。

ところで、デイヴィッド・ハーヴェイはアメリカのポストモダニズムと表層文化のかかわりについて論じ、後期資本主義の消費至上主義的快楽主義の典型的表象としてテレビ映像を挙げ、ポストモダン的状況における興味深い現象を開示してくれる。彼は、「大衆的テレビ時代になって、根源よりも表層、綿密な作業よりもコラージュ、作られた外観よりも引用され重ね合せられたイメージ、そして完全にでき上がった文化的産物よりも崩壊した時間・空間感覚への傾倒が現れるようになった[10]」という。ポストモダンの時代の「分裂症的状況[11]」のなかで、物事が断片化し、安定性を欠くようになる。脱構築化、非正当化、脱権力化といったポストモダン的文化現象にテレビが一役も二役も買っているといってもよいかもしれない。コジンスキー自身は、皮肉を込めてこのテレビを「ベビー・シッター[12]」だというが、それは子供を外の現実の世界で遊ばせるよりは、テレビのセサミ・ストリートでも見せていた方が断然安全だからだ。このようにして、テレビは人間にとってひとつのリアリティに妖変し、「人間すべてを誘導する勢力」となって、人間を絡め取り骨抜きにし、その「最も狡猾な座標系」のなかに接合してしまうのである[13]。バーバラ・T・ルーパックはテレビを「ベビー・シッター」どころか「現代社会の最新式の神[14]」と呼ぶ。またバイロン・L・シャーウィンは、アメリカのマス・メディアを向こうにまわし、テレビは「神のごとき創造力」をもって「無から物を創造し、現実と見紛うイメージを湧出し」て、「悪魔のごとき破壊力」を発揮するという[15]。これがおそらく『ビーイング・ゼア』においてコジンスキーが意図するテレビの脅威だろう。

有馬哲夫は、一九六一年の全米放送協会年次総会での連邦通信委員会議長ニュートン・ミノウのテレビ批判演説を引き合いに出し、「テレビは、低俗さと暴力に満ち、創造性に欠け、ワンパターンに陥っている。新しい世代と新しい文化を育むはずのニュー・メディアは、不毛であるばかりか害毒に満ちた『荒地』になってしまった(16)」といって、テレビの普及と相まって広がったテレビ文化の荒地化の歴史を解き明かす。テレビは消費文化の先兵としてその絶大な浸透力を発揮し、トッド・ギトリンのことばを借りれば、「民衆に報い、民衆をじらし、だまくらかし、また民衆にこびへつらって(17)」きたのだった。またエーリッヒ・フロムはこういった現代の西欧社会の荒地化現象に「正気」といったことばでは収まりきれない常態的な病弊さえ見ようとしている。「われわれは、誰でも、毎日、ラジオを聴き、テレビを見、映画を鑑賞し、新聞を読んでいる」とフロムはいう。

しかし、広告を加えてこれらのコミュニケーションの媒体は、過去ないし現在の文学と音楽のうちで、もっともすぐれたものをわれわれに提供するのではなくて、なんら現実感のないもっとも安価な無駄ばなしや、またあまり教養のないひとが時たま見聞きしてさえ、困惑してしまうような、残酷な空想で、ひとびとのあたまをいっぱいにするのである。老いも若きも、みなのあたまがこのように毒されているのに、スクリーンには、「不道徳」なことはあらわれないと思って、よろこんで見つづけている(18)。

テレビという「シミュレーション[19]」の世界のなかで、事物はその実体と意味を失い、イメージだけが独り歩きして、見る者の脳裏に焼き付けられる。いつの間にか人間としての倫理は吹き飛ばされ、市場経済の論理だけが世界を闊歩する。そして自己増殖をくり返しながら人間に襲いかかり、欲望だけが肥大した雑食動物を作り上げる。ポストモダニストを代弁して、「我々は、権力、欲望、慣習、解釈共同体などによって否応なく型にはめられ、特定の行動や信仰をもつに至る」といって、その「文化決定論」の悪弊を批判したのはテリー・イーグルトンであったが[20]、好むと好まざるとにかかわらず、人間はポストモダン的文化現象のなかに封じ込められ、がんじがらめに縛り上げられ、自律しようとする自我を蔑ろにされて、中心をもたない無意味な平板世界を生きることを余儀なくされる。こういった状況のなかでは、人間は選択の力を奪われ、せめて「正当な社会のヴィジョンを放棄して」、「現代世界のおぞましい混乱を黙認する」か[21]、それがいやなら、すべてを宙ぶらりんにし、目指す方向もままならないまま、「断片的なものや変化のカオス的な潮流のなかを浮遊する[22]」しか道はないのかもしれない。

人間としてのヴィジョンを奪われたまま、テレビという、深みをもたない二次元の四角い枠から、平たい人間が口を開く。広告商品が飛び出して、家庭のなかに鎮座する。アメリカにはテレビがあり、ステレオがあり、ビデオがある。電子レンジ、ディスポーザー、絨毯、スーパーマーケット。そしてフリーウェイを車でひとっ走りすれば、すぐ目の前にディズニーランド。ラスヴェガスだって飛行機でひとっ飛び。こういった文明の利器にあふれたアメリカに現実化したユートピア、パラダイスを見たのは、ジャン・ボードリヤールだが、同時に彼は、アメリカが「擬制《フィクシオン》」(23)であることを見逃さない。アメリカは「ハイパーリアリティ」だとボードリヤールはいう。「アメリカは夢でもなく、現実でもない。……現実化したものとして最初から体験されてきたユートピアであるがゆえに、アメリカはハイパーリアリティなのだ(24)」。そして彼がそういった文明形態に「砂漠」の「原光景《セーヌ・プリミティブ》」を見、世界の終末を想起して、もはや「この国に希望はない」といってアメリカに見切りをつけたのも別段驚くべきことではない(25)。トニー・タナーがいうように、アメリカ（文学）には、理念としての「アメリカの夢」が幅をきかせている一方で、「何者かが生活をパターン化し、思考と行動の自律性を奪うあらゆる種類の陰謀が進行し、人間を支配する力が遍在しているのではないか、という永続的なアメリカ的恐怖が存在する(26)」のである。

こういったことを、六〇年代アメリカ社会の文化的状況として、またその社会を、オルドリッジの意味する全体主義的傾向を強める社会として見た場合、そのなかでチャンスはどのような生き方を強いられるのだろうか。前述したとおり、チャンスは生まれながらの痴愚だ。孤児として「だんな様」に拾われ、いうことを聞かなければ屋敷から追い出し、特別施設に送ってしまうと脅されながら、いわれたことだけを素直に聞き、おとなしく生きてきた人間だ。成長して大人の身体をもつようになっても精神は遅滞したままで、性的不能という肉体的障害さえ背負わされている。精神を病み、肉体を病みながら、おそらくそのことすら認識できず、自分の置かれた状況も把握できないまま、「だんな様」にいわれた庭仕事に精を出し、暇になっては大好きなテレビにかじりつき、時間の流れに身を任せて、まさにふわふわと生きてきたはずだ。

その生き方は、屋敷を出た後でも変わることはない。チャンスは、テレビで見て知ってはいても、初めて現実に経験する世界に目を奪われて右往左往するうちに、偶然自動車事故にあう。彼がテレビで見た平板なイメージとは違った現実の世界に遭遇した最初の瞬間だ。受けた痛みにうずくまり、気づかう相手から治療の申し出を受け、いわれるがままに車に乗せられ、いわれるがままに酒を飲む。相手に名前はと聞かれて、「チャンス」と答え、それでは不十分と思って「庭師《ガーデナー》です」と答え直し、相手が「チョンシー・ガーディナーさんですね」といっても、チャンスにはそれを一向に訂正しようという気はない（三二）。相手が自分の名前を変えたことはわかっても、それに対して「違います」というだけの意志さえもたない。そして、テレビの登場人物もみな違う名前をもっているのだから、自分も「今度から新しい名前を使わなければ」（三一）と思う。チャンスが、世界にチャンスとしてではなく、チョンシー・ガーディナーとして登場する最初の瞬間だ。前述したように、チャンスは見ることが好きなだけではなく、人に見られることにも強烈な好奇心をもっている。だから、チャンス、庭師《ガーデナー》ではなく、チョンシー・ガーディナーと聞き間違えられても、それが彼の別名であって、それでテレビの登場人物のように人に見られるのであれば、それにこしたことはないし、望むところだった。テレビに出たい。テレビに出るということがどういうことか想像もつかないが、とりあえず、「スクリーンのサイズにまで小さくなった自分の姿を見たい」、「ひとつのイメージとなって、テレビのなかに住みたい」と思う（六〇—六一）。そしてテレビのトーク・ショーに出演し、チョンシー・ガーディナーとしてデビューして世間の人々の注目を集め、またそのテレビ・スクリーンに映る自分の姿を一視聴者として心地よい気分で眺めたとき、チャンスは屋敷を出た甲斐があったと思ったに違いない。

　チャンスの世界は、いわばテレビ・スクリーンのフレームのなかにあるといってもよい。屋敷を追放された直後、彼は外の景色を驚きの目で見る。それは、「通りも、車も、建物も、人々も、かすかな物音も、すでに彼の記憶に焼き付けられたイメージ」であったし、「門の外にあるものは、どれもテレビで見たものとよく似て」おり、「みんな見て知っている」と感じられたからだった（二八―二九）。現実に目にするものは、テレビに映し出されるものよりも「大きく、動きが遅かったり、また単純であったり、煩わしかったり」（二九）思えることもあるが、それらはそれぞれ似たものとして感知される。彼が見るものは、すべてスクリーンのなかの映像に置き換えられ、そのイメージが虚実の境界を迷走しながらスクリーンをすり抜け、ヴァーチャルな像を結ぶといってもよい。現実が虚像を創出し、虚像が実像を凌駕する混濁の世界のなかにあって、チャンスは虚実の沙漠の海を遊泳し、その水平線をいとも簡単にすり抜け、のうのうと生きているようにさえ見える。チャンスは痴愚だから、といえばそれまでだが、判断能力も責任能力も剥ぎ取られた者には、他の生き方は望めないのかもしれない。この物語の原題のとおり、ただ「そこにいる」だけの自律的な自我をもたない存在とも見えてくる。だから、シャーウィンがチャンスを捉えて、「人のいいなりになるだけの浅薄な人間、マス・メディアのなかでも特にテレビによって強要されたポップ・カルチャーの産物」だとか「集合社会の犠牲者」というのもうなずけることではある。[27] のみならず、チャンスは自分が犠牲者であることすら把握していないように見える。また彼は、シャーウィンがいうように、自分自身のヴィジョンを組み立て主張するどころか、自分の置かれた状況をわけもわからずただ受容し、「ポップ・カルチャーが作り出したイメージの単なる投影[28]」という立場に甘んじ、黙認している風にも見える。とすれば、ここに主体を奪われた表層的な人間像が浮かび上がる。六〇年代アメリカ社会を論じるにあたって、「事実と虚構の境界線がぼやけてしまい、何が現実だかわからなくなってしまって、どこから退却するのか、またはどこへ帰還したらよいのか、その確固たる場がすっかり失われてしまった」といい、そこに一切が再生不能の「荒地」を見たのは、レイモンド・M・オルダーマンだけれども(29)、どこに行くこともできず、かといってもとに戻ることもできず、ただ今いるところを浮遊するだけの人間、それがチャンスであるといってもあながち的外れではないかもしれない。

この物語のチャンス像をこのような形で捉えることが可能であることを認めたうえで、チャンスを犠牲者という面からもう少し考えてみよう。コジンスキー自身がチャンスを「究極の暴力の究極の犠牲者」と呼んだことは、冒頭で紹介したとおりだ。前述のシャーウィンによれば、チャンスは「集合社会の犠牲者」ということになる。ジェイムズ・P・スローンはチャンスを「精神遅滞の犠牲者(30)」という。またオルドリッジは「無垢で無力の犠牲者(31)」と呼ぶ。いずれにしても、犠牲者であるチャンスの唯一の仕事は庭仕事であったことはすでに述べた。「だんな様」の屋敷の庭の手入れを一任され、庭として申し分のない状態に保っている。屋敷の引き渡し調査に来た弁護士に、うさん臭い目であなたはプロの庭師かと問われ、「一介の庭師だが、庭のことは私が一番わかっている」（一七）と答えている。庭のことなら誰にも負けないという意気込みだ。だからナレーターは、庭では「すべてが秩序よく整然として」(一四)おり、「すべてが平和」(二七)だったと説明する。またチャンス自身も屋敷を追放された後、「あの庭ほどすばらしいものはどこにもない」(四〇)と述懐している。さらに重要なことは、チャンスが庭とテレビとを比較して次のように語っていることである。交通事故にあい、かつぎ込まれた屋敷の主人、アメリカ財界の大御所、ベンジャミン・ランドに語った言葉だ。「テレビでは庭は見たことはありません。森やジャングル、またときには一本や二本の木は見たことはありますが」(三九)。そういって彼は悲嘆する。庭師チャンスが実は「テレビばか」といえるほどのテレビ好きであることはすでに述べたが、テレビに映し出されるイメージとしての世界を視覚し、その世界で断片化された人間を真似ては自分と重ね合せ、その人に成り済まして自我を作り上げる。しかし、その自我は決して自律したものとはいえず、単なる模倣人間のそれだ。人間としての浮薄性は免れえない。ところが、痴愚であるはずのそのチャンスが、精神にも肉体にも障害を抱えた、いわば欠陥人間とも思えるチャンスが、テレビには森やジャングルはあっても庭はないという。この観察眼は一体どう考えたらよいだろう。屋敷を追放された後も、彼のテレビ癖は変わらなかった。見たい、また見られたいという彼の思いは一向に色褪せることはない。唯一変わったことといえば、手入れすべき庭を失ったという事実である。もともといた場所、テレビには映し出すことができない世界、それがチャンスの庭だ。「庭では、成長にはそれぞれ季節がある」とチャンスはいう。

春があり、夏があります。でも秋も冬も訪れます。そしてまた春が来て夏が来ます。根っこさえ切られることがなければ、別にどうということはなく、何もかもうまくいきます。（五四）

これは、ランドの病気の見舞いに訪れた大統領に、アメリカ経済の不景気について尋ねられ、何もわからないまま、請われるままに、唯一知っている庭について語ったチャンスの言説である。この言説を大統領はメタファーととり、アメリカ経済再生の提言と受け止め、チャンスを高く評価するが、もとよりチャンスは庭のことを語ったまでのことで、表現されたことばの二つの意味が交わることなくすれ違ってしまっている。ここにことばの虚実の混乱があることは明らかだ。メタファーだけが勝手に独り歩きし、上滑りして、ことば本来の意味から遊離してチャンスを有名人に仕立て上げる道具と化す。あるいは大統領に、実体のない記号の迷路に迷い込み、右往左往する人間の姿を重ねることも容易だろう。しかし、ここで指摘しておかなければならない重要なことは、この言説の本来の意味に立ち返って、ここに集約されたチャンスの庭に目を向けることだ。そしてさらに重要なことは、テレビの世界にはその庭がないということ、またそのテレビが現実の表象または縮図であってみれば、今ここにその庭がないということである。そういえば、物語の冒頭で、ナレーターが、すべてがもつれあい、混じりあった「このテレビという色彩の世界にあって、庭仕事は盲目の人の白き杖であった」(五)と説明していたが、まさにチャンスは「白き杖」を喪失した盲目の人、全体主義の色濃い政治・経済機構の目に見えぬ暴力的陰謀の枠に嵌め込まれ、自律の根っこを引き抜かれた犠牲のデラシネだ。

テレビ好きの庭師チャンスは、偶然のいたずらか、チョンシー・ガーディナーという名前の仮面をかぶせられ、アメリカ財界の切れ者、救世主の再来との触れ込みで世間にちやほやされ、世界的にその名を知られるまでになる。たくさんの人に見られて喜ぶチャンスがいる一方で、同時に庭の喪失を悲嘆するチャンスがいる。依頼されるままにテレビに出演し、誘われるままに会合に出ては周囲の注目を一身に浴び、眩いばかりのスポットライトを避ける風もない。身に降りかかるすべてを受容するだけのチャンスがそこにいる。しかし、そういうチョンシー・ガーディナーという名前の仮面の裏に、庭に戻りたいとひたすら願うもうひとりのチャンスがいる。たとえば、このチャンスの庭園回帰願望を、ほとんどすべての世間の情報、知識や知恵をテレビというイメージの世界から得て成長した「テレビばか」の稚拙な空想と見たり、庭での根源的安寧を請い願うチャンスの心理を推し量って、それを一精神障害者の単なる幼稚症と見る向きはあるかもしれない。すでに失われたもの、その所在さえ定かではないもの、もしかしたらもうどこにも存在しないかもしれないものを回顧し、いかにもどこかにあるかのように幻想し、そこに戻りたいと嘆き悲しむ姿に人間の幼稚化現象を重ね合せることはさしてむずかしいことではない。しかし、アダムにとってのエデンがそうであったように、チャンスにとっての庭が生きる場以外の何ものでもないとしたら、ことは幼稚ということばでは収まりきれない問題をはらんでくる。エデン回帰願望を一種の幼稚症の表れと見る解釈に異議を唱えて、ヴォルフガング・タイヒェルトは、庭は一般に「アダムの統一性と全体性のイメージ」と見なされ、したがって「安らぎのイメージ、つまり人間の自分自身との調和のイメージ」を意味していると主張し、庭にいるアダムを「原＝人間」とも「人間の発展の期限と目標にとってのシンボル」とも呼んでいる。(32) チャンスをそのままアダムに置き換えて読む必要はないが、しかし少なくとも、チャンスにとって庭は「安らぎ」の場であり、「自分自身との調和」を保つことのできる唯一の場であることは間違いないだろう。

「だんな様」の屋敷を追われて四日目、チャンスは世界に背を向ける姿勢をとる。世間の人々を見、また見られることで自分の存在を確認し、庭師チャンスとしてではなく、アメリカ経済立て直しの救世主、チョンシー・ガーディナーとして世界にその名を知られ、成功者として生きていけるはずであった。しかし、彼にはもはや庭がない。痴愚のチャンスが生きていける場は庭だけだとしたら、まずは庭の存在を許さないこのテレビの全体主義的イメージ世界を否定することから始めなければならない。孤児として拾われたときから、彼は人のいいなりになるようしつけられてきた。特別施設に入れられるのがいやで、いわれることだけ素直にやっておとなしく生きてきた。その彼が追放後四日目にしてはっきりと「否」の声をあげる。秘書のオーブリー夫人より世界各国からの種々の依頼についての報告を受け、それについて一つひとつ答える場面である。東京証券取引所より視察の依頼があるが、どうするかと問われて、「そういった人たちには会いたくありません」、『ウォール・ストリート・ジャーナル』より何か一言あればとのことですが、と聞かれて、「私にできることは何もありません」、イーストショア大学より法学名誉ドクターの学位授与の申し出がありますがとの問いに、「ドクターはいりません」、では理事と話されては、「いやです」、記者会見はどうなさいますか、「新聞は好きではありません」、外国の通信員にはお会いになられますか、「テレビでよく見ていますからいいです」、と立て続けに「否」を表明する（一二二―一二三）。世間の評判を尻目に、チャンスは、世間に対する違和感をどうすることもできず、ただ否定するという反応を強く示すようになる。

いわば現実と虚構の錯綜する混沌の表層世界を否定し退散しようとするこの反応はどう考えた

らよいだろう。たとえばイーハブ・ハッサンは、現代の自我の退却を臆病な逃避という形ではなく、そこにひとつの「認識の方法」、「意志の戦略」を見、のみならず、彼はカフカの『変身』における自己退化の姿を重ね合せながら、「抵抗」とか「抗議」といった積極的な意味合いさえ読み込もうとする。(33) 痴愚のチャンスに、社会に対抗し敵対して何かを抗議する積極性を見出すことはいささか困難ではあるが、しかし少なくとも、社会を気に入らないからといって卑怯にも逃げ出すのではなく、今ある世界から退行し、もうひとつの別の世界へ移行しようとする姿勢は読み取れるだろう。

すべてを拒絶したかに見えたチャンスにも、ひとつだけ「ノー」といえないものがあって、ランド夫人、エリザベス・イヴ、通称ＥＥから誘われるままにキャピトル・ヒルの舞踏会に同行する。しかしどういうわけか、踊りの輪に加わる気配はない。最後の誘惑者イヴを置き去りにし拒絶するかのように、チャンスは舞踏会場を抜け出す。これがこの物語の問題の結末シーンだ。チャンスは、踊っている幾組かのカップルの群れを押し分け出口に急ぐ。彼の目にはまだ舞踏会場のイメージがかすかにぼんやりと残っている。そこには後に残してきたＥＥの姿も見える。しかし、その直後にカメラの雲のごときフラッシュの炎のなかを通り抜けたときだ。「彼が庭の外で見てきたイメージはすっかりその姿を消してしまった」（一四〇）とナレーターは語る。チャンスは当惑を覚え、今度は雨水のたまった水たまりに映った自分の姿、しょぼくれたチョンシー・ガーディナーのイメージを見てみる。すると「よどんだ水たまりを棒でひと撫でずると、その姿は切れ切れになり、彼自身のイメージも消えてなくなってしまった」(一四〇)。そしてチャンスは今まで身にまとったイメージをすべて脱ぎ払い、その向こうにある庭へと入っていく。

庭はまだ休息のなかにまどろみ、静かに横たわっていた。うっすらとたなびく雲が、ふわふわと月にかかり、きれいに磨いて通り過ぎた。ときどき木の枝がさらさらと揺れ、やさしく水滴を落とした。そよ吹く風が木の葉にあたって、湿った葉っぱの陰に身を埋めた。チャンスの頭には何の考えも浮かばなかった。彼の胸は安らぎでいっぱいになった。(一四〇)

まさかキャピトル・ヒルの舞踏会場のすぐ外にある庭園が、チャンスが求めていた庭とは思えない、という議論が一方にあるだろう。そんなに手軽に出入りできるものなのか。それに、チャンスの庭はすでに失われて、この世界にはなかったはずではなかったか。これはチャンスのちょっとした思い込み、たまたま目の前に美しい自然があり、庭園があったことから、ふとあの懐かしい「だんな様」の屋敷の庭を思い起こして安心したまでのこと、いってみればただの幻影ではないか。踊りの輪に加わることを拒み、その外に出ても結局その外にもうひとつ別の輪、政治・経済機構の全体主義の輪があるだけで、庭を喪失した世界の輪のなかに永遠に閉じ込められているのではないか。キャピトル・ヒルはキャピトル・ヒルというわけだ。舞踏会場の外にあると思われる庭は、痴愚の見た幼稚な空想または幻想の産物といって片付けることは当然可能だろう。チャンスには庭が見えたというだけのこと、その狂気の楽園に入り浸り、痴愚のアダムと化して安らぎをむさぼる。一種の幼稚症だ。またもう一歩進めて、チャンスの唯一の拠り所である「だんな様」の屋敷の庭でさえ、そもそも幽閉された人間の単なる自閉の場ではなかったか、という議論も可能だろう。実はそういったことを裏付けるかのように、コジンスキー自身がこの結末部分について語っている。この物語出版の年、一九七一年のインタヴューでのことだ。この物語の結末には「不吉なもの」を感じる、とコジンスキーはいう。

得体の知れぬ社会の諸々の力が支配する世界にあって、チャンスはその無名性を剥奪され、チョンシー・ガーディナーとしてテレビのスクリーンの前に再び押し出され、全国の国民にその顔をさらすことになるでしょう。そのチョンシー・ガーディナーは、私たちすべての合成画以外の何ものでもないかもしれません。(34)

しかしそう語ったコジンスキーが、ときを隔てて一六年後、チョンシー・ガーディナーについて再び口を開いたことは注目に値する。庭はすでに失われて今はないかもしれない。しかし「その庭に入る鍵はあるのです。その鍵がチョンシー・ガーディナーなのです。……彼は内面から光を放っているのです」[35]。さてこれはどう理解したらよいだろうか。七一年のコジンスキーか、八七年のコジンスキーか。しかし、これは彼自身のシナリオによる映画を見れば、大方のところは推測可能で、彼の描こうとした究極のチャンス像は後者であったと見てまず間違いない。チャンスが見出した庭は幻影であったかもしれない。もとよりチャンス自身にはもはや主体的自我などというものは剥奪されてないのだから、チャンスはキャピトル・ヒルの幻影の庭から難なく引き離され、コジンスキー自ら語っているように、チョンシー・ガーディナーとして再び現実社会に登場し、結局は見る者が作り上げる「合成画」に成り果てるということは十分考えられることではある。「だんな様」の屋敷の庭から追放されたときがそうだったように、大きな社会的な力がチャンスにのしかかれば、それをはねのけるだけの力も意志もチャンスにはないのだから、むしろそれは当然のこととして受け取らなければならないだろう。しかし、ここで見落としてはならない点は、再び庭から引き戻され、否応なく全体主義の踊りの輪のなかに封じ込められるしかない、弱き受動的人間というレッテルで括られる可能性を抱えながらも、そのチャンスが内なる光を放っているということである。見る者にその内なる光が見えなければ、庭に入り浸って安楽をむさぼるチャンスの自閉的自己満足だけが見えてくるだけだろう。しかし、作者コジンスキーが「内面から光を放っている」というからには、その光は、少なくとも彼には、単なる閉ざされた内向的光ではなく、遠心的な力をもって放出される開かれた光として見えているのであろう。そしてもし読者にもコジンスキーのいうこの光が見えるのであれば、ポストモダンの時代に生息する主体なき自己、ただ生きて「そこにいる」だけの植物人間のごときものとしてのチャンスではなく、本来生きるべき場へと通ずる扉を開ける光り輝く鍵としてのチャンスとなって読者に迫ってくるだろう。この際、コジンスキー自身が手掛けた映画とはいえ、映画と小説は別物、それに一六年間という時代の変化に伴って、彼のチャンス像が変わった可能性があるということは当然斟酌しておかなければならないことはいうまでもないが、それにしても、出版直後のコジンスキーの言説に見られるチャンス像は、作家に特有の一種のポーズから生まれたひとつのイメージと考えてよさそうだ。コジンスキーは、六〇年代、七〇年代、そして八〇年代を見据え、時代を超えてチャンスを見続け、八七年の種明かしによって、「そこにいる」だけのチャンスの存在の意味を解き明かしてくれたのである。

いずれにしても、チャンスが実際庭に戻ったか戻らなかったかという議論はともかくとして、そして、チャンスは再び現実世界に舞い戻ってしまったのか、あるいは舞い戻ることはなかったのかという推測はともかくとして、ここで読者にとって重要なことは、彼が虚構と現実が混濁した分裂症的世界に「ノー」といったこと、そして人間の視覚を奪い、方向性を失わせる眩いばかりの光の雲のなかを突き抜けて、ともかくも庭を目指したという一点だ。チャンスが見た庭は、狂惑した痴愚のはかなき夢想のなせるわざであると裁断することはできるにしても、逆にその庭は、痴愚という狂気の世界の人間を通して初めて可視化されたということでもあるのだ。コジンスキーが、チャンスは庭に入るための鍵だというのは、おそらくこういうことだったのである。庭はどこかにあるかもしれない、あるいはどこにもないのかもしれない。いずれにしても、その扉を開ける鍵は間違いなくある。用なしの代物とも思われるが、しかしそれがなければ、扉を探すことさえ放棄し、虚無の世界に迷い込み退廃するだけだろう。一個の自己がただ「そこにいる」ということ、そしてそのことが扉を開ける鍵となるとしたら、おそらくこの物語のタイトルになっている「存在」の意味は一層重層性を帯びてくるだろう。スローンが、またルーパックが、チャンスを「イディオサヴァン」(36)のひとりとして見るのは、狂気の世界に生きるチャンスに痴愚ということばだけでは捉えきれない何か、彼自身の名前が示すような偶然の反応ということでは捉えきれないある種の力を読み取ってのことであろう。社会のなかに常態としての病弊あるいは狂気を見たのはフロムであったが、チャンスの狂気は「個人に敵対する体制の巨大な狂気に対する最高の正気の異議申し立て[37]」だとするルーパックのチャンス像には、狂気を忌避する狂気の人間の正気が見え隠れする。枠を嵌められたまま受動的に生きることに飽き足らず、今ある世界の狂気に「否」を突き付けたチャンスの痴愚の狂気は、コジンスキーの魔法のレンズを通過して、聖なる愚者の正気となって反映される。

『ビーイング・ゼア』は、一読すればわかるように、パラブルである。チャンスも庭もパラブルの世界に置き換えられて寓喩化され、新しい意味を帯びる。リアリスティックな読みはこの際許されない。『ビーイング・ゼア』は、いわば寓喩としてのチャンスが寓喩としての庭を追い出され、チョンシー・ガーディナーという名前の仮面をかぶせられて寓喩の世界を生き、再び寓喩としてのチャンスに立ち返って寓喩としての庭に帰還する物語である。オルダーマンがポストモダン的文化現象の蔓延する世界を「荒地」にたとえたことはすでに述べたが、その「荒地」の恐怖を悪魔払いし、そこに生きる人間をすくい上げることができるものがあるとしたら、それはフエーブルだとオルダーマンは提言する[38]。彼はそれを「超越的解決[39]」と称するが、一方に異常なまでに肥大化し、すべてが匿名性を帯びた社会が大きな脅威として厳然と存在する以上、その現実のなかで自律的自我を維持したまま生きることは至難の業ではある。がしかし、死の「荒地」に埋没するのではなく、たとえそれが退却という負の生ではあっても、ともかく生きてそこに存在しようとするとき、彼の提言は解決のひとつの糸口となるだろう。現実を直視すれば、そこに庭がないことはわかりきったことだ。そこで庭を求めても、結局は徒労に終るしかないし、その探究が逼迫したものであればあるほど虚無と退廃は深まり、幻惑の迷界を彷徨することを強いられる。

庭はパラブル／フェーブルの世界に据えられて逆説的に現実味を帯び始める。キャピトル・ヒルの庭園はパラブル／フェーブルの魔法をかけられ現実を超えてエデンと化し、痴愚のチャンスは無垢のアダムに姿を変えて心安らぐ。モリス・ディクスタインは、アメリカ六〇年代は「魔法と無垢を信じた時代」だといったが、それは、ポストモダンの荒地の追放者に対して、エデンの門が「近づくことはできないが、かといって避けることもできないカフカの城のごとく、、今なおはるか彼方でかすかに光り輝いている」ことを信じようとするからだ(40)。

チャンスがそうだったように、眼前の世界に背を向け、棒をひと撫でして水たまりに映る自らのイメージを掻き消し、いわば「非在の自己」に立ち返って、その外、その向こうにあると思われる庭を目指すこと、まさか、これは痴愚の単なる気まぐれな発作的反応とも思えない。それが消極的ではあっても、何かひとつのことをしようとするとき、たとえばAの道ではなくてBの道をとろうとするとき、今ある世界に対して、そして自己の生存に対してどういうスタンスをとるかが問題となってくるだろう。その庭に至るためには、否定してただ停滞するのではなく、目も暗むばかりの眩き光雲の海を超え、棒をひと撫でして、自らを不在とする力をもたなければならない。ハッサンならば、さしずめ「意志の戦略」とでもいうところであろうが、痴愚だからという理由で、「意志」ということばが馴染まないということがあるとすれば、痴愚の本能的無垢の知力といってもよい。いずれにしても、痴愚のチャンスがしたこと、ポストモダンの表層文化の表象としてのテレビ、そしてその表層文化を垂れ流して、全体主義の枠に嵌め込もうとするテレビ的二次元世界を否定したこと、のみならず、己のイメージを掻き消し、いわば透明な自己となって難なく庭に舞い戻ったことが彼のひとつの力の表れであるとしたら、本能的なものであれ、あるいは発作的刹那的なものであれ、それは、彼が「そうしなければならない、それ以外何もできない」(41)と知覚した結果でもあろう。そのとき読者は、その彼の生き方に、ヒリス・ミラーがいうように、単なる「陳述的」あるいは「認識論的」読みを超えて、「遂行的」あるいは「寓意的」読みを求められることになる(42)。のみならず、読者の読みの倫理さえ問われることになろう。

アメリカ六〇年代の問題はそのまま七〇年代に引き継がれ、ますます混迷の度を深めながら、問題解決は先へ先へと延ばされる。しかし、この物語が七一年に出版されたことを考えれば、コジンスキーがただ激動の六〇年代とその時代の人間を描き出すことに終始したのではなく、その混迷の時代を見据えたうえで、たとえ無力ではあっても、ポストモダニティのなかで生きる人間のポスト・ポストモダン的存在のあり方への方向を指し示そうとしたということはいえそうだ。それにしても読者は、チャンスの狂気の世界を通して、解決不能とも思われる悩ましき問いを突き付けられていることに変わりはなく、厳然たる状況にいかに楯突いて生きるか、あるいはそれをいかに手なずけて生きるか、その解明のための頼みの綱を模索し続けることになるのだろう。

注

（1）Jerzy Kosinski, *Conversations with Jerzy Kosinski*, ed. Tom Teicholz (Jackson: UP of Mississippi, 1993) 83.

（2）John W. Aldridge, *The Devil in the Fire: Retrospective Essays on American Literature and Culture 1951-1971* (New York: Harper's Magazine, 1972) 270.

（3）Jerzy Kosinski, *Being There* (New York: Harcourt, 1971) 8. 以後のこの小説からの引用はすべてこの版により、括弧内に頁数のみを記す。

（4）Kosinski, *Conversations with Jerzy Kosinski* 15.

（5）James Park Sloan, *Jerzy Kosinski: A Biography* (New York: Dutton, 1996) 293.

（6）Jerome Klinkowitz, *Literary Disruptions: The Making of a Post-Contemporary American Fiction* (Urbana: U of Illinois P, 1975) 97.

（7）Byron L. Sherwin, *Jerzy Kosinski: Literary Alarmclock* (Chicago: Cabala, 1981) 38.

（8）Norman Lavers, *Jerzy Kosinski* (Boston: Twayne, 1982) 80.

（9）Todd Gitlin, *The Sixties: Years of Hope, Days of Rage* (New York: Bantam, 1987) 16. 翻訳にあたっては、『六〇年代アメリカ——希望と怒りの日々』疋田三良・向井俊二訳（彩流社、一九九三年）を参照した。

（10）David Harvey, *The Condition of Postmodernity: An Enquiry into the Origins of Cultural Change* (Oxford: Basil Blackwell, 1989) 61. 翻訳にあたっては、『ポストモダニティの条件』吉原直樹訳（青木書店、一九九九年）を参照した。

（11）Harvey 54.

（12）Jerzy Kosinski, *Passing By: Selected Essays, 1962-1991* (New York: Random, 1992; New York: Grove, 1995) 137.

（13）Kosinski, *Conversations with Jerzy Kosinski* 15.

（14）Barbara Tepa Lupack, *Insanity as Redemption in Contemporary American Fiction: Inmates Running the Asylum* (Gainesville: UP of Florida, 1995) 147.

（15）Sherwin 37.

（16）有馬哲夫『テレビの夢から覚めるまで——アメリカ一九五〇年代テレビ文化社会史』（国文社、一九九七年）

二二八頁。

(17) Gitlin 16.

(18) エーリッヒ・フロム『正気の社会』加藤正明・佐瀬隆夫訳（社会思想社、一九五八年）一八頁。

(19) ジャン・ボードリヤール『アメリカ――砂漠よ永遠に』田中正人訳（法政大学出版局、一九八八年）五三頁。

(20) Terry Eagleton, *The Illusions of Postmodernism* (Oxford: Blackwell, 1996) 88-89. 翻訳にあたっては、『ポストモダニズムの幻想』森田典正訳（大月書店、一九九八年）を参照した。

(21) Eagleton, preface, *Illusions* ix.

(22) Harvey 44.

(23) ボードリヤール　四八頁。

(24) ボードリヤール　四七頁。

(25) ボードリヤール　四六、一九七、一九九頁。

(26) Tony Tanner, *City of Words: American Fiction 1950-1970* (London: Jonathan Cape, 1971) 15. 翻訳にあたっては、『言語の都市――現代アメリカ小説』佐伯彰一・武藤脩二訳（白水社、一九八〇年）を参照した。

(27) Sherwin 38, 39.

(28) Sherwin 39.

(29) Raymond M. Olderman, *Beyond the Waste Land: A Study of the American Novel in the Nineteen-Sixties* (New Haven: Yale UP, 1972) 18.

(30) Sloan 291

(31) Aldridge 270.

(32) ヴォルフガング・タイヒェルト『象徴としての庭園――ユートピアの文化史』岩田行一訳（青土社、一九九六年）六四頁。

(33) Ihab Hassan, *Radical Innocence: Studies in the Contemporary American Novel* (Princeton: Princeton UP, 1961) 5, 25. 翻訳にあたっては、『根源的な無垢――現代アメリカ小説論』岩元巌訳（新潮社、一九七二年）を参照した。

(34) Kosinski, *Conversations with Jerzy Kosinski* 14.

(35) Kosinski, *Conversations with Jerzy Kosinski* 220.

(36) Sloan 291, Lupack 149.

(37) Lupack 153.

(38) Olderman 174-75, 182.

(39) Olderman 7.

(40) Morris Dickstein, *Gates of Eden: American Culture in the Sixties* (New York: Basic, 1977; Cambridge: Harvard UP, 1997) 210, 277. 翻訳にあたっては、『アメリカ一九六〇年代――新たな感性の誕生』今村楯夫訳（有斐閣、一九八六年）を参照した。

(41) J. Hillis Miller, *Is There an Ethics of Reading?: A Lecture Delivered at the Fifty-Eighth General Meeting of the English Literary Society of Japan on 18th May 1986* (Tokyo: The English Literary Society of Japan, 1986) 11.

（42） Miller 1, 18.

ウイリアム・ギャス『オーメンセッターの幸運』

――虚構に存在を求めて

山下　勉

Ⅰ

ウイリアム・ギャス（一九二四年―　）の第一作『オーメンセッターの幸運』（一九六六年）は、三章より構成されており、「イスラベス・トットの勝利」は五八年、「ヘンリー・ピンバーの愛と悲しみ」は六〇年、共に季刊誌『アクセント』で発表され、最後に全体の四分の三の分量を占める「ジェスロ・ファーバーの心変わり」を加えて長編小説として完成、出版されたものである。しかし実質的な執筆期間は、五七年頃から六〇年頃までの期間である。というのも、ギャスが執筆活動を始めた五〇年に着手し、その後長らく放置したまま、五五年にパデユゥ大学に勤めてからトットとピンバーの章を書き上げた。しかしそれらの原稿が盗まれたために、ギャスは「おおざっぱな草稿」[1]と記憶とだけを頼りに、すべてを書き直したのである。その折りに、ピンバーの章についてはほとんど書き改めて以前のものとは全く異なるものになった。この二稿目で初めてファーバーが登場するが、さらに三稿目の修正で現在の姿となるまでは、単なる背景同然の脇役にすぎなかった。引き続きファーバーの章に取りかかり、六〇年過ぎには完成したが、六六年になるまで引き受けてくれる出版先を見つけることが出来なかった次第である。この書き直しにより、各章はそれぞれの中心人物が自己について語り、各人物間の直接の交流関係は生じない自立した存在であるが、しかしオーメンセッターという人物を中心に配置することで（主人公という意味ではない）、各章が作品全体に統一されているのである。又、『オーメンセッターの幸運』完成までに『アメリカの果ての果て』（一九六八年）所収のいくつかの短編は、既に発表ないし完成しており、それらのテーマが『オーメンセッターの幸運』に反映していると考えられる。

ギャスの小説は、行動や出来事によってではなく、「語り」によって物語られるので、プロット自体は、以下のように極めて単純なものである。

「イスラベス・トットの勝利」では、彼の名前トットが「とぼとぼ歩く（totter）」姿を暗示するように、かろうじて生き延びている老人トットが、ピンバー家の品物の競売に出かけて、それらの品物から過去を想起し、町の非公認の歴史家として、ほぼ半世紀前の町の歴史を語ることで作品全体の導入の役割を担っている。しかし彼は老年のためにもはや事実の概要は述べても、その意味を理解することが出来ないために、彼の提示する事実は断片的であり、かつ事実と虚構の混在する曖昧さを帯びたものである。ギャスの小説舞台は、アメリカ文明の先端を象徴する大都市の激動する現実の相ではなく、逆にその影響から取り残されて孤立する中西部の田舎町である。この小説では、一八九〇年代の、オハイオ川のほとりにあるギリーンという田舎町である。貧乏白人のオーメンセッターが、妊娠している妻ルーシーと二人の娘と共に、家財道具一切を荷馬車に積んで移住してくる。彼らの以前の生活については一切語られることはない。最後に、彼の移住の目的が、生まれてくる子どものために良い気候と二人の娘を社会に順応させるためであったことが、彼の口から明かされるのみである。トットは、次のように各人物の重要な点を、その意味づけをすることなしに紹介する。オーメンセッターは「幸運」に恵まれた男で、「人生の重荷を免れるのは彼の幸運だ」[2]。ピンバーは「オーメンセッターの幸運のために死んだ」（二一九）。ファーバーは「骨ばかりで、ハンカチで包むことさえ出来るような奴だ。しかも一トンもの重みがある」（二一六）。「あの（教会の）庭で、行きつ戻りつ、彼がしていることは歩いていただけだ」（二一九）。

「ヘンリー・ピンバーの愛と悲しみ」では、地主ピンバーは、オーメンセッターの無知につけ込んで、川の近くの増水の時には浸水するような空家を貸す。家賃の集金に行った際に、オーメンセッターが鶏をくわえて逃げようとして空井戸に落ちたキツネを放置するのを見て、飢え死にさせるのは残酷だと射殺する。その際に跳ね返った弾の傷がもとで、彼は破傷風にかかるが、オーメンセッターの「自家製のビートの湿布」（四五）に命を助けられたと信じ込んだあとは、オーメンセッターを「アダム」と崇拝する。しかし無視されたと思い込んだ時は、八〇フィート程もある高い木の上で自殺する。これは読者には自殺であることが分かるが、作中人物達には謎の失踪と謎の死のままである。

「ジェスロ・ファーバーの心変わり」では、町唯一の教会の四代目として二年前に赴任してきた牧師ファーバーは、オーメンセッターは「神を信じない男」（一一七）であると考えて、ピンバー失踪の嫌疑がオーメンセッターに懸かるように嘘をついて追放しようとする。嫌疑をかけられているオーメンセッターは、ピンバーの死体を発見したことを町の人々に伝えてくれるように、まずファーバーに頼みに来る。ファーバーはオーメンセッターの信頼に、自らの嘘と罪を告白した直後、一時的な精神錯乱を経て「肺炎と狂気のまざり合ったような病気」（二三六）にかかり、回復後、新任の牧師に後事を託し町を去る。このように極めて単純な状況設定とプロットであるが、この現実的な枠組みから、各人物の意識というトンネルを通した「語り」とその中心をなす「独白」によって「虚構の世界」を構築するのである。この「虚構化」が、各人物のオーメンセッターへの対応を通して具体的に提示される。

ギャスは、オーメンセッター像の創作の意図について、最初は「感動させる道徳力」を持っている人物を考えたが、「キリストの再臨」の寓話に関わりたくない、道徳性に関わりたくないとの二つの理由で、「錯覚に基づくキリスト」(3)と考えられるべきであると語っている。このことはオーメンセッターの人物像が重要ではなく、彼を見る他者の認識を問うことを問題としている。ギャス自身がインタビューで「反射物」(4)、「みんながボールを弾ませる壁」(5)と語るように、オーメンセッターが「鏡」としての小説的役割を担っていることを肯定しているところである。ところで「錯覚に基づくキリスト」も、人々に善を示し教化する道徳的力を持ち得ないキリストはキリストたり得ないし、又他者への影響力ないし他者を引きつける魅力なりを持たなければ錯覚を与えうる余地もない。そこで錯覚を引き起こす吸引力が、オーメンセッターの「自然性」と「幸運」である。

ブラッケット・オーメンセッターは大柄で幸せな男であった。……彼は大地を知っていた。彼は手に水をつけた。彼は新鮮なモミの木の香りを嗅いだ。彼はミツバチに耳を傾けた。そして彼はいつでも深く、大声で、奔放で幸せに笑い、その笑い声はしばしば長く楽しげであった。(三二)

オーメンセッターは小便をするとき、ただズボンを下ろすだけだ。（三八）

このように叙情的又は逆にリアルに語られる彼の「自然性」は、リチャード・ギルマンが「不自然な程自然(6)」と評する程に、自然との一体化と文明への無知の二面を持つ。ギャスは、「自然と文明」や「アダムとイヴ」又は「人間の堕落」の神話を利用するが、期待されるような「無垢なる自然と堕落した文明」、「高貴な野蛮人」などの中に精神的価値を見いだそうと意図しているわけではない。逆に精神的価値の欠落を通じて、自然とアダムのイメージの二重写しを意図する。他方、文明との距離は、人間社会に適応していない無知な人間というよりも、人間の自意識の欠落を暗示するものでもある。オーメンセッターは、「小便をするとき、ただズボンを下ろすだけだ」と、町の者達の驚きと軽蔑の対象となる「馬鹿で、薄汚い、無頓着な男」（三七）という一般的見方を超えて、人間以下の存在から、人間の「自然性」と自意識を持たない「堕落前のアダム」までの解釈の余地を生み出すのである。

他方でオーメンセッターの「幸運」は神の恩寵の具体的な現れであると言えるものの、その特徴は論理性のないことにあり、さらには道徳的な因果関係が存在しないことにある。既にギャスは最初の短編「ピーダセンの子ども」（一九六一年）でこの手法を用いている。ギャスは「問題は悪を災禍として―突然に、神秘的に、暴力的に、説明できないように―提示することにある」(7)として、悪なる殺人者を登場人物とは何の関係もない「災禍」として位置付けることで、因果関係に捕らわれずに、ホルヘ少年の内面の隠された願望そのものの開示を可能にさせている。同様に「オーメンセッターはすることをいとも簡単にするので奇跡のように思われる」（四二）と、因果関係がなく、よって論理的説明がつかない故に「幸運」が「秘密」（四六）として人を引きつけ、錯覚による虚構化を促し、その虚構に人々が捕らわれるのである。各人物が認めるオーメンセッター像は、実はそれぞれの願望を投影し虚像化したものである。牧師ファーバーのオーメンセッターとの対決も、彼の内面での論理と願望との観念的葛藤の所産に外ならない。

II

作者ギャスは、彼の小説の最も顕著な特徴である「語り」について次のように語っている。

私の作中人物はお互いに顔を背け、虚空に向かって語りさえする。(8)

『オーメンセッターの幸運』は一連のあえぎである。(9)

事実、ギャスの小説は、行動や出来事ではなく、「語り」とその中心をなす「独白」によって構成されている。しかも各人物の「独白」が他者と関連を持たない場合には、まさに「一連のあえぎ」のようになる。ギャスの「独白」こそが、一九六〇年代のアメリカ小説の一般的傾向として特徴づけられている「現実と虚構のあいまい化」ないし「事実の虚構化」を生み出し、ギャスの作品をその傾向のなかに位置づけるものである。同時に、このギャスの「独白」は、作家が唯一責任を持つのは「言葉」であるとする創作理念を集約する形で具体化したものである。

一九七八年一〇月にシンシナティ大学で、ウイリアム・ギャスはジョン・ガードナーと「メインストリートの決闘」とも評されて注目を浴びた公開討論を行った。ギャスにとって、ガードナーは作家活動を始めて以来の友人であり先輩作家であり、且つ「実験小説家」対「伝統的リアリスト」として長年にわたり各自の立場を主張し合ってきた末の公開討論であった。よってこの討論は個人的なものに留まらず、「一九六〇年代の芸術界を象徴する」(10)意味合いを有する出来事ともなった。この討論は「小説における道徳性」を軸に進められたが、ギャスはその「道徳性」を徹底的に否定して、反リアリスト、耽美主義者、前衛実験小説家の主張を展開しているのである。ガードナーの小説観は、真実と善という倫理的価値にあり、小説の機能はその内容を世間に伝達することにあるとする従来の伝統的リアリズムであるのに対して、ギャスは倫理的価値も伝達機能も否定して、美的価値を第一義とし、現実社会との関連は、よく引用されるギャスの言葉「私は世間にある対象物を植え付けたい」[11]から分かるように、作品は存在することによってのみ意義があるとする耽美主義者の立場を取る。さらに、実験小説家としての独自の理念を展開するのであり、ここには、ギャスの「意識」への関心の強さも認められよう。彼の言う「美」とは、人の意識の中に消滅しないで残るような「磁力のような魅力」[12]とでも理解すべきものである。ギャスは、作中人物とは作品の中の「言葉の所在地」[13]であり、「理想的な作品は一人だけの人物を有するであろうし、それは絶対的且つ理想的なシステムとなるであろう」[14]と、一人称の「語り」、さらには「独白」を重要視するのである。「独白」では、視点は当然一人称の視点が中心になるが、最も実験的と言う「ファーバーの章」では、「人の頭から出たり入ったりするカメラのように」「直接の内的独白、一人称による伝達から三人称、明らかな全能の作者」[15]と、多様な視点がしかも次々と切り替えられて用いられることもある。更に独白では、時は自由に移動し、語る対象も論理的脈絡を必要とせず、自由に次から次へと変化するのである。ギャスは、作品が独自に「存在」することに意義を求め、その「存在」は中心人物の「存在」にあるとする。一方で、他者と交わらないような孤立した「一連のあえぎ」のような「独白」をする中心人物はどのようにして「存在」をもつのであろうか。トットは、「ファーバーは一トンもの重さがある」と語ったが、彼の存在感はどこに由来するのであろうか。

Ⅲ

牧師ファーバーの精神的状況は、彼の教会の「みすぼらしい庭」(六五)によって象徴的に示される。この庭こそが、彼が説教のリハーサルをし、「独白」で物語の大半を語る場であり、しかも庭の三隅には先任者三人の墓があり、残りの一隅は「ファーバーが空しく忘れられて横たわるために残されている」(六五)ごとく、彼の一生が牢獄であることを意味する。この庭が「八フィートの壁で外と遮断され、門の鍵は失われて久しく、錠も錆びついて開かれることもない」(六四)ように、彼の世界は外側の現実の世界と断絶している。この「みすぼらしい庭」はファーバーの人間性に欠けた荒涼とした精神状況を表わす。同時にこの「庭」の存在そのものが、現実から忘れられた世界なのである。ファーバーは、孤立し孤独に苛まれた人物である。しかし彼は孤独よりの脱出を求めて現実世界に入ろうとはしない。逆に意識というトンネルを経て現実から隔離された「虚構の世界」を構築するのである。ファーバーの虚構の世界は、「セミナリーでは肉体と精神は絶対仮説と呼ばれてきた」(二〇〇)と説明されるように、生と死、精神と肉体、善と悪、論理と感情、経験と無知、言葉と行為、存在と非存在等々、二項対立概念の支配する世界である。リチャード・J・シュナイダーは、ギャスが「アダムとイヴや人間の堕落の神話を用いて、これらの争い（二項対立）に生を与えている」[16]と指摘するが、これはファーバーの内的葛藤を是認するものであり、又、ワトソン・L・ホロウェイの「（オーメンセッターの）幸運は……統合ではなく、つなぎである」[17]との指摘は、オーメンセッターとの対峙によって彼の葛藤が二項並存もしくは中間領域を見いだし得なかったことを暗に語るものである。ファーバーが牧師として「肉体」を否定して「精神」を絶対とする立場に立つのは言うまでもない。彼は教会最初の牧師アンドリュー・パイクを「石の亡霊」として崇め、「自らを超えよ、それが私たちが熱心に説いてきたことだ─パイクよ、あなたと私─あの世を憧れる者」（一一八）と述べて、現実を超越した永遠の「精神世界」への願望を抱いている。ギャスは多様なメタファーを駆使して語るが、「石」はその中でも主要なもので、生を有しないが故に永遠、不滅を象徴しており、ここにいう「石の亡霊」とは、ファーバーの想像上の産物に外ならないが、彼の意識にあっては影響のある生きた存在なのである。

牧師ファーバーは、徹底した、しかも虚無的な懐疑論者である。ファーバーはまず牧師でありながら、「私は信じるものを知らない」（九六）と語る。このファーバー像は、ギャスの「実際、小説家としては物事を信じないのが都合がよいのです。同様に信じないこともしない、ただすべてが疑いのままにある領域へと入っていくことです」[18]と、小説における道徳性を徹底的に否定するギャスの創作理念を具現化する人物像である。ファーバーが「自分と自分が言っていることがどれほど離れているのだろうか」（六五）と自問する様に、信じるものがなければ「嘘」も判断できないのである。ファーバーは、「いかなるシンボルもその実体はばかげている、キリストの体が、いやにやせ細りあばら骨が目立って、滑稽であるのと同じように。……十字架は愛とはかけ離れている」（六五）と述べるように、ただただ虚無的な懐疑主義者なのである。彼は説教のリハーサルで「笛に合わせて踊るヘビ」（七四）のようにレトリックに夢中になり「演説者、俳優」を目標として、「彼はついに誠実な牧師になった。……彼は杖を突き刺して魂をかき混ぜることが出来た」（一一二）と描かれる。彼の最初の説教が、ヘブライの悲観的予言者エレミアの「すべての隣人に注意せよ、兄弟とて信用するな」（一九三）であったように、彼は、真実や愛や人間性ではなく、不安や恐怖で人の心を支配するのである。

懐疑主義者としてのファーバーは、牧師としての役割は、悪を「見張る人」（六七）になることであると強調する。彼は赴任してから二年間、みすぼらしい教会の庭で「自然を聖書同様に神の言葉である」と考え、彼の仕事は「見張り、耳を傾け、解釈し、証言する」（六七）ことにあると言う。「見張る」行為は、隔離されて現実と直接の接触を欠いた代償作用として少年の頃より彼の身についている習性である。それ以上に、彼の世界に対する基本認識に基づくものである。ファーバーは、アダムとイヴの堕落の創世記を引用し、人間は堕落と引き替えに知識を得たと考える。よって人間は、動物のなごりとして「感じる」が、知識を得たことにより「知る」ことが出来るように進化した。つまり、経験的認識に加えて理性的認識を得たのであるから、「見張る人」になる必要性があると考えるのである。次の会話は、「トットの章」でのトットと少年との間の、駅に住み着いているネコについての会話である。トットが、物や事柄が先に存在し、それに名前（記号）を付ける、つまり「ネコはミルクが好き」という概念が個別に優先すると考えているのに対して、少年は、名前があってこそ物は存在しうるもので、名前のないものは存在しないと言う、つまり名前をつけることにより、他と異なった存在として認識することにより存在するとする。この少年の視点は、ファーバーが「命名は知ることである」（一〇七）と語り、人間の意識が事物を存在として感知し、意識がなくなればその存在もなくなるとする、彼の唯名論の立場を語るものである。

もしキックのネコが名前を持っていなければ、見つけることが出来ないよ。

なぜならそいつは彼のネコだからだ。

僕のネコはミルクが嫌いだよ。

お前はネコを持っていないからだ、だからもし持っていたならネコはミルクが嫌いじゃないだろう。でももしミルクが嫌いだったら、そいつはビーバーで丸太のようにお前を真っ二つに噛み砕くだろう。（二六）

最も重要なことであるが、ファーバーにおいては、主体的な「見張る」という認識行為が、対象を把握する、即ち対象の「所有」を意味することになるのである。彼の存在感はこの「所有」から生まれるのである。ファーバーの名は「毛針（Fur-burr）」（四一）を暗示する。また「栗のイガ（a burr）」のイメージは短編「ピーダセンの子ども」では殺人者を、「氷柱」（一九六二年）では年下の同僚グリックを、意識に絡み付き捨て去ることができない存在に喩えて使用されている。(19) またファーバーは、「魂を釣り上げようとしている」（四七）イメージで見られるが、このピンバーの想像するファーバー像は、彼が人の意識を閉じこめて「所有」するために、彼の内部に空洞を持ち、意識ばかりが肥大した怪物のごときグロテスクなイメージである。

ヘンリーは思った、二人は全く反対である。ファーバーの体はその中で生きている箱である。彼の両手両足は、足が不自由な人の松葉杖や目が見えない人のステッキのように、身を進め身を守っている。他方オーメンセッターの両手は、顔と同じ表情を見せて、果物を与えるように彼の性格を差し示す……川が合流しその水を増すように、両手を大きくし、両手で触れるものに付け加える。（四一）

ゆえに、ファーバーは「見張る人」でなければならず、決して「見られては」ならないのである。「見張る」ことを止めることは、自意識を捨てることであり、自己の存在を捨てることに等しいのである。事実、彼は、教会の「庭」から、最初は無害な「ひきがえる」（七八）のように、次には獲物を狙う「雑草の中のイタチ」（一七五）のイメージで描かれるように、他者を見ることから所有し支配することを意図したのである。

Ⅳ

オーメンセッターの出現によって、牧師ファーバーが抱えていた「精神」と「肉体」、「善」と「悪」、「生」と「死」等の「二項対立」の葛藤は決着を迫られる。ファーバーは、「イスラエル解放」（一三七）の神話に喩えて、「町の者達は動物のように生きる希望を諦めて、正直で良心的な人間の生活に戻らなければならない」（一六七）との彼の論理に基づいて、オーメンセッターを否定するのである。何故ならば、ファーバーには、オーメンセッターは「支配の届かない」（六八）存在である。オーメンセッターとの直接の接触は二度のみであるが、その都度、意に反して「私は心を占められた、私は所有された」（一一五）、「容易に観察された」（一一六）という意識に苛まれる。彼には意識で捉え、「所有」できない存在は理解しがたい脅威である。

彼は、オーメンセッターの「自然性」に「堕落前のアダム」と「動物的存在」の両者を認めるのである。「堕落前のアダム」は、ファーバーの「肉体」に対する優越の願望に他ならない。とは言え、人間は知識を得たことによりイノセンスを失い、悪なる存在に堕落したという彼の論理からして、「石のように何も考えない心」、即ち意識を持たない人間はあってはならない存在である。しかしながら、論理的帰着として否定すべき「動物的存在」も、又ファーバーの願望であることも事実なのである。

オーメンセッターは、普通の意味での欲望なしに、ある種の放棄、石のように何も考えない心で、しようとすることは何でもするので、私に常にエデンを思わせる。……オーメンセッターは神の支配を超えているようにみえる。……罪とは追放にほかならない。神が退かれた時に起こるのだ。追放がそんなに祝福され自由にみえるべきものか?……我々は人間は悪であると知っているではないか?　そうではないか?　ああ、神よ、我々はそのことをたびたび認めてきたのではないか?　その真実の苛酷さを発見して、眼を傷つけ心臓を凍らせてきたのではないか?　しかもオーメンセッターはそのようにはみえない。彼はみえない。みえる。このことは正しいのか、このことは――みえるのか。ああ、お前は牛だ!　これは感情なのか?……では、これら全てのことから何と結論付けるべきか?　彼は最悪であると結論づけなければならない。彼は最悪である。(一一五―六)

そこで、このファーバーの願望の一つである「堕落前のアダム」的性質に「救済」を見いだし、同時にその限界も示したのがピンバーの人生の意味であったのである。ピンバーは、ファーバーが精神的「荒野、砂漠」(七七)と認識する現実において、表面上とは裏腹に内面では「部外者」(四七)として疎外感に苛まれ、人生を「ほとんど生きてこなかった」(六〇)が、「破傷風」により根本的な意識転換を経ることになる。「目は澄みきって、そしてベッドからあたかも世界の外側から見るように見つめていた」(四八)と描かれ、言葉も感情も表現できずに死の床で、「彼は目を持った石となり、石が見るように見てきた」（五七）のである。ギャスは、この「目を持った石」を「神の視点[20]」として、既に「ゴキブリに魅せられて」（一九六一年）で短編化している。名前もない一主婦が、日常的現実の「紛糾と混乱」の対極に、ゴキブリの「整然とした姿態」を媒体として「優美な秩序、完璧さと神聖さ[21]」を感知する「神の視点」に到達する。この視点は、「虜になる[22]」と言う表現で示されるように、主体的・積極的な意識行為ではない。ギャスはこれを夢の形で提示するが、この視点は意識と無意識の境界線上で、現実認識を放棄することでのみ受動的に与えられた視点である。「石の目」を得た時点で、ピンバーは「現実の世界」から「虚構の世界」へと脱出するのであるが、既にこれは人生そのものからの逃避でもある。事実、彼は「人よりも、大きな木を愛するほうが簡単であった、そのような木は正直である」（五八）と、森が「彼のパラダイス」であり、彼は「堕落したアダム」（五五）であるように描かれる。この意味において、ピンバーはアダムであり、崇拝するオーメンセッターはさらに「アダムではなく、非人間的存在」（五八）であり、ピンバーはオーメンセッターを「我々が入る夢」（四三）であるとみなす。ピンバーは、オーメンセッターが存在の「在り方」を知っていたと言う。即ち「観察するのではなく、知るものに一体となること」（六〇）で生きてきたとみる。彼は、オーメンセッターが靴を磨いたりしている様子に「いかに生きるか」（六三）という文明化の兆候を認めたとみる。そこでピンバーが脱出しようとする文明社会に、崇拝するオーメンセッターが順応していくことは、裏切り行為となる。よってピンバーはオーメンセッターを超越して「いっそう価値あるオーメンセッターになる」（六〇）べく自殺する。「ゴキブリに魅せられて」の主婦の認識の結末について、ホロウェイによれば、「紛糾と混乱」からなる無秩序の「現実世界」と「自然の秩序と美」の不滅の世界の狭間で、主婦は「二項対立」の意識から脱して、「再度愛とより豊かな人生へと回帰した」[23]、つまり「二項並存」の意識の広さを得たことになる。しかしながら、「でも私はやはりこの家の主婦です」と現実の中に、再度自意識の広がりを無理矢理押し込めざるを得ない彼女に、「二項並存」が可能であろうか。やはりアーサー・M・ザルツマンが「不確実なまま、切望しながら、その間に捕らわれた女性」[24]として否定するように、「二項並存」を肯定出来るとは思えない。ファーバーが「見張る人」で説く主体的な意識行為とは正反対に、「目を持った石」に象徴されるごとく、ギャスにおいては、社会的自我も内的自我も放棄することにおいてしか「超越する精神」を得ることはかなわないのである。

V

もう一方の理想である「動物的性質」は、「性」と「肉体」と「生」を示す。ファーバーの前に、ピンバーが「精神」を理想としてみせたならば、「肉体」の世界を理想としたのがトットである。オーメンセッターの「動物的存在」を是認して「ネコは生き方を知っている」（二六）、「ネコは全くのエゴイスト、無精な動物、快楽の奴隷である。説教する必要がない、……ネコは彼（トット）のアイドルであった」（四一）と、トットは「精神」を除外した、自我を持たず自然の法則に従ってあるがままに生きることを理想とするのである。

無論、ファーバーには、創世記への言及を背景にして「以前の状態への偏愛があり、戻りたい本能的な衝動がある。この衝動に屈することは、神の創造の目的を打ち砕きたいという意図を持つ暗黒の王子の願望に屈することになる」（一七五）という解釈により、彼は動物的性質に身を任せることは、人間性を否定し、逃避する悪であると考える。ファーバーは、オーメンセッターを「椅子に寝ているネコ」に喩えて、「人生を眠って過ごし、雌牛ほどの注意も払わず、スズメほどの責任も拒否するのが魅力的なものか」と、その「単なる調和と気楽さ」（四一）を厳しく糾弾するのである。

ファーバーは、「肉体」を象徴する「性」について、キリスト教の禁欲主義に沿って「性」を「悪」とみなすが、その一方で「セックスへの飽くなき飢え」(25)との葛藤に過去も現在も苦しんでいる。少年時代から現実と隔離された生活の中で、性の代償を聖書の性に関わる表現に求めて来たし、彼は現在も説教中に川岸でのオーメンセッターの妻ルーシーの姿を「覗き見」（六七）しては葛藤に苦悩している。「あけっぴろげな表現に何も芸術的なものはない」[26]とするギャスは、セックスをそのままに描くことはない。しかし、ファーバーが車中で隣に座っている少女を自分の手の影で愛撫する場面はギャス流の「変質した」セックス描写である。この行為を、ザルツマンは「本の中で最も悲しい時の一つ」[27]と評するが、ここにファーバーの否定しようとしても否定しきれない性への願望を認めることが出来よう。

ギャスにおいて、ネコは「死」に対して「生」を象徴する動物である。この小説の直後の短編「アメリカの果ての果て」（一九六八年）でも、「肉体」と「精神」の二項対立の世界のなかで「動物的存在」を「生」の源として取り上げている。その短編の主人公である詩人は、ファーバーと同様に、意識のみの「虚構の世界」に生きるが故に想像力を喪失している。この詩人は、ネコに根源的な「生」の存在をみる。

ティック氏（ネコの名前）よ、私はお前に敬意を表する。……お前は一個の機械のようでいて、機械ではない。お前は生きている、まぎれもなく生きている。そのことはお前自身にとってどうということもないだろうが、私にとっては大きな意味を持つ。……この中で生き

ているのはお前であって、私ではない。(28)

無論、詩人にとって意識を持たない動物的存在になることは不可能であるが、「生」を喪失した詩人は精神的な「死」へと向かわざるを得ない。しかし一時的にせよ、ホロウェイが「抗しがたい衝動」(29)と指摘するように、「生」への羨望をとおして「生」の存在の必要性を語る。詩人が「墓石のイメージ、慰霊碑のイメージ」(30)と語るように、動くものが必ずしも生きてはいない、逆に動かないから死ではない、即ち不滅の中に「生」をみようとするのである。この生と死の融合が、振り返ってファーバーが、ピンバーの死に際して、一瞬ではあるが、体感するところの「二項の融合」である。彼も、又、「死」は「生」の影のような存在であり、「魂、すなわち、生の不滅の本質は、その究極の状況において、この霊魂輪廻（transmigration）に到達する」（二〇一）という感情を吐露する。ファーバーの意識によって、混沌と対立の現実世界において調和への願望、しかも一瞬の願望を、我々に見せているのである。マーガレット・ドーンフィルドが「オーメンセッターの石に生を吹き込む能力によって、生の源としての小説的役割を表している」(31)と指摘する、オーメンセッターが石を水面上に楽々と何度も跳ねて飛ばすエピソードにも、「楽々と上がっていく……それから再び飛び跳ねて、飛び跳ねて、飛び跳ねて、……超越しているような驚き、魚が、霊さえもが、瞬間に跳ねるように消えていく、自由を目指して、上がっていく、上がっていく」（一一七）と、同様に一瞬の「生」と「死」の融合を見るのである。無論、前述の詩人も「そのイメージはあまりにもギリシャ的すぎるのだ[32]」と嘆くように、オーメンセッターの飛ぶ石が、超越をみせようが、一時的なものであることは言うまでもなく、永遠になることはない。これは死すべき運命にある人間にとって実現不可能な夢にすぎない。ギャスが「オーメンセッターの約束が欺きである限りにおいては、彼は悪である[33]」と言うのも、幻想の危険性を指摘したものである。ピンバーは彼自身の願望の虜となったのであるが、徹底した懐疑主義者であるファーバーは願望を描くとは言え、願望の虜にはならない。これは、逆に言えば、彼が救いの場を見つけられないということでもある。

Ⅵ

最後に、章のタイトルにも示されるように、「ファーバーの心変わり」によって、ファーバーの精神と肉体の対立は解決されるのであろうか。ごく短いエピローグにみられる「肺炎と狂気が混じりあったような」病気の後の彼の変貌は極端であり、その病気の直前には、「心変わり」のための儀式的行為さえ行われる。彼は、「この錠剤は文字どおり愛を綴り、そして私の辛辣な舌を眠らせるだろう、しかし私は飲み込むべきであろうか?」(二三四)と自問を繰り返しながら飲む。このオルカット医師の錠剤が、ピンバーの破傷風の際に、ファーバーが宗教を、オーメンセッターの「ビートの湿布」が自然の生き方を示したように、社会の現実を意味したことを想起すれば、飲む行為が現実を受容することを意味していることは明らかである。しかしこれではファーバーは「悪魔的人物像」とは似ても似つかぬ穏健で愛情さえ漂わせる好人物像へと変貌していることになり、まさに懺悔の道徳的物語ではないかと、読者は戸惑うばかりである。

ファーバーの「肺炎と狂気が混ざりあったような」病気が、狂気そのものではないことは正常な意識を回復することからして明らかであり、「ある種の精神的に吹き飛ばされたようなもの」(34)と言われる彼の一時的な精神的崩壊である。その崩壊の原因と心理過程は明白である。

ファーバーはオーメンセッターとの実質上始めての直接の対話により「虚構の世界」から現実への移行を強いられる、と同時に二項対立の解決を迫られるのである。ファーバーは、自らが虚構化した「怪物」(二〇七)ではない実像オーメンセッターを知る。彼の現実は「パラダイス」とはかけ離れたものであり、イヴを想起させた妻ルーシーの肉体も「針金のごとく」(二〇四)、その豊穣さを失っている。ファーバーは、オーメンセッターの示す「信頼」に「私の嘘の後で、彼は愛を綴った」(二三三)と告白する。彼は人生で初めて愛の存在を認識する。彼の言う愛を、シュナイダーは「全幅の信頼で周囲の生活や人々を受け入れる、主義よりも人々を気にかける能力[35]」と指摘し、またラリー・マキャフェリィもシュナイダーを踏まえて、「この出会いは人が抽象よりも重要であることをファーバーに最終的に知らしめる[36]」と言う意味において、「虚構」から「現実」への覚醒である。ファーバーは嘘に悩み、恥に苦悶し、「天にましますが我が父よ、あなたは私たちの魂が最上のものと言われるが、しかしこれ（ピンバーの死体）が、私たちの肉体、愛です」（二一三）と「肉体」の「精神」への優越を認める。しかし一方で、「私に触れもするな、……私に愛という重荷を背負わせるな」（二〇六）と現実受容への拒絶反応も示す。ファーバーは、「シンボルの実体を本当に抱きたかった。しかしすべてのシンボルの実体は馬鹿げている」（二〇八）と述べて、虚無的な懐疑主義の立場を捨てることはできないのである。この葛藤の末、錯乱状態から精神的崩壊へと至るのである。

しかしながら、この崩壊においても、二項対立概念は、一方が優先されたのか又は融合の道があったのかは解決されないままに、残されていることは明らかである。例えば、シュナイダーは「ギャスは、精神と肉体、理性と感情、経験と無知、そして言葉と行為のいかなる哲学的分離も人生を破壊することを暗示している」と述べ、また一五年後の彼の論文でも「魂と肉体の分裂は癒されないが[37]」と認めた上で、「ファーバーは心変わりする時、彼は一人の人物としても完全に生き返り始める」[38]と言う。マキャフェリィも、ファーバーもオーメンセッターと共に「人間性の祝福」[39]を共有するとファーバーの「心変り」を積極的に肯定する。ファーバーにおいては、対立のままで果たして解決することが可能なのか、そのあたりの論理的連続性が曖昧であると言わざるを得ない。そこで、ギャスは、直接ファーバーの「心変り」に論理性を求めるのではなく、ファーバーが「単純な人間性――多分平凡であるが、しかし人間性の両極を調整する肉体と精神の両方の性格を持っている」[40]後任の牧師を是認することで、その解決に代える。この是認をもって、ギャスの解答と見なすべきであろうか。ギャスはそんなにも楽天的であるのかという疑問も残る。

ファーバーの「虚構の世界」から「現実世界」への移行は、「見張る人」としての強烈な自意識を喪失することに外ならない。ファーバーは現実と接触し、認識するにつれて、「私の目は見ているものによって常に痛んでいる。もし私が君（ピンバー）なら、盲目になることで力を得るであろう」（二二四）と、認識を封印することでしか、現実に耐えることが出来ないと語る。まさにファーバーは無害な「歯の抜けた小柄なイタチ」（二三二）に例えられるように、存在感、即ち、認識力を喪失して行くのである。

しかしながら、現実に認識を封印することが不可能である以上、精神的崩壊以外に残されている道はない。ファーバーの認識力の喪失の果ての一時的な精神的崩壊は、この認識の封印に代わるものであり、又この認識を封印した上に、彼の「心変わり」も成立したことを想起する必要がある。

ファーバーが「言葉は上手に扱えない、想像力はとぼしく、説教の才能はない」(二三七)と認めるような後任の牧師に、現代の精神的不毛の荒地で、ファーバーにみる存在感を求めることは困難であろう。ファーバーの「心変わり」も、ギャスのアイロニーではないのか。教会の聖歌隊の「騒々しさ」や後任牧師の「元気な声」(二三七)が、オーメンセッター出現時に、町の人々が彼と共に川辺での表面上は楽しそうな笑い声と二重写しに聞こえると考えるのは、あまりにも皮肉な受け取り方だろうか。ギャスは、精神的「荒地、砂漠」たる「現実世界」から、意識のトンネルを経て、言葉による「虚構の世界」を創り出した。彼は「精神」と「肉体」等の二項の対立概念の観念の世界で、人々が絶望からの脱出を模索して葛藤するさまに、人間の存在を示そうとした。このファーバー像は、現実と虚構との狭間で次第に存在感を喪失していく短編「世界の果ての果て」の詩人像へと引き継がれる。六〇年代の現実に人間の存在のあるべき可能性を求めることがもはや困難な状況下で、ギャスは、その可能性を現実と虚構との狭間に求め続けようとするのである。まずは「虚構の世界」において圧倒的存在感を持つこの作品のファーバー像は、ギャスの「読者を閉じこめておく」意図を果たしていると言えよう。

注

（1）William H. Gass, Afterword, *Omensetter's Luck* (Penguin Book, 1997) 308.

（2）William H. Gass, *Omensetter's Luck* (A Signet Book, 1966) 15. 以後のこのテキストからの引用はすべてこの版により、括弧内にページのみを記す。

（3）William H. Gass, "A Letter to the Editor," *Afterwords: Novelists on their Novels*, ed. Thomas McCormack (Harper& Row, 1969) 91.

（4）Joe David Bellany ed., *The New Fiction: Interviews with Innovative American Writers* (University of Illinois Press, 1975) 37.

（5）Tom LeClair and Larry McCaffery, eds., "An Interview with William Gass," *Anything Can Happen: Interviews with Contemporary American Novelists* (University of Illinois Press, 1983) 172.

（6）Richard Gilman, "Fiction: William H. Gass," *The Confusion of Realms* (Randam House, New York, 1969) 74.

（7）William H. Gass, A Revised & Expanded Preface, *In the Heart of the Heart of the Country* (David R. Godine, 1968) xxvi.

（8）Bellany 40.

（9）Jeffrey L. Duncan, "A Conversation with Stanley Elkin and William H. Gass," *Iowa Review 7* (Winter, 1976): 62.

（10）Watson L. Holloway, *William Gass* (Twayne Publishers, 1990) 3.

(11) LeClair and McCaffery 23.

(12) Gass, "A Letter to the Editor" 92.

(13) LeClair and McCaffery 28.

(14) LeClair and McCaffery 28.

(15) Gass, "A Letter to the Editor" 101-102.

(16) Richard J. Schneider, "The Fortunate Fall in William Gass's *Omensetter's Luck,*" *Critique* 18. (Summer 1976): 5

(17) Holloway 19.

(18) LeClair and McCaffery 22.

(19) William H. Gass, "The Pedersen Kid," *In the Heart of the Heart of the Country* 17., "Icicles," *In the Heart of the Heart of the Country* 138.

(20) William H. Gass, "Order of Insects," *In the Heart of the Heart of the Country* 171.

(21) Gass, "Order of Insects" 169.

(22) Gass, "Order of Insects" 168.

(23) Holloway 66.

(24) Arthur M. Saltzman, *The Fiction of William Gass* (Southern Illlinois University Press, 1986) 88.

(25) Larry McCaffery, *The Metafictinal Muse* (University of Pittsburgh, 1982) 238.

(26) Gass, "A Letter to the Editor" 93.

(27) Saltzman 167.

(28) William H. Gass, "In the Heart of the Heart of the Country," *In the Heart of the Heart of the Country* 184.

(29) Holloway 72.

(30) Gass, "In the Heart of the Heart of the Country" 195.

(31) Margaret Dornfeld, "Gass's *Omensetter's Luck*" *Explicator 39* (Summer 1981): 43.

(32) Gass, "In the Heart of the Heart of the Country" 196.

(33) Gass, "A Letter to the Editor" 100.

(34) Duncan 50.

(35) Schneider 17.

(36) McCaffery 247.

(37) Richard J. Schneider, "Rejecting the Stone: William Gass and Emersonian Transcendence," *The Review of Contemporary Fiction* (Fall 1991): 122.

(38) Schneider 20.

(39) McCaffery 250.

(40) Saltzman 55.

あとがき

本書は、一〇名足らずのメンバーからなる福岡アメリカ小説研究会において、一〇数年にわたって読み継いできた作品のなかから、六〇年代と関係の深い小説を選んで論考したものである。二、三カ月に一冊のペースで小説を読み、討論を続けてきたのだが、長い年月を経ると、読み終えた小説の数は六〇冊を越えた。古くはメルヴィルから始まり、ドライサーやノリスなどの自然主義作家の作品、ウェルティやマッカラーズなどの南部作家の作品、六〇年代の作品を経て、七〇年代のモリソンの小説までアメリカ文学全般におよぶ。そこで、数年前に、これまでの研究を何らかの形で一冊の本にまとめてみようということになった。その際、自然主義小説論なども候補に挙がったが、最終的には、時代的にも内容的にも問題の多い六〇年代の小説でまとめることに決定した。メンバーの諸事情のために、ブローティガンとバーセルミに関する論文を収めることができなかったのは残念であるが、一応、六〇年代アメリカ文学の特徴は捉えることができたと思われる。

ここに収めた論文は全て初出のものだが、学会で口頭発表したものをまとめ直した論文が多い。一九九七年には、九州アメリカ文学会第四三回大会のフォーラム「一九六〇年代のアメリカ小説について」において、安河内、馬場、井崎が、それぞれバース、ピンチョン、キージーの作品について発表している。また、一九九八年には、日本アメリカ文学会第三七回全国大会において、渡邉がヴォネガットについて個人研究発表をおこなっている。更に、一九九九年には、日本アメリカ文学会第三八回全国大会のシンポジウム「幽閉とアメリカ文学」において、安河内と馬場が、メルヴィルから一九六〇年代のバーセルミ、ヘラー、ピンチョン等の作家まで広く視野に入れて、アメリカ文学にあらわれた「幽閉」のテーマについて発題し討論をおこなった。安河内、馬場、井崎、渡邉の論文はこれらの口頭発表を基礎にしている。このような研究発表の機会を与えていただいた日本アメリカ文学会および九州アメリカ文学会には、深く謝意を表したい。

八編の論文については、メンバーのあいだで詳しく検討したが、読みの違いから激しい議論を引き起こしたものも多い。しかし、最終的には執筆者の読みに委ねている。今後の更なる研究の発展ためにも、読者諸氏から忌憚のない御意見をいただければ幸いである。

最後に、論文執筆の遅れにもかかわらず、忍耐強く励ましの言葉をかけてくださった開文社社長安居洋一氏と、編集事務を担当していただいた同社のスタッフの皆様には心からお礼を申し上げたい。

二〇〇一年三月

馬場弘利

執筆者一覧（執筆順）

安河内英光（西南学院大学教授）
馬場　弘利（福岡女子大学教授）
渡邉真理子（福岡大学非常勤講師）
井崎　浩（崇城大学助教授）
立川　順子（西南学院大学非常勤講師）
田部井孝次（西南学院大学教授）
山下　勉（九州産業大学助教授）

索引（五十音順）

エデン　136, 137, 139, 156, 265, 274, 296
エピファニー　115
ＬＳＤ　180-182
円環　119
エントロピー　93, 102, 104, 111-112, 116, 120
大きな物語　8, 127
オルダーマン，レイモンド・M　Raymond M. Olderman　83, 114, 141, 189, 204, 205, 231, 232, 261, 273
オルドリッジ，ジョン・W　John W. Aldridge　250, 257, 261

［カ行］

外部　6, 7, 183, 184, 190-191, 192, 198-199, 208
快楽主義　83
カウンター・カルチャー（対抗文化）　167-168, 170, 181-182, 205-208
科学主義／科学知識　12, 26, 32, 37
科学的ヒューマニズム　232
ガタリ，フェリックス　Felix Guattari　15, 16, 22
カッシーラー，エルンスト　Ernst Cassirer　14
ガードナー，ジョン　John Gardner　288
カトリック　240
カーナー，デイヴィッド　David Karner　21
カフカ・フランツ　Franz Kafka　267, 274
『変身』　*The Metamorphosis*　267
家父長制　16
神　13, 14, 15, 24, 36, 56, 61, 64, 68-69, 117, 118, 126, 241, 286, 297, 298, 300
カミュ，アルベール　Albert Camus　214
仮面　21, 29, 217
カーモード，フランク　Frank Kermode　92
カール，フレデリック　Frederick Karl　79
官僚制　14, 56-58
キージー，ケン　Ken Kesey　84, 113, 167-209
『カッコーの巣の上で』　*One Flew Over the Cuckoo's Nest*　84, 113, 167-209
犠牲／犠牲者　249, 250, 260, 261, 264
擬制（フィクシオン）　257
ギトリン，トッド　Todd Gitlin　9, 255
ギャス，ウィリアム・H　William H. Gass　281-308
『アメリカの果ての果て』　*In the Heart of the Heart of the Country*　282
「アメリカの果ての果て」　"In the Heart of the Heart of the Country"　301, 307
『オーメンセッターの幸運』　*Omensetter's Luck*　281-308

「ゴキブリに魅せられて」"Order of Insects" 298
「ピーダセン家の子ども」 "The Pedersen Kid" 287
「氷柱」 "Icicles" 294
狂気 1, 2, 6, 7, 8, 61, 67, 70-71, 77, 110, 116, 124, 133, 146, 168-171, 176, 177, 179-183, 184, 191, 192, 194, 201, 204, 205, 269, 272-273, 276, 284, 304
虚構 129, 147-149, 153, 156, 158, 161, 162, 203, 204, 205, 208, 216, 223, 234, 243, 244, 261, 266, 272, 282, 284, 287, 290, 301, 307, 308
虚像 217, 218, 253, 260
キリスト／キリスト教精神 192-193, 285
キルケゴール，セーレン Sören Kierkegaard 241, 242
『死に至る病』 *The Sickness Unto Death* 241
ギルマン，リチャード Richard Gilman 286
キング，マーティン・ルーサー Martin Luther King, Jr. 2, 158
ギンズバーグ，アレン Allen Ginsberg 6
『吠える』 *Howl and Other Poems* 6
近代／近代精神 3, 4, 11-12, 56-59, 93, 98, 100, 108-109, 113, 115, 119, 120, 123, 124, 127, 134, 155, 162
近代市民社会 12
クリステヴァ，ジュリア Julia Kristeva 85, 157
クリンコウィッツ，ジェローム Jerome Klinkowitz 127, 129, 151, 193
グリーンブラット，スティーヴン Steven Greenblatt 46
クルーソー，ロビンソン Robinson Crusoe 231, 243
クレイン，スティーヴン Stephen Crane 58
『赤い武功章』 *The Red Badge of Courage* 58
クレオール文化 215
グレート・マザー 178
啓蒙思想／啓蒙主義 3, 11, 12, 13, 14, 18, 56
決定論 159
ケネディ，ロバート Robert Kennedy 2, 158
ケルアック，ジャック Jack Kerouac 5
『路上』 *On the Road* 5
幻視 173-175, 179-181, 183
後期資本主義 18, 27, 56, 62, 120, 253
構造／構造主義 15
公民権運動 2, 90
合理主義 8, 14, 26, 32, 36, 37, 56-57, 93, 113
個人主義 17
コジンスキー，ジャージー Jerzy Kosinski 7, 123, 249-280

[タ行]

『シスター・キャリー』 *Sister Carrie* 57
ドレスデン 124-128, 131-132, 136, 139-140, 142, 149-151, 153-154, 158, 160-162
ドーンフェルド，マーガレット Margaret Dornfeld 302

［ナ行］

二元論 8, 39, 41, 126
二項対立 8, 39, 109, 126, 131, 135, 139, 140, 156, 162, 170, 181, 206, 208, 291, 295, 299, 301, 304, 305
二項並存 299
二分法 221
庭 251, 261-275, 290, 295
熱死状態 94, 102
ノーランド，リチャード・W Richard W. Noland 32
ノリス，フランク Frank Norris 57, 177
　『オクトパス』 *The Octopus* 57, 177

［ハ行］

ハイト，モリー Molly Hite 105
バイドラー，ピーター・G Peter G. Beidler 170
ハイパーリアリティ 257
ハウ，アーヴィング Irving Howe 4
ハーヴェイ，デイヴィッド David Harvey 17, 253
バウマー，フランクリン・L Franklin L. Baumer 3
パーシー，ウォーカー Walker Percy 213-246
　『映画狂』 *The Moviegoer* 213-246
　『最後の紳士』 *The Last Gentleman* 221, 224, 235
バース，ジョン John Barth 7, 11-53
　『旅路の果て』 *The End of the Road* 7, 11-53
　『フローティング・オペラ』 *The Floating Opera* 20, 24, 33
　『酔いどれ草の仲買人』 *The Sot-Weed Factor* 24
バーズニス，ジョン・A John A. Barsness 184
バーセルミ，ドナルド Donald Barthelme 123
　『雪白姫』 *Snow White* 123
ハッサン，イーハブ Ihab Hassan 39, 40, 267, 275
バニヤン，ジョン John Bunyan 130
　『天路歴程』 *The Pilgrim's Progress* 130
バーハンス，クリントン・S Clinton S. Burhans 162
パラダイム 109, 162
パラノイア／パラノイド 107-110, 114-116, 119-120, 173, 176, 191, 192-

194, 196, 201-202, 209
パラブル　273, 274
ハリス，チャールズ・B　Charles B. Harris　39, 43, 107, 141
パロディ　69, 245
反戦／反戦小説　90, 140-143, 146, 159, 160
非決定性　19, 39, 40
非在　115, 252, 274
ヒックス，ジャック　Jack Hicks　167
ビート／ビート・ジェネレーション　5, 6, 167
表層／表層文化　17, 253, 275
ピンチョン，トマス　Thomas Pynchon　84, 87-122, 180
「エントロピー」 "Entropy"　93
『競売ナンバー49の叫び』 *The Crying of Lot 49*　84, 87-122, 180
『重力の虹』 *Gravity's Rainbow*　92, 107, 117
『スロー・ラーナー——初期短編集』 *Slow Learner: Early Stories*　93
フィードラー，レスリー・A　Leslie A. Fiedler　181
フェーブル　273, 274
フェリー，リュック　Luc Ferry　12, 17
フォアマン，ミロス　Milos Foreman　169, 170, 208
フォークナー，ウィリアム　William Faulkner　185, 220, 221
『響きと怒り』 *The Sound and the Fury*　222, 224
父権　76, 78, 132-135
フーコー，ミシェル　Michel Foucault　13
浮遊／浮遊性　16, 17, 27, 57-58, 61, 70, 84, 115, 131, 140, 147, 155, 156, 157, 162, 163, 252, 256, 261
プラグマティスト／プラグマティズム　18, 26, 32
ブラック・ユーモア　58, 189
プラット，ジョン・C　John C. Pratt　196
ブラッドベリ，マルカム　Malcolm Bradbury　55, 153
フランクリン，ベンジャミン　Benjamin Franklin　23
ブレイディ，ルース　Ruth Brady　201
ブローティガン，リチャード　Richard Brautigan　123
『西瓜糖の日々』 *In Watermelon Sugar*　123
フロム，エーリッヒ　Erich Fromm　255, 273
文化決定論　256
分裂／分裂症　29, 254, 272
閉鎖系　94
ヘーゲル，G・W・フリードリッヒ　G. W. Friedrich Hegel　39
ペティロン，ピエール＝イーヴ　Pierre-Yves Petilon　90
ベトナム反戦運動　2, 90

ヘミングウェイ，アーネスト Ernest Hemingway 58, 185
『武器よさらば』 *A Farewell to Arms* 58
『老人と海』 *The Old Man and the Sea* 185
ヘラー，ジョーゼフ Joseph Heller 55-86, 123, 204
『キャッチ＝22』 *Catch-22* 55-86, 123, 204
ボイヤーズ，ロバート Robert Boyers 190
崩壊感覚 6
方向感覚 58, 61, 95, 131, 154, 155, 157
暴力 131, 132, 133, 134, 249, 250, 254, 261
ポストモダン／ポストモダニズム 7, 8, 9, 11, 12, 16, 17, 18, 32, 37, 39, 40, 41, 44, 49, 56-59, 62, 66, 84, 95, 120, 130, 156, 157, 245, 253, 254, 256, 271, 273-276
ポップ・アート 193-194
ポップ・カルチャー 260
ボードリヤール，ジャン Jean Baudrillard 257
ホブソン，リンダ Linda Hobson 240
ホフマン，フレデリック Frederick Hoffman 219
ポリロゴス 157
ホロウェイ，ワトソン・L Watson L. Holloway 291, 299, 302

[マ行]

マキャフェリィ，ラリー Larry McCaffery 305
マジィアック，ダニエル Daniel Majdiak 36
マッカーシズム 4
マデン，フレッド Fred Madden 203
マドセン，デボラ Deborah Madsen 110
マルクーゼ，ハーバート Herbert Marcuse 5
マルコムX Malcolm X 2
ミラー，J・ヒリス J. Hillis Miller 275
ミルズ，C・ライト C. Wright Mills 4
無垢 137, 240, 261, 274, 275
メタフィクション 109
メディア 16, 18
メリル，ロバート Robert Merrill 79, 141
メルヴィル，ハーマン Herman Melville 22
『白鯨』 *Moby-Dick* 22, 186
モダニズム 6, 33, 37, 49, 50
モノロゴス 157
モレル，デイヴィッド David Morrell 11, 33

[ヤ行]

ヤーヌス神　38
唯名論　293
幽閉／幽閉感　46, 49, 55, 58, 67-68, 83-84, 93, 96-97, 123
ユング，C・G　C. G. Jung　72

[ラ行]

ライアン，デイヴィッド　David Ryon　17, 56, 57
ラカン，ジャック　Jacques Lacan　15
ランドクィスト，ジェイムズ　James Lundquist　125, 153, 155, 157
リアリズム　124, 176
リオタール，ジャン＝フランソワ　Jean-François Lyotard　127
リーズ，バリー　Barry Leeds　179
理性　3, 11, 12, 23, 36, 56, 61, 67, 98, 108, 120, 126, 127, 134, 151
リゾーム　16
流動／流動化／流動性　16, 22, 38, 57, 157
ルノー，アラン　Alain Renaut　12, 17
ルーパック，バーバラ・T　Barbara Tepa Lupack　81, 118, 130, 133, 136, 138, 153, 154, 254, 272, 273
レイヴァーズ，ノーマン　Norman Lavers　253
レヴィ＝ストロース，クロード　Claude Lévi-Strauss　15
ロゴス／ロゴス中心主義　3, 36, 49, 55, 58, 62, 66-67, 70, 78, 83-84, 100, 109, 119-120, 124, 127, 131, 137, 153, 156, 157, 160, 162
ロスト・ジェネレーション　4
ローソン，ルイス　Lewis Lawson　239
ロレンス，D・H　D. H. Lawrence　23

60年代アメリカ小説論

2001年3月27日　初版発行

編著者　安河内英光
　　　　馬場弘利
発行者　安居洋一
組　版　ワニプラン
印刷所　平河工業社
製本所　株式会社難波製本

〒160-0002　東京都新宿区坂町26
発行所　開文社出版株式会社
電話 (03)3358-6288番・振替00160-0-52864

ISBN4-87571-963-9 C3098